## Das Buch

Eine Mordserie erschüttert das vorweihnachtliche Crozet. Mary Minor »Harry« Haristeen findet beim Kauf ihres Weihnachtsbaums in der Bruderschaft der Barmherzigkeit eine Leiche. Für die Mönche ist dieser Fund ein Schock. Denn das Mordopfer ist einer von ihnen: Erst ein Jahr zuvor hatte Christopher Brown dem Leben als Börsenmakler den Rücken gekehrt. Die Polizei vermutet das Motiv der Tat in seiner Vergangenheit. Doch dann werden zwei weitere Mönche tot aufgefunden, wie Brown mit einer alten griechischen Münze unter der Zunge. Harrys und Mrs. Murphys Neugier ist geweckt. Was geht Unchristliches vor sich in der Weihnachtszeit?

## Die Autorin

Rita Mae Brown, geboren in Hanover, Pennsylvania, wuchs in Florida auf. Sie studierte in New York Filmwissenschaft und Anglistik und war in der Frauenbewegung aktiv. Berühmt wurde sie mit dem Titel *Rubinroter Dschungel* und durch ihre Romane mit der Tigerkatze Sneaky Pie Brown als Koautorin.

In unserem Hause sind von Rita Mae Brown bereits erschienen:

In der Krimiserie »Ein Mrs.-Murphy-Krimi«:
*Schade, daß du nicht tot bist · Rache auf leisen Pfoten ·
Mord auf Rezept · Die Katze lässt das Mausen nicht ·
Maus im Aus · Die Katze im Sack · Da beißt die Maus keinen
Faden ab · Die kluge Katze baut vor · Eine Maus kommt selten
allein · Mit Speck fängt man Mäuse · Die Weihnachtskatze ·
Die Geburtstagskatze · Mausetot*

Weitere Titel der Autorin in der Krimiserie mit Sister Jane:
*Auf heißer Fährte · Fette Beute · Dem Fuchs auf den Fersen ·
Mit der Meute jagen · Schlau wie ein Fuchs*

Rita Mae Brown
& Sneaky Pie Brown

# Die Weihnachtskatze

*Ein Fall für Mrs. Murphy*

Roman

Aus dem Amerikanischen
von Margarete Längsfeld

Ullstein

Besuchen Sie uns im Internet:
www.ullstein-taschenbuch.de

Neuausgabe im Ullstein Taschenbuch
1. Auflage Oktober 2014
3. Auflage 2014
© für die deutsche Ausgabe Ullstein Buchverlage GmbH,
Berlin 2010/Ullstein Verlag
© 2008 by American Artists, Inc.
Titel der amerikanischen Originalausgabe: *Santa Clawed*
(Bantam Books, New York, 2008)
Innenillustrationen: © 2008 by Michael Gellaty
Umschlaggestaltung: ZERO Werbeagentur, München
Titelabbildung: © gettyimages/© ivanmateev
(Katze); © FinePic®, München (Hintergrund)
Satz: LVD GmbH, Berlin
Gesetzt aus der Janson
Papier: Pamo Super von Arctic Paper Mochenwangen GmbH
Druck und Bindearbeiten: CPI books GmbH, Leck
Printed in Germany
ISBN 978-3-548-28681-5

Meine Eltern haben mir immer eingeschärft,
nur mit den Besten zusammenzuarbeiten.
Dies beherzigend, widme ich dieses Buch
meiner Lektorin Danielle Perez.

# Personen der Handlung

*Mary Minor »Harry« Haristeen*. Die ehemalige Posthalterin von Crozet versucht neuerdings, sich mit Farmarbeit über Wasser zu halten. Sie ist im August vierzig geworden, was ihr angeblich nichts ausmacht.

*Doktor Pharamond »Fair« Haristeen, Veterinärmediziner*. Harrys Ehemann ist Pferdearzt, und er bemüht sich, seine Frau aus Scherereien herauszuhalten – mit mäßigem Erfolg.

*Susan Tucker*, Harrys beste Freundin seit Kindertagen, staunt oft, wie Harrys Verstand funktioniert, sofern er funktioniert. Die zwei kennen sich so gut, dass die eine ohne weiteres die Sätze der anderen zu Ende sprechen könnte.

*Mrs. Miranda Hogendobber*. Miranda beobachtet viel, behält aber das meiste für sich. Sie ist Anfang siebzig, eine fromme Christin und bemuttert Harry, die mit etwa zwanzig Jahren ihre Mutter verlor.

*Marilyn »Big Mim« Sanburne*. Die Queen von Crozet sieht und weiß alles, beziehungsweise will unbedingt alles wissen. Sie verbessert unerbittlich jedermanns Los, ist aber alles in allem ein gutherziger Mensch.

*Tante Tally Urquhart*. Dieses wilde Weib, über neunzig Jahre alt, muss eine glühende Anhängerin des Gottes Pan sein, denn sie läuft zur Hochform auf, wenn die Hölle los ist. Sie ist Big Mims Tante und macht sich ein Vergnügen daraus, ihre prüde Nichte zu schockieren.

*Deputy Cynthia Cooper*. Harrys Nachbarin versucht wie Fair, Harry aus Scherereien herauszuhalten, wenn sie kann. Sie ist klug und liebt den Polizeidienst.

*Sheriff Rick Shaw*. Er ist Gesetzeshüter mit Leib und Seele, verständnisvoll, aber korrekt. Er hat genug von den politischen Aspekten seines Amtes, bekommt aber nie genug davon, Verbrecher ihrer gerechten Strafe zuzuführen. Er kann Harry gut leiden, aber sie kommt ihm gelegentlich in die Quere.

*Olivia »BoomBoom« Craycroft*. Sie ist mit Anfang dreißig Witwe geworden und hatte, schön wie sie ist, stets eine Schar Männer im Schlepptau. Einer von ihnen war Fair Haristeen. Er hatte eine Affäre mit ihr, als er von Harry getrennt lebte. Er und Harry wurden danach geschieden und haben später wieder geheiratet. BoomBoom kann zupacken, wenn es darauf ankommt.

*Alicia Palmer*. Sie war ein großer Filmstar, ist jetzt über fünfzig und heilfroh, wieder auf der Farm in Crozet zu sein. Sie ist überdies heilfroh, BoomBoom gefunden zu haben, denn sie ergänzen sich ideal.

# Die wirklich wichtigen Figuren

*Mrs. Murphy* ist eine hübsche getigerte Katze mit Verstand, Tempo und einigermaßen gemäßigtem Temperament. Sie weiß, dass sie Harry, ihren Menschen, kaum vor Scherereien bewahren kann, aber sie kann sie manchmal herausholen, wenn sie in die Bredouille geraten ist.

*Tee Tucker.* Diese Corgidame, die ebenfalls an Harry hängt, ist sehr mutig und kriegt es hin, mit zwei Katzen zusammenzuleben. Das besagt eine Menge.

*Pewter.* Die graue Kanonenkugel, als die sie zu ihrem Missvergnügen bekannt ist, hegt eine Abneigung gegen Menschen. Aber sie liebt Harry und Fair. Sobald es jedoch die Möglichkeit gibt, einen weiten Weg oder Ärger zu vermeiden, ist sie die Erste, die diesen Pfad einschlägt.

*Simon.* Das Leben im Stall bei den vielen Pferden gefällt dem Opossum. Er mag auch Harry, soweit er imstande ist, Menschen zu mögen. Sie bringt ihm Leckerbissen.

*Plattgesicht.* Die große Ohreule, die mit Simon auf dem Heuboden wohnt, schaut auf erdgebundene Geschöpfe herab, im wörtlichen wie im übertragenen Sinn. In einer brenzligen Situation ist auf Plattgesicht jedoch Verlass.

*Matilda* ist eine große Kletternatter und die dritte Bewohnerin des Heubodens. Ihr Sinn für Komik grenzt an schwarzen Humor.

*Owen.* Tee Tuckers Bruder gehört Susan Tucker, die den Wurf gezüchtet hat. Er versteht nicht, wie seine Schwester die Katzen ertragen kann. In Katzengesellschaft weiß er sich zu benehmen, aber er hält Katzen für Snobs.

Da Mrs. Murphy, Tucker und Pewter auf einer Farm leben, kreuzen diverse Geschöpfe ihren Weg, von Bären über Füchse bis hin zu einem unausstehlichen Blauhäher. Sie lieben alle Pferde, was auf einige der anderen Geschöpfe nicht zutrifft, aber Pferde sind ja auch domestiziert. Pewter behauptet, nicht domestiziert zu sein, sondern lediglich in einem Haus mit regelmäßigen Mahlzeiten zu residieren.

# 1

Die schöne, aus Steinen gemauerte St.-Lukas-Kirche am Stadtrand von Crozet, Virginia, wirkte überwältigender denn je, was dem frisch gefallenen Schnee auf dem Kirchendach sowie auf den Dächern und Fensterbänken von Pfarrbüro und Pastorenwohnhaus am anderen Ende des verschneiten Hofes zu verdanken war. Rauch kam aus dem Schornstein über der großen Halle, die eine Seite des Hofes begrenzte, und auch über dem Pfarrbüro kringelte sich Rauch empor. Die Kirche war im Jahre 1803 erbaut worden, und jene frühen Lutheraner hatten offensichtlich jede Menge Kamine benötigt. Im Laufe der Jahrhunderte waren in den Gebäuden Strom gelegt, Belüftung und sanitäre Einrichtungen installiert worden. Diese modernen Anlagen steigerten eindeutig den Komfort in den Gebäuden, die schon Jahrhunderte überdauert hatten und in den folgenden Jahrhunderten zweifellos weitere Verbesserungen über sich ergehen lassen würden.

Während Harry Haristeen, gefolgt von ihren zwei Katzen und der Corgihündin, über den großen Hof ging, fragte sie sich, ob die Menschen heutzutage ebenso stabil bauen konnten wie einst unsere Vorfahren. Ihr kam es so vor, als würde der Verfall von vornherein einkalkuliert. Sie war froh, dass sie in einem alten Farmhaus wohnte, das ungefähr zur gleichen Zeit entstanden war wie die Kirche.

Auf dem Weg zur Arbeitsgruppe blieb sie kurz stehen, um einen Schneeball zu formen und in die Luft zu werfen. Tucker, die Corgidame, sprang hoch, um ihn zu fangen. Der Schneeball war so kalt an ihren Zähnen, dass sie ihn fallen ließ.

»*Dumm gelaufen!*« Pewter, die pummelige graue Katze, lachte.

»*Ich hab gewusst, wie kalt das ist, aber wenn sie einen Ball wirft, muss ich ihn fangen. Das ist mein Job*«, verteidigte Tucker sich.

Harry beschloss, die letzten zweihundert Meter zu sprinten, um warm zu werden.

Mrs. Murphy, die Tigerkatze, stürmte an ihr vorbei. Der freigeschaufelte Weg war schon wieder mit ein paar Zentimetern frischem Schnee bedeckt, aber begehbar.

Pewter, die sich höchst ungern im Freien aufhielt, konnte Harry nicht umrunden, darum sprang sie auf den Schnee, wo sie prompt einsank.

Tucker trottete den Weg entlang und äffte sie nach: »*Dumm gelaufen.*«

Ein Schneedreieck, das auf ihrem Kopf saß wie ein Reishut, vermochte Pewters Mütchen nicht zu kühlen. Sie schüttelte den Hut aus Schnee ab, hievte sich mühsam auf den Gehweg. Dann lief sie direkt zu Tucker und verpasste dem Hinterteil der Hündin einen gewaltigen Klaps.

Tucker knurrte und machte Anstalten, sich umzudrehen.

Harry befahl über die Schulter: »Schluss jetzt, ihr zwei.«

»*Hast du ein Glück, dass sie deinen dicken Hintern gerettet hat.*« Pewter legte die Ohren an, um besonders böse auszusehen.

»*Oha.*« Tucker schenkte der Katze jetzt keine Beachtung mehr, was für Pewter, die sich einbildete, dass die Welt sich um sie drehte, viel schlimmer war als eine körperliche Niederlage durch einen Hieb.

Beim Betreten der großen Halle atmete Harry den Duft von Eichenholz ein, das in den zwei Kaminen – je einer an jedem Ende – brannte. Der Geruch eines gepflegten Feuers steigerte den Reiz des Winters. Harry liebte alle Jahreszeiten. Die Klarheit des Winters sagte ihr zu. Sie genoss es, auf das kahle Land zu blicken, im Haus einer Freundin auf einen Kakao hereinzuschneien oder jemandem einen anzubieten. Da sie hier geboren und aufgewachsen war, konnte sie auf enge Freundschaften zählen. In Großstädten mochten die Menschen sich entfremdet fühlen, aber Harry konnte sich dieses Gefühl nicht vorstellen. Verbunden mit dem Land, den Menschen und Tieren, die es bewohnten, wusste sie, dass sie vom Glück begünstigt war.

»Sieh einer an, lauter schwer arbeitende Frauen«, rief sie aus, während sie sich von Mantel, Mütze, Handschuhen und Schal befreite.

Alicia Palmer und BoomBoom Craycroft, jede für sich eine große Schönheit, rückten einen langen Tisch vor den Kamin auf der Ostseite. Die Heizkosten für den großen Raum waren so immens, dass der Thermostat auf elf Grad gehalten wurde. Da waren die Kamine sehr nützlich. Wer am Kamin saß, bekam keine steifen Finger, und ihre Finger brauchten die Damen heute.

Alicia, ein ehemaliger Filmstar, jetzt über fünfzig, war für die Dekorationen für die in einer guten Woche stattfindende Weihnachtsfeier zuständig. Jedes Jahr zu Weihnachten veranstaltete die St.-Lukas-Pfarrei eine große Feier, die Pfarrkinder und Nachbarn in entspannter Atmosphäre zusammenbrachte. Reverend Herb Jones, der Pastor, ließ sich ständig etwas Neues einfallen, um die Gemeinde zu festigen.

Susan Tucker, Harrys beste Freundin seit Kindertagen und Züchterin von Tucker, legte Weinranken auf den Tisch.

Racquel Deeds und Jean Keelo, zwei ehemalige Mitglieder einer Studentinnenverbindung an der Miami Universität in Ohio, legten herrliche getrocknete Blüten mitsamt den großen, glänzenden dunkelgrünen Blättern der immergrünen Magnolie dazu.

BoomBoom hatte Lorbeerblätter und Goldperlenschnüre mitgebracht.

Harry trug getrocknete rote Rosen und Ketten aus Cranberrys herein.

Als die Frauen sich am Tisch niedergelassen hatten, um Kränze zu binden, boten Katzen und Hund ihre Hilfe an.

Mrs. Murphy spielte auf dem Tisch mit den Goldperlen. *»Sind das nicht dieselben Perlen, mit denen die Männer die Frauen am Fastnachtsdienstag bewerfen, wenn die Frauen ihre Prachtstücke entblößen?«*

*»Bei diesem Wetter lassen sie bestimmt nichts blitzen.«* Tucker lachte auf dem Fußboden.

Pewter schob eine hübsche rote Rosenknospe umher. *»Ich werde nie begreifen, warum die Menschen jedes Mal Zustände kriegen, wenn eine Frau ihre Brüste zeigt oder ein Mann seine Gerätschaften. Ich meine, so was haben doch alle.«*

*»Erstes Buch Mose. Erinnerst du dich, wie der Engel ins Paradies kommt, nachdem Adam den Apfel gegessen hat, und Adam und Eva erkennen, dass sie nackt sind?«* Mrs. Murphy las über Harrys Schulter mit, aber Harry ahnte nicht, dass die Katze den Inhalt erfassen konnte.

*»Ha. Adam hat Schmiergelder von der Bekleidungsindustrie genommen.«* Pewter wischte mit dem Schwanz Rosenknospen vom Tisch auf den Fußboden.

»Wenn du dich nicht benimmst, Fräuleinchen, musst du auf den Boden«, schalt Harry Pewter.

*»Wenn du mir Leckerbissen gibst, bin ich ein Engel.«*

*»Lügnerin, Lügnerin, hast die Bux im Feuer drin«*, trällerte Mrs. Murphy frech.

Blitzschnell ging Pewter auf die Tigerkatze los, so dass sich die Goldperlenschnüre zwischen ihnen verhedderten. Die zwei boxten sich. Harry stand auf und trennte die Katzen, um die Perlen zu retten.

Runter vom Tisch, jagten die zwei sich durch den Raum.

»Hat jemand Valium für Katzen mitgebracht?«, fragte BoomBoom.

»Erinnere mich nächstes Mal dran, dass ich meinen Vorrat aufstocke«, erwiderte Harry.

Racquel und Jean hatten Männer geheiratet, die enge Freunde

waren, und beide Paare waren nach Crozet gezogen, als Bryson Deeds eine Stelle in der Kardiologie-Abteilung am Krankenhaus der Universität von Virginia annahm. Er hatte sich zu einem der führenden Kardiologen des Landes gemausert. Bill Keelo, sein bester Freund, hatte sich auf Steuerrecht spezialisiert. Auch er war überaus erfolgreich. Beide Männer verdienten sehr gut, und ihren Ehefrauen war anzusehen, dass sie bestens umsorgt wurden. Racquel war besessen von ihrem Äußeren und legte großen Wert darauf, jung auszusehen.

Wiewohl diese zwei Frauen äußerst attraktiv waren, konnten sie Alicia oder BoomBoom nicht das Wasser reichen. Komischerweise machte keine von diesen zwei großen Schönheiten viel Aufhebens um sich, was sie nur umso anziehender wirken ließ.

Harry, die gut, aber nicht umwerfend aussah, lebte in Jeans. Da sie Farmarbeit nachging, war das in Ordnung, doch hin und wieder verbündeten sich Alicia, BoomBoom und Susan gegen sie und schleppten sie in Geschäfte, um Kleider auszusuchen. Sie mussten sich zu dritt zusammentun, um Harry dazu zu bewegen.

Racquel und Jean waren zwar nicht mit den anderen aufgewachsen, lebten aber schon zwanzig Jahre in Crozet und hatten sich gut angepasst.

»Seht mal, der ist richtig hübsch.« Susan hielt einen Kranz aus Magnolienblättern hoch, in den Magnolienblüten, rote Rosenknospen und Goldperlen geflochten waren.

»Der hier ist auch sehr schön. Ein bisschen schlichter vielleicht.« Harry hielt einen mit Cranberrys gebundenen Lorbeerkranz hoch, den große blassgrüne Schleifen und goldene Sternchen zierten.

»Dieser Duft. Der ist das Besondere an Lorbeerkränzen.« Jean liebte den Geruch.

»Was machen wir mit den Weinranken?« Susan war dabei, ein paar von ihnen zu Kränzen zu binden. Sie hatte sie vorher in Wasser getaucht, damit sie biegsam wurden.

»Ich hab mir gedacht, wir könnten unten eine dicke Schleife befestigen und sie mit den geschnitzten Holzfiguren aus der Plastikkiste schmücken.« Alicia zeigte auf die Kiste.

Susan fragte: »Soll ich das jetzt machen?«

Alicia erwiderte. »Nein, lasst uns zuerst die Kränze für die Außentüren machen. Danach dürften wir die zwei Riesenkränze für hier drin hinkriegen.«

»Wie riesig?«, wollte Harry wissen.

»Ein Meter im Durchmesser«, antwortete Alicia.

»Das ist allerdings riesig.« Harry war erstaunt.

»Wir werden einen zu zweit binden müssen und ihn dann gemeinsam über dem Kamin aufhängen, aber es wird sensationell aussehen.« Davon war Alicia überzeugt.

Eine Außentür ging auf. Die drei lutherischen Katzen Cazenovia, Eloquenz und Lucy Fur stürmten herein, gefolgt von Herb Jones, der keinen Mantel trug.

»Rev, Sie holen sich den Tod.« Harry nannte ihn Rev.

»Ach, ich bin nur schnell vom Büro rübergelaufen.« Er schaute auf die paar fertigen Kränze und den Haufen Material auf dem Tisch, während die Katzen, nun fünf an der Zahl, durch die große Halle tobten. »Die sind aber hübsch.«

»Ich wollte eigentlich Walnüsse daran befestigen, aber ich glaub, die würden sich da nicht lange halten.« BoomBoom zeigte auf die Weinrankenkränze. »Alicia hatte andere Ideen. Sie ist die Chefin.«

»Mädels, ich bin Ihnen dankbar, dass Sie das machen.« Herb lächelte ihnen zu. »Brauchen Sie etwas? Etwas zu essen? Zu trinken?«

»Hab ich mitgebracht«, antwortete Jean. »Gucken Sie mal in eine von den Kühlboxen. Es wird Sie freuen.«

Da Herb bei Essen selten widerstehen konnte, hob er die Deckel von den beiden Boxen. »Sind das etwa Ihre sagenhaften Truthahnsandwiches mit Cranberrys?«

»Genau«, erwiderte Jean.

Herb nahm sich eins sowie eine Coca-Cola. »Ich esse schnell

und bin gleich wieder weg. Oder nein, ich esse im Büro. Ach übrigens, Racquel, wie geht es Tante Phillipa?«

»Gott sei gedankt für das Hospiz der Brüder in Liebe. Sie ist klar im Kopf, aber ich glaube nicht, dass sie bis zum Frühjahr durchhält. So ein Emphysem nimmt einen arg mit.« Racquel sah ihn an.

Jean ergänzte: »Die Brüder sind großartig. Abgesehen von ihrer Arbeit mit Sterbenden ist es spannend, die Vorgeschichte von jedem Mönch kennenzulernen. Die sind alle dort, um ein Unrecht zu sühnen.«

Racquel sagte: »Sie sühnen doppelt. Manche waren im Gefängnis.«

»Glaubt ihr wirklich, dass ein Leopard seine Flecken ändern kann?«, fragte Harry, die ewige Zweiflerin.

Herb erwiderte mit tiefer Stimme: »Die einen können es, die anderen nicht. Ich bezweifle, dass es leicht ist, und wie ich mich erinnere, sind die meisten von ihnen einst durch Habgier oder Lüsternheit verdorben worden.«

»Weiber und Gesang haben sie auf Abwege gebracht«, vermutete Susan leichthin.

Als Herb sich zum Gehen wandte, bemerkte er, dass die Katzen es weiterhin wüst trieben. »Jean, falls Sie ein Truthahnsandwich übrig haben, das könnte die Racker zur Vernunft bringen.«

»Hab genügend mitgebracht. Möchten Sie noch eins?«

»Nein, eins reicht mir«, antwortete er und sauste über den Hof zurück.

Alicia stand auf und warf weitere Holzscheite ins Feuer, der Kamin war dem großen Raum entsprechend sehr groß. »Harry, ich möchte gerne glauben, dass Menschen sich ändern können.«

»Ich auch, aber mir scheint, dass manche Verdorbenheiten leichter überwunden werden als andere.« Harry wählte eine dunkelrote Rosenknospe aus.

»Sex. Der ist schwerer in den Griff zu bekommen als Habgier. Oder sollte ich Lüsternheit sagen?«, fragte Racquel.

»Wirklich? Ich meine, Geld übertrumpft alles in unserer Kultur«, entgegnete Susan.

»Finde ich nicht.« Racquel brachte ihren Einwand im besten Sinn des Wortes vor. »Lüsternheit ist irrational. Geldgier ist rational.«

»Aber sind nicht alle sieben Todsünden irrational? Ich meine, wenn Besessenheit mit ins Spiel kommt.«

»Okay. Woran merkt man, dass Besessenheit mit dabei ist?« Harry sprach lieber über Ideen als über Leute.

»Vielleicht ist es bei jedem Menschen anders«, mutmaßte Jean.

BoomBoom, deren Mann früh gestorben war, hatte sich auf eine Reihe von Affären mit Männern eingelassen, darunter mit dem Tierarzt Fair Harrison, Harrys Ehemann. Fair und Harry lebten damals getrennt, und anschließend ließ sie sich von ihm scheiden. Als er seinen Fehler eingesehen hatte, arbeitete er an sich, umwarb sie jahrelang und eroberte sie schließlich zurück. Nichts geschieht in einem Vakuum. Harry musste erkennen, dass sie nicht unschuldig war an seinen Abwegen. Sie hatte sich auf jedwede Aufgabe konzentriert, die sich ihr stellte, und hätte sich etwas mehr auf ihn konzentrieren können. Sie hatte dazugelernt.

*»Wäre es nicht ein Zeichen, wenn jemand weiß, er sollte kürzertreten, aber stattdessen noch einen zulegt?«* Hiermit fügte die Corgidame diesem Thema noch ihren hündischen Senf hinzu.

Genau in diesem Augenblick sprangen die Katzen, Mrs. Murphy voran, auf den Tisch und rannten von einem Ende zum anderen. Weinranken flogen auf den Boden, Rosenknospen rutschten vom Tisch. BoomBoom brachte rasch die Magnolienblüten in Sicherheit, weil die empfindlicher waren. Perlen klapperten.

»Tut mir leid. Ich hätte die Monster nicht mitbringen sollen«, entschuldigte Harry sich.

»Och, die Katzen vom Rev wären bestimmt gerne eingesprungen.« BoomBoom, die Tiere liebte, lachte.

Was war schon ein bisschen Aufräumen gegen die Wonne zu sehen, wie Tiere sich des Lebens freuten?

»*Wären wir nicht. Wir sind christliche Katzen*«, protestierte Lucy Fur und sprang wohlweislich vom Tisch.

»*Ha.*« Pewter sprang hinterher. »*Lucy Fur, am christlichsten bist du beim Essen.*«

»*Das musst ausgerechnet du sagen, Fettsack.*« Cazenovia, die langhaarige gescheckte Katze, jagte jetzt Pewter nach.

»Darf ich?« Harry stand auf und öffnete die Kühlbox.

»Unter diesen Umständen halte ich es für unumgänglich.« Jean lächelte.

Sobald das geteilte Sandwich, ein Papiertuch untergelegt, auf dem Fußboden lag, beruhigten die Katzen sich. Für Tucker gab es ebenfalls ein halbes Sandwich. Alle bekamen Wasser vorgesetzt.

Die große Halle wartete mit einer Küche auf, die einem Edelrestaurant alle Ehre gemacht hätte; es gab fließendes Wasser, einen luxuriösen Kühlschrank, einen großen Herd und andere Utensilien, die einen Küchenchef erfreut hätten.

Harry ließ sich wieder an den Tisch sinken.

»Die Sandwiches riechen aber gut.« Susans Bemerkung ermunterte die Damen, eine Essenspause einzulegen.

»Du hast vorhin gesagt, deine Tante Phillipa ist klar im Kopf. Wie erträgt sie ihr Leiden?«, erkundigte Alicia sich bei Racquel.

»Mit Fassung. Sie ist sechsundachtzig. Sie ist bereit zu gehen. Das Ringen um Atem nimmt einem die Lust auf alles, woran man sonst Freude hätte. Aber ich staune über sie. Auch über die Brüder. Ich hatte zuerst gedacht, es würde mir gegen den Strich gehen, dass sie immer in der Nähe sind, aber sie waren toll. Na ja, Christopher Hewitt ist nicht so toll. Bruder Morris«, sie sprach vom Prior, »sagt, er muss jetzt mal Hospizarbeit leisten. Die meiste Zeit kümmert Christopher sich um die Christbaumschule. Er versteht was vom Geldverdienen. Bryson ist noch öfter bei Tante Phillipa als ich, sie bekommt also viel Zuwendung. Er hat auch zwei ältere Patienten dort.«

BoomBoom, die ebenso wie Harry, Fair und Susan mit Christopher auf die Highschool gegangen war, sagte: »Ich habe Christopher nicht mehr gesehen, seit er in die Bruderschaft eingetreten ist. Allerdings waren wir auch vorher nicht dicke befreundet.«

»Ich habe gehört, er ist zu den Brüdern gegangen, nachdem er in Arizona aus dem Gefängnis entlassen wurde. Geld hatte ihn in die Irre geführt. Ich gehe nachher zur Christbaumschule, vielleicht ist er ja dort.« Harry freute sich schon darauf, einen Baum auszusuchen.

Susan sagte zu Alicia, Racquel und Jean, die nicht die Highschool von Crozet besucht hatten: »Christopher war eine Klasse unter Harry und mir. Ein hübscher Kerl. Und er wurde immer zum Kassenwart gewählt, egal, in welcher Gruppe er war.«

»Gutes Training.« BoomBoom lachte.

»Das bringt mich auf meine Frage zurück«, sagte Harry. »Kann ein Leopard seine Flecken ändern? Ich kenne nicht alle Einzelheiten, aber Christopher war Börsenmakler, hatte mit Insiderhandel zu tun und hat Millionen von Klientengeldern veruntreut. Da frag ich mich halt.«

»Also, ich hab meine Flecken geändert.« BoomBoom lachte wieder, diesmal über sich selbst.

»Och, so schlimm warst du nicht.« Susan mochte ihre Schulkameradin, aber natürlich hatte sie während der Affäre zu Harry gehalten.

»Schlimm genug.« Harry lachte auch. »Aber ist es nicht komisch, wie sich alles wendet? Wir drei sind uns nähergekommen.«

BoomBoom wurde ernst. »Die Wahrheit ist, ich wusste nicht, was Liebe ist, bis ich Alicia begegnet bin. Ich lief im Leerlauf und lief von einem Mann zum anderen.«

»Du Süße«, sagte Alicia.

Racquel, die nie mit etwas hinterm Berg hielt, fragte: »Meinst du, du warst schon immer lesbisch?«

»Nein. Nicht eine Sekunde. Ich weiß nicht mal, ob ich's jetzt bin, aber ich liebe Alicia. Wenn mich das lesbisch macht, dann bin ich's mit Freuden. Aber, Racquel, ich habe nie auf diese Weise an eine andere Frau gedacht.« Sie wandte sich an Jean. »Da fällt mir ein, es wundert mich, dass Bill dir erlaubt, mit Alicia und mir zusammenzuarbeiten.«

Jean verdrehte die Augen. »Er wird immer schlimmer. Über zwei Frauen denkt er nicht so schlecht wie über zwei Männer, aber er ist richtig bigott geworden. Was ihn sonst noch aufregt, ist illegale Einwanderung.« Sie blickte in die Runde. »Der Mann, den ich geheiratet habe, wusste, was er wollte, war dabei aber witzig. Ich weiß nicht – seit er vierzig geworden ist, meckert er bloß noch rum. Wohlgemerkt, er ist lieb zu mir. Doch er verachtet alles und jedes, was mit Schwulen zusammenhängt. Ich weiß einfach nicht, was ich dagegen machen soll; es gibt ja auch Schwule in unseren Schulungsgruppen. Denen geht er aus dem Weg.«

»Da kannst du gar nichts machen.« Racquel zuckte die Achseln, dann warf sie Harry eine Rosenknospe zu. »Der Leopard und seine Flecken. Ich mache mir Sorgen um Bryson. Er sagt, er hat sich geändert, aber ich weiß nicht. In den letzten paar Monaten habe ich das Gefühl, dass er rückfällig wird. Ich habe mir die neuen Schwestern genau angeguckt. Keine ist sein Typ.«

»Racquel, es gab nicht die Spur von Klatsch, und du weißt, das Krankenhaus ist eine Brutstätte für Tratsch. Wenn er mit einer Schwester schlafen würde, dann wüssten wir's.« Jean wollte, dass Racquel glücklich war.

»Ich hätte es gehört.« Susan hörte eine Menge, zumal ihr Mann – ein Rechtsanwalt – als Abgeordneter in der Legislative von Virginia saß und im Krankenhausvorstand war.

»Ich weiß nicht.« Racquel wirkte für einen Moment bedrückt. »Ich schwöre euch, wenn er fremdgeht und ich ihn erwische, singt der Kerl im Chor Sopran.«

Alle Frauen lachten darüber; eine jede kannte, und sei es noch so flüchtig, diesen Rachegedanken.

Pewter und die anderen hatten zugehört. »*Ich ändere meine Flecken nicht.*«

»*Du hast gar keine Flecken.*« Tucker lachte über sie.

»*Du weißt genau, was ich meine.*« Pewter starrte den Hund böse an.

»*Dass du denkst, du bist vollkommen*«, sagte Tucker.

»*Freut mich, dass du das erkannt hast.*« Pewter strahlte, und die anderen Katzen lachten.


## 2


Eine Kette aus roten und grünen Glühlampen leuchtete um den quadratischen Platz mit den Reihen frisch geschlagener Christbäume. Die Brüder in Liebe gingen sehr sparsam mit ihren Finanzen um. Es war unnötig, Geld für eine Festbeleuchtung oder gar eine Krippe zu verschwenden. Die Christbaumschule verschaffte den Brüdern ihr halbes Jahreseinkommen.

Die Reihen mit Waldkiefern wogten, ihre Wurzelballen steckten in großen Töpfen. Andere Bäume, noch in der Erde, würden ausgegraben werden, wenn der Käufer einen ausgesucht hatte. Ein Gabelstapler hob die frisch ausgegrabenen Bäume auf offene Ladeflächen. Einen eingetopften Baum in einen Transporter zu schieben, erwies sich als schwieriger, weil die Wurzelballen recht schwer waren, doch nach zehn Jahren Praxis hatten die Brüder den Bogen raus.

Die Leute kamen in Scharen zu der Baumschule, weil die Bäume gleichmäßig gewachsen und die Preise reell waren. Überdies verließ man das Gelände mit dem befriedigenden Gefühl, Gutes getan zu haben, weil der Erlös dem Unterhalt des Hospizes diente. In den frühen 1980er Jahren, als sogar manche Angestellte von Arztpraxen und Krankenhäusern Aidspatienten nicht anfassen wollten, weil die Übertragungswege der Krankheit noch nicht geklärt waren, hatten sich die Brüder zusammengetan, um die Kranken zu pflegen und die Sterbenden zu trösten. Ihre Hingabe an alle Patienten, einerlei, welche Krankheit sie hatten, trug ihnen Achtung und Unterstützung ein. Die Ordensbrüder trugen Mönchskutten, die mit einem schwarzen Strick gegürtet waren. Solch äußere Zurschaustellung ihrer Gelübde in diesen profanen Zeiten stieß einige Leute ab. Andere eilten zu ihnen, begierig, ihre Sünden zu bekennen. Die Gründung des Hospizes war vielleicht auch dem Wunsch der Brüder entsprungen, sich vor dieser Monotonie zu retten. Jeder Bruder erkannte mit der Zeit, dass es so etwas wie eine Erbsünde nicht gibt.

Harry Haristeen ging zwischen den Bäumen außerhalb des Vierecks entlang. Mrs. Murphy und Pewter begleiteten sie. Behende stiegen sie über Girlanden und Kränze, die zur Seite gelegt und an denen VERKAUFT-Schilder hingen.

Alex Corbett, der Chef der Immobilienfirma Corbett Realty, trat aus einer Baumgasse hinter dem kleinen Hauptplatz.

»Schon einen Baum gefunden, Harry?«

»Noch nicht. Du?«

»Einen großen. Ich brauche ein imposantes Exemplar für die jährliche Betriebsfeier.«

»Am selben Abend wie die Feier von St. Lukas. Schlechtes Timing.« Sie lächelte.

»Ach Harry, die Leute feiern Tag und Nacht durch. Die Hälfte der Leute von St. Lukas kommt anschließend zum Keswick Club. Ich zähle darauf, dass du und Fair an der Feier teilnehmt.«

»Alex, wir würden ja gerne, aber ich muss aufräumen helfen.«

Sein rotblonder Schnurrbart zuckte aufwärts. »Schön, dann sehen wir uns in Spring Fling.« Er winkte zum Abschied, ging zu seinem neuen Range Rover und fuhr los.

Harry sagte zu ihren Tieren: »Im Immobiliengeschäft kriselt es seit zwei Jahren, trotzdem schwimmt der Mann in Geld. Ich wollte, ich hätte seinen Grips für Kohle.«

»*Dein Grips ist super*«, schmeichelte Tucker ihr.

Da es zwei Uhr nachmittags am 15. Dezember war, hatte sie, als Alex sich verabschiedet hatte, die ganze Baumschule für sich allein. Der große Käuferansturm würde nach Arbeitsschluss einsetzen. Die anderen Frauen von der Arbeitsgruppe hatten ihre Bäume schon aufgestellt, aber Harry hielt es wie ihre Mutter und wartete bis zehn Tage vor Weihnachten.

Tucker untersuchte geduldig jeden Baum. Er musste den richtigen Geruch haben.

»Nadelbäume«, Pewter schnupperte, »*riechen doch alle gleich.*«

»*Gar nicht wahr*«, widersprach der robuste Hund.

»*Ich will nichts von deiner Supernase hören. Mein Geruchssinn ist genauso gut wie deiner.*«

Obwohl Tucker bewusst war, dass sie provoziert wurde, eine Fertigkeit, die Pewter exzellent beherrschte, konnte sie nicht anders: Sie schluckte den Köder. »*Mein Geruchssinn ist überragend. Ich kann nämlich eine Kuh auf einer drei Tage alten Spur verfolgen.*«

»*O, là, là.*« Pewter warf den Kopf zurück. »*Das kann ja nicht mal ein Bluthund. Außerdem, was willst du mit einer stinkenden Kuh? Der Atem von dem wiedergekäuten Futter ist zum Kotzen.*«

Tucker machte einen Nackenkamm und erwiderte: »*Du weißt nichts von Hundenasen.*«

»*Aber von Hundehintern weiß ich alles, was ich wissen muss, du schwanzloses Ungeheuer*«, sagte Pewter kichernd.

Tucker drehte sich kampfbereit herum. Die Hündin hatte in St. Lukas fünf übergeschnappte Katzen ertragen. Ihr Maß an Katzenjux war übervoll.

Mrs. Murphy blieb bei ihnen stehen, während Harry weiterging, und sagte in bestimmendem Ton: »*Schluss jetzt.*«

Selten widersprach Tucker der Tigerkatze. Sie waren gute Freundinnen. Zumal Mrs. Murphy die Krallen ausfahren und Tucker zerfetzen könnte.

Pewter mochte sich nicht mit der Tigerkatze anlegen, wollte es aber auch nicht so aussehen lassen, als würde sie klein beigeben. *»Wer ist gestorben und hat dich zu Gott ernannt?«*

Verärgert über diesen Spruch, sagte Tucker: *»So was darfst du nicht sagen. Wir sind gerade von St. Lukas gekommen. Außerdem sind hier ringsum Ordensbrüder.«*

Mrs. Murphy musste über Tuckers Ernsthaftigkeit lachen. *»Seit wann verstehen Menschen unsere Sprache? Nicht mal unser eigener Mensch kapiert sie.«*

*»Genau.«* Pewter klammerte sich an das, was sie für eine klitzekleine Unterstützung von Mrs. Murphys Seite hielt. *»Außerdem sind die meisten Brüder plemplem. Sie machen was gut. Ihr wisst schon, Sünden sühnen. Warum würde sonst jemand bei den Sterbenden sitzen wollen? Das ist doch nicht normal.«*

*»Pewter, du bist gemein.«* Mrs. Murphy drehte sich um und folgte Harry, die sogar in einer verschmierten Arbeitsjacke attraktiv aussah.

*»Ich sag die Wahrheit. Wieso ist das gemein?«*, rief Pewter den beiden Tieren nach, als die sich von ihr entfernten. *»Die sind eine Bande von Durchgeknallten.«*

Tucker, die neben Mrs. Murphy hertrottete, sagte: *»Sie hat schlechte Laune, weil sie die Kälte nicht mag. Bleibt sie deswegen im Auto? Nein. Sie lebt in ständiger Angst, was zu verpassen, und dann ist sie nur am Zicken und Stöhnen.«*

Eine graue Kanonenkugel schoss an ihnen vorüber. Pewter drehte sich zu ihnen um, nachdem sie schlitternd zum Stehen gekommen war, wobei Tannennadeln umherflogen. *»Ihr redet über mich!«*

*»Egoistin«*, versetzte Tucker postwendend.

*»Zufällig haben wir tatsächlich über dich gesprochen. Wir haben darüber geredet, dass du die Kälte hasst, aber trotzdem nicht im Auto bleiben willst«*, sagte Mrs. Murphy.

*»Ha. Ihr habt fiese Sachen über mich gesagt. Unchristliche Sachen.«*

*»Pewter«*, sagten Mrs. Murphy und Tucker gleichzeitig und lachten über die missmutige Katze.

Harry, die das Geplapper hörte, rief ihren Freundinnen zu: »Kommt her zu mir.«

»*Sie ist schuld.*« Die verdrossene Tucker zeigte quasi mit der Pfote auf Pewter.

Pewter hopste steifbeinig seitwärts zu dem Hund. Dann verpasste sie der Corgidame einen heftigen Hieb.

»Jetzt reicht's«, sagte Harry streng. »Schaut euch den hier an.«

»*Sehr schön.*« Tucker bewunderte den Dreimeterbaum, der sich in dem alten Farmhaus mit den hohen Zimmerdecken gut machen würde.

»*Kann's kaum erwarten, da raufzuklettern*«, sagte Pewter.

»*Du musst warten, bis er geschmückt ist. Maximalschaden*«, empfahl Mrs. Murphy.

»Wo sind die bloß alle?«, wunderte Harry sich laut. »Einer von den Brüdern müsste doch hier irgendwo sein.«

»*Vermutlich beim Beten und Büßen.*« Pewter kicherte sarkastisch.

Harry missdeutete Pewters Bemerkung und dachte, die Katze wollte auf den Arm genommen werden. Sie bückte sich und wuchtete die große Katze hoch.

Da ein kostenloser Transport einem Fußmarsch bei weitem vorzuziehen war, ließ Pewter es sich gefallen.

Tucker rannte durch die Baumreihe, gelangte ans Ende und rannte in einer anderen Baumgasse zurück. Sie lief immerzu hin und her, während die anderen zum Platz zurückkehrten.

Just als Harry und die Katzen auf dem beleuchteten offenen Platz ankamen, sah sie einen Geländewagen, der gerade losfahren wollte. Sie ging zu dem kleinen Anhänger und klopfte an die Tür.

»Moment«, rief eine Männerstimme von innen.

Die leicht ramponierte Tür ging auf. Ein Mann Ende dreißig kam heraus, er trug das Winterhabit, eine dicke braune Wollkutte. Sein roter Bart und Schnurrbart stachen von den hellblauen Augen ab.

Harry stand da, erkannte schließlich, wer hinter dem Bart steckte, und sagte: »Christopher Hewitt, wir haben erst vorhin über dich gesprochen.«

Er lächelte. »Es ist Jahre her, seit ich dich zuletzt gesehen habe, Harry. Und wer ist ›wir‹?«

Sie umarmte ihn kurz. »Das Dekorationskomitee von St. Lukas. Du erinnerst dich sicher an Susan Tucker und Boom-Boom Craycroft. Sie waren dabei. Die anderen Damen wirst du nicht kennen.«

»Weißt du, was Mae West gesagt hat? Das Einzige, was schlimmer ist, als ins Gerede zu kommen, ist, nicht ins Gerede zu kommen. Und, was haben sie gesagt?«

»Dass du in die Bruderschaft eingetreten bist, nachdem du im Knast warst.«

»Hab schon gehört, dass ich's in die Lokalzeitung geschafft habe.« Er lächelte wehmütig. »Hab vor einem Jahr und ein paar Tagen das Gelübde abgelegt. Musste mein Leben komplett umkrempeln. Ich hatte einen furchtbaren Fehler gemacht. Jedenfalls habe ich mich dem Dienen verschrieben. Vielleicht wird das Gute, das ich tue, mit der Zeit das Schlechte wettmachen.«

»Bestimmt«, pflichtete sie ihm bei. »Wir alle machen Fehler.«

»Meiner hat andere Menschen Millionen gekostet.«

»Nun ja«, sagte sie lachend, »das ist allerdings ein großer Fehler.«

»Ich mache keine halben Sachen.« Er schob die Hände in die dicken Ärmel. »Magst du mit in den Anhänger kommen? Da ist es warm.«

»Danke. Ich möchte einen Baum kaufen. Kannst du ihn für mich reservieren?«

»Selbstverständlich.«

Sie gingen zu dem perfekt gewachsenen Baum, den Harry ausgesucht hatte. Christopher zog ein rotes Pappschildchen aus einer Tasche seiner Kutte. »Das hätten wir.«

»Hast du keine kalten Hände?«

»Doch. Ich gebe mir Mühe, mich an die Tradition zu halten – keine Handschuhe, keine Schuhe –, aber wenn es kalt ist, ziehe ich auf alle Fälle Handschuhe an.«

»Keine Schuhe?«

»Sandalen. Wir dürfen Sandalen tragen, aber bei dieser Kälte mogele ich und ziehe gefütterte Stiefel an. Es ist ja jetzt richtig kalt. Ich glaube, wir kriegen weiße Weihnachten.«

Er trat zurück, um den Baum zu bewundern. »Erinnerst du dich an den alten Mr. Truslow, der jedes Jahr bei der Schülerversammlung *White Christmas* gezeigt hat? Ich fand, das war der langweiligste Film, den ich je gesehen hatte, aber wenigstens hatten wir keinen Unterricht.«

»Wirklich? Ich fand ihn gut.« Sie hielt inne. »Ich glaube, er hat ihn uns gezeigt, weil er im Krieg gewesen ist. Die Vorstellung von einem Wiedersehen und so.«

»Vielleicht. Soll ich dir den Baum in den Wagen heben?«

»Nein, danke. Fair kann nicht vor neun hier sein. Ich möchte sichergehen, dass ihm der Baum gefällt. Eine Ehe funktioniert schon zur Hälfte, wenn man den Partner in jede Entscheidung mit einbezieht.«

»Noch ein Fehler, den ich gemacht habe. Meine Frau ist abgesprungen, als der Skandal mit dem Insiderhandel publik wurde. Ich wünschte, sie hätte mich genug geliebt, um das durchzustehen, aber ich kann nicht sagen, dass ich es ihr verdenke.« Er seufzte.

»Das tut mir leid.«

»Mir auch. Ich war ein Idiot. Wie viel ist genug? Ich hab Millionen verdient, Harry, Millionen, aber ich wollte mehr. Ich war ein Idiot. Wie gesagt, ich hoffe, das Gute, das ich jetzt tue, wird das, was ich damals getan habe, wieder wettmachen.«

»Bestimmt.« Sie gingen zu ihrem alten Transporter.

»Die alten Fords fahren und fahren. Seit wann hast du ihn?« Er ging um den Wagen herum, bemerkte den guten Zustand des Transporters aus der F-Serie.

»Seit meinem Abschluss am Smith College, 1990.«

Er ließ seinen Blick noch einmal über den 78er Ford schweifen. »Ich vermisse meinen Porsche.« Er hob die Schultern. »Eigenartig, wie sehr man einen leblosen Gegenstand lieben kann.«

»Dafür habe ich vollstes Verständnis.« Sie öffnete die Wagentür.

Die Katzen sprangen hinein, aber Tucker musste von ihr in den Wagen gehoben werden.

»War nett, dich zu sehen, Harry. Ich bin bis zehn hier. Wenn du und Fair euch verspätet, ruf an.« Er winkte, als sie losfuhr.

Auf der Fahrt zur Farm überlegte sie, dass der Leopard seine Flecken ändern konnte, wenn er ehrlich motiviert war.

Dachte sie zumindest.

»*Wo fahren wir hin?*« Pewter wollte ein Nickerchen machen.

»*Ach, hier sind wir*«, sagte Mrs. Murphy, als Harry durch die Nebenstraße hinter dem alten Postamt fuhr, wo sie früher gearbeitet hatte.

Als sie den Wagen in Mirandas Zufahrt abstellte, die von der schmalen Straße abging, hielt sie einen Moment inne, um Mirandas symmetrisch angelegten Garten zu bewundern, der sogar im Schnee das Auge erfreute.

»Klopf, klopf.« Sie öffnete die Hintertür.

»Nur herein. Ich bin im Wohnzimmer«, rief Miranda, Harrys Ersatzmutter und ehemalige Arbeitskollegin im Postamt.

Die Tiere flitzten hinein und wurden überschwänglich begrüßt, gefolgt von Harry, die eine herzliche Umarmung und einen dicken Kuss bekam.

»Donnerwetter.« Harry bewunderte Mirandas Baum.

»Ich dachte, ich mache dieses Jahr mal was anderes.«

»Der ist phantastisch.«

Eine Douglastanne, die bis an die Decke reichte, gab Zeugnis von Mirandas hochentwickeltem Sinn für Ästhetik. Karierte Schleifen, mit Goldfäden durchzogen, zierten statt Kugeln die Zweige. Eine üppige Goldgirlande wand sich um den Baum. An der Spitze vervollständigte ein einzelner schmaler Stern das Bild.

»Gefällt er Ihnen wirklich? Nicht zu streng?«

»Er ist wunderschön.«

»Setzen Sie sich. Tee?«

»Ich bin auf dem Sprung. Wollte bloß mal kurz reinschauen. Wir haben heute die Kränze gebunden. Sind Sie nervös?«

»Etwas.« Sie kicherte. »Sehr.«

»Sie werden fabelhaft sein.«

Miranda, eine treue Anhängerin der Kirche zum heiligen Licht, hatte sich bereit erklärt, am Tag der Wintersonnenwende auf der Weihnachtsfeier von St. Lukas zu singen. Ihr Partner würde kein anderer sein als Bruder Morris, der einst in der Welt der Oper ein berühmter Tenor gewesen war.

»Wir haben geprobt. Bruder Morris muntert mich auf, aber Harry, diese Stimme!« Sie hob die Hände zum Himmel. »Eine Gottesgabe.«

»Ihre auch.«

»Na, na, Schmeichlerin.«

»Miranda, man würde Sie nicht gebeten haben, mit Bruder Morris zu singen, wenn Sie nicht das Zeug dazu hätten.«

»Oh, Herbie hat mich gebeten.«

»Er hat ein gutes Urteilsvermögen.«

Miranda wechselte das Thema. »Ich habe Phillipa Henry besucht. Sie baut rapide ab.«

Racquels Tante war zur selben Zeit wie Racquel und Bryson in die Gegend gezogen. Die kinderlose Frau hing sehr an ihrer Nichte und deren zwei Söhnen.

»Das hat Racquel auch gesagt.«

»Ich bin vorher noch nie im Hospiz der Brüder in Liebe gewesen. Sie verrichten dort Gottes Werk.«

»Das tun sie ganz sicher.«

Harry erzählte ihr von der Begegnung mit Christopher Hewitt. Sie tauschten sich über dies und jenes aus, was das Leben auf dem Land und in den Kleinstädten zusammenhielt.

»Noch etwas.« Miranda kam wieder auf Tante Phillipa zu sprechen. »Bryson war da. Er kommt oft vorbei und besucht Phillipa. Bruder Luther war auch da, er sagt, es ist Bryson ein Anliegen, alle Menschen, die in der Obhut der Brüder sind, zu besuchen. Ich war beeindruckt, wie liebevoll er war. Ich meine, weil er doch … äh«, obwohl sie mit Harry sprach, hielt sie inne, weil eine Südstaatenlady nicht schlecht von jemandem spricht, »sonst so selbstgefällig ist.«

»Das kann man wohl sagen.« Harry lachte. »Aber ich nehme an, um erfolgreich zu sein, braucht man ein dickes Ego.«

»Was den Schluss zulässt, dass er sehr erfolgreich ist.« Darauf lachten beide, dann ergänzte Miranda: »Er wirkte distanziert und angespannt. Nicht bei den Patienten, aber im Allgemeinen.«

»Racquel ist misstrauisch.«

»Ich hoffe, das ist unbegründet.« Miranda schüttelte den Kopf. »Ehrlich.«

»Ich auch. Wie finden Menschen bloß Zeit für Affären? Ein Mann ist alles, was ich verkraften kann.«

»Ich auch.«

»Sagen Sie mir, was Sie denken. Wir hatten in St. Lukas eine Diskussion. Es fing mit den Brüdern in Liebe an, wie jeder bemüht ist, sich zu ändern, frühere Sünden wiedergutzumachen. Meinen Sie, der Leopard kann seine Flecken ändern?«

»Aber ja. Man bittet Christus um Hilfe, aber Jesus verkörpert natürlich Veränderung. Wiedergeburt.«

»So habe ich das nie gesehen.«

»Liebes, Sie sind ein guter Mensch, aber Sie haben keine religiöse Einstellung.«

»Brauch ich nicht. Dafür hab ich Sie.«

Sie lachten wieder, dann gab Harry ihr einen Kuss auf die Wange und machte sich auf den Weg.

# 3

Die Luft war kalt. Die Sonne war längst untergegangen, was die Kälte noch verschärfte. Das kleine Viereck aus roten und grünen Lichtern wirkte festlicher als um zwei Uhr nachmittags. Elf Personen, darunter drei Kinder, begutachteten mit unterschiedlichem Ernst die geschlagenen Christbäume.

Pewter hatte es vorgezogen, im Auto zu bleiben, wo sie sich in einen alten Kaschmirschal kuschelte. Mrs. Murphy und Tucker trotteten dahin, ihren Nasen entströmten kleine Atemwolken.

Eine schrille Kinderstimme forderte: »Daddy, nimm den hier.«

Harry sah sich nach dem Urheber um.

Ein Junge von vielleicht zehn Jahren wollte eine schön gewachsene Waldkiefer. Dem Aussehen seiner Kleidung und dem Gesichtsausdruck seines Vaters nach musste der Baum das Budget weit übersteigen.

Die Wirtschaft ging den Bach hinunter, die hohen Benzinpreise rissen Löcher in die Kassen. Harry versetzte es einen Stich, weil das Kind einen herrlichen Baum ausgesucht hatte, den sein Vater sich nicht leisten konnte. Sie war kurz versucht, ihm den Baum zu kaufen. Bei näherer Überlegung entschied sie sich dagegen. Das Kind musste lernen, wie man mit Geld umging. Je früher, desto besser.

Alex Corbett, der seinen großen Baum auf einem Rollwagen schob, blieb bei Vater und Sohn stehen, um zu verschnaufen. Er griff in seine Tasche, zog einen Hundertdollarschein heraus, faltete ihn zusammen und drückte ihn dem Vater in die Hand.

Ehe der Mann etwas sagen konnte, griff Alex wieder nach dem Rollwagen und schob ihn weiter.

Fair rief ihm zu: »Warte, Alex, ich helfe dir aufladen.«

Die zwei Männer bugsierten den Baum zum Range Rover, hievten ihn unter großer Anstrengung auf die Ladefläche und banden die Hecktür fest, weil der Baum herausragte.

»Danke, Fair. Bruder Sheldon ist überlastet.« Er gab Fair die Hand.

»Ich bring den Rollwagen zurück«, erbot sich Fair.

»Hey, willst du auf den Sugar Bowl wetten?« Alex strahlte.

Fair lehnte liebenswürdig ab. »Nein. Ich kenne keine Mannschaft gut genug.«

Fair atmete den Geruch von Nadelbäumen und zersägtem Holz ein, als er den Rollwagen abstellte. Er ging zu seiner Frau zurück. Sie kannten sich seit ihrer Kindheit, und er konnte sich ein Leben ohne sie nicht vorstellen.

»Schatz, wer spielt im Sugar Bowl?«

»Weiß ich nicht«, antwortete sie.

Der abgehetzte Bruder Sheldon bemühte sich, den Kundenstrom zu bewältigen.

Harry passte einen geeigneten Augenblick ab, um mit ihm zu sprechen. »Ist Bruder Christopher hier?«

»Sollte er, aber ich kann ihn nicht finden.« Verdruss sprach aus sämtlichen Poren.

Wie Christopher trug auch Bruder Sheldon die dicke braune Winterkutte. Und Socken in den Sandalen. Bruder Sheldon, über fünfzig, war vom Reformjudaismus zum Christentum konvertiert. Die anderen Brüder zogen ihn gelegentlich wegen »Juden für Jesus« auf, was er mit Anstand über sich ergehen ließ.

»Ich weiß, Sie sind sehr beschäftigt«, sagte Harry. »Ich habe heute Nachmittag unseren Baum ausgesucht. Ich möchte ihn Fair zeigen. Wenn er ihm gefällt, können wir ihn aufladen und bezahlen.«

»In Ordnung.«

»Es ist einer mit Wurzelballen.«

Er zog die Brauen zusammen. »Dazu brauche ich den Frontlader. Kann ein bisschen dauern.«

»Machen Sie sich deswegen keine Gedanken. Der Baum ist da hinten. Wir nehmen ihn schon mal raus. Wenn der Betrieb nicht nachlässt, komme ich morgen wieder.«

Erleichterung machte sich auf seinem sympathischen rundlichen Gesicht breit. »Es widerstrebt mir zwar, wenn Sie noch mal wiederkommen müssen, aber ich bin Ihnen natürlich dankbar.«

»Bruder, Crozet ist nicht sehr groß. Man ist schnell wieder hier.«

Tucker trottete mit Harry auf den Fersen zurück. Fair entdeckte hinter einem der Bäume, die an Holzgeländern lehnten, einen Pferdebesitzer. Sie unterhielten sich über das große Warmblut des Mannes.

Harry kannte den Mann auch – Olsen Godfrey. Nachdem die Höflichkeiten ausgetauscht waren, führte sie Fair zu dem ausgewählten Baum.

Mrs. Murphy, die bei Fair geblieben war, schloss sich Tucker an.

Je weiter sie sich von dem beleuchteten Platz entfernten, desto dunkler wurde es. Harry hatte ein LED-Lämpchen an ihrer Autoschlüsselkette, und als sie zu dem Baum kamen, richtete sie den Lichtstrahl darauf.

»Was sagst du?«

»Ein schöner Baum. Eine echte Immergrün-Pyramide.« Fair legte seiner Frau seinen Arm um die Taille und sagte: »Du hast einen guten Blick.«

Tucker hob die Nase. *»Lecker.«*

Mrs. Murphy atmete tief ein. *»Frisch.«*

Die zwei schossen davon.

»Hey!«, rief Harry ihnen nach.

*»Wir sind gleich wieder da«*, rief Tucker über die Schulter.

»Dieser Baum ist einfach vollkommen – der Inbegriff von einem Weihnachtsbaum«, bewunderte Harry ihn.

»Wenn er mir aus irgendeinem Grund nicht gefiele, dann fände er bestimmt einen anderen Liebhaber.« Fair hob den

Wurzelballen an einer Seite an. »Schwer, aber ich denke, ich kann ihn zum Wagen schaffen.«

»Schatz, nicht. Du bist stark wie ein Stier, aber vielleicht kann Bruder Sheldon dir den Gabelstapler ausleihen.«

»Gute Idee.«

Sie hatten noch keine zwei Schritte zum Platz hin gemacht, als Tucker an ihnen vorbeisauste. Sie hielt den Kopf zur Seite, trug etwas in der Schnauze.

Mrs. Murphy, dicht hinter ihr, rief: »*Ich hab dir gesagt, lass das. Du bringst uns alle in einen Riesenschlamassel.*«

Tucker verweigerte eine Antwort, weil sie sonst ihre Beute hätte fallen lassen.

Harry rief: »Tucker, was hast du da?«

»*Sie hat's gestohlen.*« Mrs. Murphy fegte an Tucker vorbei und drehte sich dann zu dem Hund um, doch mit der Behendigkeit eines Corgi sprang Tucker zur Seite und wich der flinken Pfote aus.

Fair rannte zu der stämmigen kurzbeinigen Hündin und rief: »Lass es fallen.«

Als sie den Befehl der tiefen Stimme hörte, ließ Tucker ihren Schatz los. Sie stellte sich darüber und funkelte Mrs. Murphy wütend an.

»*Ich will das verflixte Dingen nicht*«, zischte Mrs. Murphy, die Augen weit aufgerissen.

Harry hielt das LED-Lämpchen auf den begehrten Gegenstand. »Ein schwarzer Strick. Damit binden die Mönche ihre Kutten zusammen.«

Fair richtete sich zu seinen vollen eins neunzig auf. »Ich bringe ihn Bruder Sheldon. Möchte mir keinen unbekleideten Mönch vorstellen.« Er lachte. Dann hob er den Strick auf. »Klebrig.«

»Tucker, wo hast du den gefunden?«, fragte Harry.

Tucker führte ihre zwei Menschen zu der Stelle.

»*Du kannst aber auch nichts liegen lassen.*«

»*Das Blut riecht so lecker.*«

Durch die langen Reihen mit gepflanzten Bäumen führte Tucker sie ganz nach hinten. An einem riesengroßen, vollendet pyramidenförmig gewachsenen Baum lehnte Christopher Hewitt. Mit weit aufgerissenen Augen und offenem Mund sah es aus, als würde er einen Schrei ausstoßen.

Harry, das Lämpchen in der Hand, zauderte einen Moment, als sie die Szene auf sich wirken ließ. Fair blieb ebenfalls stehen. Dann übernahm der Tierarzt in ihm das Kommando. Er fühlte nach dem Puls, schüttelte den Kopf.

»Der Leichnam kühlt ab. Es ist aber so kalt hier draußen, dass ich wirklich nicht schätzen kann, wie lange er schon tot ist. Leuchte mal hierhin.«

Als das Licht Christophers Gesicht erfasste, richtete Harry die Lampe abwärts. Sie zog eine Grimasse. Seine Kehle war so sauber durchtrennt, dass man den Schnitt kaum sah. Die Blutflecken hatten dasselbe dunkle Braun wie die Kutte.

Flair klappte sein Handy auf und rief ihre Nachbarin Deputy Cynthia Cooper an, die heute Abend Dienst hatte.

»*Riecht herrlich.*« Tucker hob die Nase, um den Geruch von frischem Blut einzuatmen.

»Der Arme, der Arme«, sprach Harry immer wieder vor sich hin.

»Wenigstens ging es schnell. Wer kann so was tun wollen?« Fair war auf der Highschool zwei Klassen über Christopher gewesen, hatte ihn aber nicht näher gekannt.

»Sollten wir Bruder Sheldon nicht Bescheid sagen?«

»Hör mal, so wie es aussieht, könnte Bruder Sheldon ihn umgebracht haben. Wenn wir die Sirenen hören, können wir hingehen. Man kann nie wissen, was er tut, wenn er der Mörder ist.«

Was er tat, war dies: Er wurde ohnmächtig.

Kaum zehn Minuten, nachdem Fair die Befürchtung geäußert hatte, dass Sheldon der Täter sein könnte, traf Cooper ein. Diese zehn Minuten kamen Harry und Fair schrecklich lang vor, als sie da in der bitteren Kälte standen.

Cooper, die zuerst das Umfeld überprüft hatte, brachte Bruder Sheldon mit. Er kippte um, ohne in die Knie zu sinken.

Sie kniete sich hin, um seine Schultern anzuheben.

»Coop, lass mich das machen«, sagte Fair.

»Danke. Tritt hinter ihn, wenn du ihn hochhebst, Fair. Manchmal kotzen sie einen von oben bis unten voll.«

Bruder Sheldon übergab sich nicht, er wurde einfach wieder ohnmächtig.

»Lassen wir das erst mal.« Cooper richtete ihre volle Aufmerksamkeit nun auf den Tatort.

»Wer das getan hat, hat rasch gehandelt und wusste genau, was er tat«, bemerkte Fair.

»Wieso?«, fragte Harry.

»Man braucht Kraft, um eine Kehle durchzuschneiden, das liegt nahe.«

Cooper hatte Plastikhandschuhe übergezogen und untersuchte sorgfältig den Leichnam. »Wie es aussieht, gibt es keine weiteren Verletzungen.« Sie schob seine Ärmel hoch. Keine blauen Flecken. Das letzte Wort hierzu würde der Gerichtsmediziner haben.

»Er war dabei, sein Leben umzukrempeln. Er war so zuversichtlich. Ich kann es nicht fassen.« Harry war bestürzt.

»Irgendeine Idee?« Cooper stand auf.

»Nein«, antworteten sie wie aus einem Mund.

»Es ist schlimm genug, jemanden zu ermorden, aber ausgerechnet an Weihnachten.« Harry war bekümmert und wütend zugleich.

Bruder Sheldon stöhnte.

»Er wird zu sich kommen, wenn sein Zustand es zulässt.« Cooper leuchtete Sheldon mit ihrer starken Taschenlampe ins Gesicht. »Dürfte interessant werden, wenn wir den Mörder finden.«

»Wieso? Ich meine, außer rauszufinden, wer's war?« Harry bewegte die Zehen, die trotz des dicken Futters in den Stiefeln kalt waren.

»Brüder in Liebe. Nicht wahr? Können sie dem Mörder vergeben?«

Fair roch den eigenartigen metallischen Blutgeruch. »Man sollte ihn lieber erst mal finden. Dann können wir uns den Kopf wegen der Vergebung zerbrechen. Es ist eine himmelschreiende Schande.«

Sie hörten die Sirenen. In der Stille der Nacht trug das Geräusch weit. Der Dienstwagen des Sheriffs und das Auto der Leute von der Gerichtsmedizin hatten soeben die Eisenbahnüberführung unterquert und fuhren jetzt nach Norden.

»Woher weißt du, dass die Leute, denen du gesagt hast, sie sollen hierbleiben, nicht weggehen?« Harry betrachtete die Käufer, die in dem beleuchteten Viereck standen.

»Wenn sie gehen, machen sie sich verdächtig, das habe ich ihnen klargemacht. Ich habe vorsichtshalber auch ihre Autokennzeichen in meinen Computer eingegeben.« Cooper hatte, wie die übrigen Beamten auch, einen Laptop im Dienstwagen.

»Schlau.« Fair nickte.

»Routine. Man sehe zu, dass man so unauffällig wie möglich so schnell wie möglich an so viele Informationen wie möglich kommt. Die Leute beschweren sich gerne über unsere Dienststelle, aber Leute beschweren sich nun mal gerne, punktum. Wir sind gut ausgebildet.«

Bruder Sheldon, der da lag wie ein Klotz, hätte Sheriff Rick Shaw beinahe zu Fall gebracht, dessen Blick sofort zu dem Baum, dann wieder zu Bruder Sheldon huschte.

»Ist er tot?«, erkundigte Rick sich. Der Sheriff war in Begleitung von drei weiteren Gesetzeshütern, von denen einer mit einem Fotoapparat bewaffnet war.

»Nein. Wo ist Buddy?« Cooper meinte den freiberuflichen Fotografen, der gewöhnlich die Fotos vom Tatort machte.

So gut das Revier des Sheriffs auch ausgestattet war, der Kampf um einen ausreichenden Etat schuf Probleme.

»Doak macht die Fotos«, sagte Rick und fügte hinzu: »Warum sollte jemand einen Mönch ums Leben bringen wollen?«

Doak rief hinter seinem Fotoapparat: »Leuchtet mal mehr hierhin, ja?«

Die übrigen Leute vom Sheriffrevier richteten ihre Taschenlampen auf den Leichnam.

Rick verschränkte die Arme. »Doak, wenn Sie mit den Bildern fertig sind, nehmen Sie die Aussagen von den Leuten da vorne auf. Es ist kalt, sie werden nach Hause wollen.«

»Hat jemand von denen den Toten gefunden?«, fragte Doak.

»Nein«, antwortete Cooper. »Harry und Fair haben ihn gefunden. Fair sagt, der andere, der mit einem Baum von hier weggegangen ist, war Alex Corbett. Ich befrage ihn später.«

»Ich hab ihn gefunden.« Tucker blähte die Brust.

»Tatsächlich haben Tucker und Mrs. Murphy den Toten gefunden. Tucker kam mit dem Strick an, der um seine Kutte gebunden war«, korrigierte Harry die Polizistin.

»Ich werde den Hund und die Katze wirklich mal in meine Dienste nehmen.« Rick lächelte zu den zwei Tieren hinunter, dann seufzte er. »Leute, sieht ganz danach aus, dass wir an den Feiertagen härter arbeiten als üblich.«

»Ich hab nichts gegen Überstunden«, meldete sich Cooper freiwillig.

Rick sah auf Bruder Sheldon hinunter. »Wir richten ihn besser auf. Wir brauchen eine Aussage.«

Fair hievte den Bruder, der an die zweihundertfünfzig Pfund wog, abermals hoch. Es lebte sich gut im Kloster.

»Oh-h-h.« Bruder Sheldons Augenlider flatterten, dann klappten sie auf.

»Müssen Sie erbrechen?«, fragte Rick.

»Nein.« Tränen rollten dem beleibten Mann über die Wangen.

»Brauchen Sie etwas zu trinken oder sonst was?«, fragte Fair. Er hatte meistens eine Kühltasche in seinem Wagen, weil er nie wusste, wie lange er bei seinen Besuchen unterwegs war.

»Nein.« Bruder Sheldon schüttelte den Kopf.

»Wann haben Sie Bruder Christopher das letzte Mal gesehen?«, fragte Rick mit beruhigender Stimme.

»Beim Frühstück. Er war nicht da, als ich um sechs herkam. Erst dachte ich, er gräbt Bäume aus, topft sie ein oder stellt sie in Eimer. Wir haben gerne ein paar da, die man gleich mitnehmen kann.«

»Haben Sie Arbeitsgeräusche gehört?«

»Nein. Es kamen immer mehr Leute, da habe ich nicht sehr eifrig nach ihm gesucht.« Bruder Sheldon weinte. »Ich kann es nicht glauben. Ich kann es einfach nicht glauben.«

»Haben Sie irgendeine Idee, wer das getan haben könnte?«, fragte Rick.

»Sheriff, er war relativ neu in unserem Orden. Ein Jahr, vielleicht ein paar Monate länger. Er hat gelitten, weil er Leid verursacht hat. Als er zu uns kam und Christus annahm, Christus aufrichtig in seinem Herzen annahm, setzte seine Heilung ein. Er war so ein liebenswerter Mensch.«

»Das war er, das kann ich bestätigen, soweit ich ihn kannte«, bemerkte Fair.

»Kannten Sie ihn vom Kloster?« Rick schrieb fortwährend in sein Notizbuch.

»Von der Highschool. Er war zwei Klassen unter mir, eine Klasse unter meiner Frau.«

»Hat irgendjemand, den Sie noch nie gesehen hatten, Bruder Christopher im Kloster besucht?« Rick ließ Bruder Sheldon keine Ruhe.

»Nein. Die Leute kommen gewöhnlich nicht den Berg hoch, schon gar nicht im Winter. Die Straßen sind tückisch. Wenn uns jemand besucht, dann meistens unten im Hospiz. Indem wir das Kloster getrennt halten, bleibt uns Kontemplation möglich.«

»Verstehe. Bruder Sheldon, gehen Sie nach Hause.« Rick

klopfte ihn auf den Rücken. »Jemand vom Revier kommt morgen vorbei, um«, er wählte seine Worte sorgfältig, »die Hilfe der Brüder zu gewinnen. Wir finden heraus, wer das getan hat, das verspreche ich Ihnen.«

Wieder traten Bruder Sheldon Tränen in die Augen. »Wenn ich daran denke, wie bestürzt die Kinder sein werden. Weihnachten ist eine so fröhliche Zeit, und jetzt werden die Medien … Sie wissen ja, wie die sind. Kinder sollten so etwas nicht mitbekommen.« Er stieß einen langen, kummervollen Seufzer aus. »Ihre Unschuld ist ihnen nicht mehr vergönnt.«

»Da gebe ich Ihnen recht, Bruder, vollkommen recht.« Rick klopfte ihn wieder auf den Rücken und nickte dabei Doak kurz zu, der von der Aufnahme der Kundenaussagen zurückgekehrt war.

Doak verstand die Geste seines Vorgesetzten. Er legte seine Hand sachte unter Bruder Sheldons Arm. »Kommen Sie, Bruder. Ich bringe Sie zu Ihrem Auto.«

»Ich muss zuerst hier abschließen.«

»Ich helfe Ihnen. Und wenn Sie jemanden brauchen, der Sie nach Hause fährt, sagen Sie's mir. So ein Schock kann einen zittrig machen.«

»O ja. Ich habe mir so etwas nie vorgestellt.« Die Tore gingen auf, und Doak kehrte mit dem Bruder zu dem beleuchteten Platz zurück.

Fair betrachtete die zusammengesackte Gestalt, als die zwei Männer weggingen. »Er nimmt es sehr schwer.«

Rick sah den hochgewachsenen Tierarzt an. »Irgendeine Idee?«

»Nur das Naheliegende.«

»Das wäre?«

»Der Mörder ist gesund und munter und sehr effektiv getarnt.«

»Was bringt dich darauf?« Cooper vertraute Fair, da er ein Vernunftmensch war.

»Entweder ist er schon meilenweit weg, oder er sitzt mit sich zufrieden daheim in Crozet. Das ist ein ganz dreister Bursche. Er ist hier reinspaziert, hat schnell und leise gemordet und ist unbemerkt wieder rausspaziert.«

»Sie haben recht.« Rick lächelte Fair zu. »Sie könnten Polizist sein, wissen Sie das?«

»Das wäre nichts für mich. Aber ich bin Tierarzt und darin geübt, möglichst emotionslos zu beobachten. Was in dieser Situation einige Mühe gekostet hat.«

»Es ist immer ein Schock, wenn man das Opfer kennt«, erklärte Rick.

Als sie wieder im Auto saßen, merkte Harry, dass sie den Baum nicht mitgenommen hatten. Sie hatte die Lust daran verloren.

Mrs. Murphy und Tucker berichteten Pewter aufgeregt vom Geschehenen.

Voller Neid murrte die graue Katze: »*Ihr lügt.*«


# 4


Bruder Morris, das Oberhaupt der Brüder in Liebe, war so voll der Milch der frommen Denkungsart, dass er fast muhte. Es wäre ein fettes Muhen geworden, denn Bruder Morris brachte über dreihundert Pfund auf die Waage. Mit nunmehr achtundvierzig Jahren hatte er dank seines Vorlebens begeisterte Anhänger. Der ehemals berühmte Operntenor, der sich auf deutsche Rollen spezialisiert hatte, war in Ungnade gefallen. Bei seinem Gewicht war es ein Wunder, dass er in New Yorks Straßen kein Schlagloch verursacht hatte, das so groß und tief war, dass darin drei Taxis auf einmal hätten verschwinden können.

Die meisten Stars zeigen hin und wieder Allüren. Die Direktoren von Opernhäusern können ein Lied davon singen.

Sie müssen sich mit Egos herumschlagen, die so übergroß sind wie die Stimmen. Das Geschlecht scheint dabei keine entscheidende Rolle zu spielen. Natürlich gibt es in jeder Gruppe Gute und Schlechte, und Bruder Morris, damals bekannt als Morris Bartoly, machte wenig Ärger. Er regte sich nie über die Größe oder Lage seiner Garderobe auf. Er liebte große Esskörbe, vor allem mit Früchten, denn er aß für sein Leben gern, und ein erquickender Weinbrand förderte die Verdauung. Er trat jedoch nie betrunken an oder auf, war immer pünktlich und arbeitete bereitwillig mit anderen Stars zusammen, die weitaus weniger großmütig waren als er.

Kurz und gut, er war ein Traumstar, was seinen Absturz nur umso skandalöser machte. Bruder Morris schlief mit Männern und Frauen. Das wäre an sich noch nichts Neues gewesen. Oft schlief er mit beiden gleichzeitig, wobei es ein Geheimnis bleibt, wie beide Geschlechter seine Körpermassen aushielten. Morris ging bei der Partnerwahl diskret vor und nahm sich oft solche, die verheiratet und glühende Opernfans waren. Wenige, falls überhaupt, verdächtigten ihn des Verlangens nach flotten Dreiern. Was ihm den Garaus machte, war nicht die Zahl der Gespielen und Gespielinnen. Ein verheirateter Mann, der sich der Zuwendung von Bruder Morris erfreute, machte zufällig mit seinem Handy Fotos, wie seine Gattin es mit dem Star trieb, oder war es umgekehrt? Der Anblick dieses Kolosses bei etlichen Paarungsvarianten, verkleidet als Schwanensee-Ballerina in eigens für ihn angefertigten Kostümen, das schlug dem Fass den Boden aus. Die Fotos auf dem Handy offenbarten eine sensationelle Geschicklichkeit für einen so massigen Mann. Doch leider wurde er, als die Nachricht sich verbreitet hatte und er auf der Bühne erschien, nicht ausgebuht, er wurde ausgelacht.

Bruder Morris verschwand von der Bildfläche. Eine Abwärtsspirale aus Prostituierten und Aufputschdrogen gab ihm den Rest. Sein Kostümgeschmack wurde noch ausgefallener. Er fand Jesus, als er, verkleidet als Kleopatra mit stark geschminkten Augen, in der Gosse landete. Jedwede Öffentlichkeit meidend, begann er gute Werke zu tun, statt tantrischen Sex zu treiben. Jahre später kam er schließlich zu den Brüdern in Liebe, wo er sich durch seine Energie und unleugbar extrovertierte Anziehungskraft unentbehrlich machte, besonders an den Betten der Sterbenden.

Als Bruder Price, vormals Price Newbold, der Gründer der Brüder in Liebe, starb, verstand es sich von selbst, dass Bruder Morris der Ordensvorsteher wurde. Niemand bereute die Entscheidung. Zusätzlich zu seiner Güte gegenüber den Sterbenden bewies er große Führungsqualitäten.

Just in diesem Augenblick waren besagte Qualitäten am Werk. Officer Doak hatte Bruder Sheldon den Afton Mountain hinaufgefahren, weil er sich um dessen Gemütszustand sorgte. Sheriff Shaw hatte ihm grünes Licht gegeben, Bruder Morris über das Vorgefallene zu informieren und es ihm zu überlassen, wie er es den »Jungs«, wie er die Brüder scherzhaft nannte, beibringen wollte.

Bruder Morris kam gar nicht dazu. Bruder Sheldon trat mit einem solchen Gejammer und Geheul über die Klosterschwelle, dass alle aus ihren Zellen stürzten.

Die Unterkunft eines Mönchs wird traditionsgemäß als »Zelle« bezeichnet, und die Zellen hier, waren sie auch karg, hatten Heizung und fließendes Wasser. Darüber hinaus gab es keinerlei Luxus.

Bruder Sheldon posaunte alles schauerlich detailgenau aus. Bruder Morris, dessen Zelle am hinteren Ende des Flurs lag, kam hinzu, als Bruder Sheldon zum Höhepunkt seines Berichts gelangte: zur Entdeckung des Toten.

Entsetzt sah er den Beamten des Sheriffs auf sich zukommen.

»Bruder Morris, kann ich Sie unter vier Augen sprechen?«

Er nickte, schnippte dann mit dem Zeigefinger zu Bruder George hinüber, seinem Stellvertreter, und führte Officer Doak in sein Arbeitszimmer, wo der junge Mann ihm weniger dramatisch als Bruder Sheldon berichtete, was sie gefunden hatten.

Zu Bruder Sheldons Verteidigung muss man sich fragen, wie oft findet man einen Ermordeten, der an einem Weihnachtsbaum lehnt? Wie dem auch sei, Bruder Sheldon blühte auf, wenn seine Emotionen überflossen, weswegen er jetzt in seinem Element war.

»Mein Gott, das darf nicht wahr sein.« Bruder Morris' bärtiges Gesicht wurde blass.

»Leider ja, Sir – ich meine, Bruder.«

Bruder Morris winkte ab. »Nennen Sie mich, wie Sie wollen. Haben Sie irgendeinen Verdacht?«

»Nein. Wir stehen mit den Ermittlungen erst am Anfang. Die Leute von der Spurensicherung kommen bei Tagesanbruch wieder, weil es jetzt zu dunkel ist. Es tut mir leid, aber wir müssen die Christbaumschule noch mindestens einen Tag geschlossen halten.«

»Wenn's weiter nichts ist.« Er verschränkte die Hände, senkte den Kopf und sah dann hoch. »Was kann ich tun, um Ihnen zu helfen? Wir alle hatten Bruder Christopher sehr gern. Bitte lassen Sie uns helfen.«

»Wir kommen morgen wieder, um Fragen zu stellen. Das ist eine Hilfe für den Anfang«, sagte Doak in beruhigendem Ton.

»Natürlich, natürlich.« Bruder Morris' Stimme zitterte ein wenig.

»Wir werden jeden befragen, der mit ihm zu tun hatte.« Officer Doak beugte sich ein Stück vor. »Ich weiß, Sie haben einen furchtbaren Schock erlitten, aber ich muss Ihnen jetzt ein paar Fragen stellen.«

»Verständlich.«

»Hatte Bruder Christopher Feinde im Orden?«

Mit heftigem Kopfschütteln antwortete Bruder Morris: »Nein, nein, er wurde von allen geliebt.« Er lächelte zaghaft. »Wir sind die Brüder in Liebe, aber wie Sie wissen, Officer, kommt mancher nur mit Mühe zurecht. Nicht so Bruder

Christopher. Er war ein umgänglicher Mensch, und er strahlte die Liebe Christi aus.«

»Hat sich mal jemand über die Christbaumschule beschwert? Ein Kunde vielleicht?«

»Nein, nicht dass ich wüsste, aber ich werde die anderen Brüder fragen.«

Officer Doak stand auf. »Jemand von unserer Dienststelle kommt morgen vorbei. Ich bedaure die Unannehmlichkeiten, die wir Ihnen bereiten müssen, Sir. Wir werden alles tun, was in unserer Macht steht, um den Täter zu fassen.«

»Das weiß ich. Gehen Sie mit Gott, Officer.« Eine Träne rollte über sein Apfelbäckchen in den grauen Bart. Doak ging durch den langen Flur.

Als der Beamte fort war, wurde der Lärm in der Eingangshalle lauter. Die Gefühlsregungen reichten von betäubter Erstarrung bis hin zu Bruder Sheldons Ungebärdigkeit; er zerriss sein Hemd und wurde wieder ohnmächtig. Bruder Morris sah zu, wie Bruder George ihm Luft zufächelte.

»Bruder Ed, hol das Riechsalz aus der Krankenstation.« Bruder Morris richtete sich zu seiner vollen Größe von eins neunzig auf und sagte: »Brüder, so entsetzlich es ist, bedenkt, dass Bruder Christopher heimgekehrt ist. Er ist bei Jesus, und wir feiern seine Erlösung von der Mühsal des Irdischen. Bruder Luther, du bist für den Gedenkgottesdienst zuständig, am Freitag. Bruder Howard, du bist für den Zuspruch zuständig. So«, es folgte eine lange Pause, »hat irgendjemand irgendeine Idee, weiß jemand irgendetwas, das dazu beitragen könnte, das Geschehene zu verstehen?«

Seiner Frage wurde mit ausdruckslosen Mienen begegnet.

Ein Bruder von kleinem Wuchs, ein gutaussehender ehemaliger Jockey, der auf die schiefe Bahn geraten war, meldete sich: »Vielleicht hat er ja nicht das ganze Geld ausgegeben.«

»Wie bitte?« Bruder Morris schien verwirrt.

»Insiderhandel«, antwortete Bruder Speed, der Jockey. »Er hat viel Geld von Leuten veruntreut. Habt ihr schon mal von einem gehört, der so was gemacht und nicht einen dicken Batzen für sich selbst gehortet hat?«

Erschrocken meinte Bruder Morris: »Er hätte es zurückgegeben.«

Bruder Speed, der einiges über Betrüger und Dreckskerle wusste, blieb ruhig und unbeirrt. »Bruder, so gern ich dir zustimmen möchte, aber meine Vermutung ist, dass das Ganze auf seine Zeit an der Börse zurückgeht. Irgendwo muss ein Haufen Geld sein.«

»Warum ist er dann im Orden geblieben?« Bruder Luther stand vor einem Rätsel.

»Aus Sicherheitsgründen vielleicht.« Bruder Speed zuckte mit den Achseln. »Ich sage nicht, dass das der Fall ist. Du hast nach Ideen gefragt.«

Bruder Morris strich seinen Bart. »Bruder Speed, ich hoffe, dass du dich irrst, aber unter diesen Umständen können wir eine solche Möglichkeit nicht ausschließen. Wenn jeder von euch Beobachtungen und Gedanken notiert, ergibt sich vielleicht ein Bild. Unterdessen betraue ich jeden von euch damit, für Bruder Christophers Seele zu beten und sich der Liebe zu erinnern.«

Bruder Sheldon kam wehklagend zu sich. Bruder Morris seufzte tief und wünschte, Bruder Sheldon wäre nicht so theatralisch. Davon hatte er an der Oper genug erlebt.


# 5


Doktor Emmanuel Gibson forschte in seinem Gedächtnis nach einem ähnlichen Fall. Ihm kam nichts in den Sinn. Der fünfundsiebzigjährige Mann war eine Fundgrube für Pathologiegeheimnisse; jüngere Ärzte zogen ihn häufig zu Rate. Er war in guter Verfassung, ein scharfsinniger Könner, der meistens gerufen wurde, wenn der zuständige Gerichtsmediziner nicht erreichbar war.

Doktor Gibson untersuchte die Wunde.

»Es gibt anscheinend keine Kampfspuren«, sagte Rick.

»Ich muss Gewebeproben einschicken, habe die Organe aber noch nicht entnommen.« Doktor Gibson blickte von dem Leichnam hoch. »Möglicherweise wurde er betäubt – dann gab's keinen Kampf.«

Cooper nickte. »So was wie die Date-Rape-Droge.«

Doktor Gibson untersuchte die Unterseite der Unterarme, um zu sehen, ob Christopher Schläge abgewehrt hatte. »Keine Anzeichen. Die durchtrennte Drosselvene könnte Fingerabdrücke verwischt haben. Wäre er erwürgt worden, dann wären seine Augen blutunterlaufen, aber das sind sie nicht, wie Sie sehen können.«

Rick betrachtete die glasig starrenden Augen. Er konnte sich nicht daran gewöhnen, obwohl er schon viele Leichen gesehen hatte. Die offenen Augen kamen ihm immer wie stumme Zeugen vor.

»Können Sie den Drogenbericht von Richmond beschleunigen?«, fragte Cooper. In Richmond wurden die gerichtsmedizinischen Untersuchungen vorgenommen.

»Es ist Weihnachtszeit. Da hat es niemand eilig, aber, Sheriff, Sie können versuchen, die Leute ein kleines bisschen anzutreiben.« Doktor Gibsons Neugierde steigerte sich, als er den sauberen Schnitt in der Kehle noch einmal betrachtete.

Rick verschränkte die Arme. »Hat eine scharfe Klinge benutzt.«

»Ja, kein gezackter Rand. Die Wunde ist ganz akkurat und sauber.«

Cooper klappte ihr Notizbuch für einen Moment zu. »Kein Kampf. Drogen bislang unbekannt. Entweder kannte er seinen Angreifer, oder der Mörder hat sich an ihn herangeschlichen.«

»Definitiv eine Möglichkeit.« Doktor Gibson fing bei der Arbeit zu summen an.

Rick wusste, wie methodisch die meisten Gerichtsmediziner vorgingen, und Doktor Gibson ganz besonders. »Ich möchte Sie bei Ihrer Arbeit nicht stören, aber ich bin neugierig.«

»Das verstehe ich«, erwiderte Doktor Gibson und fuhr mit der Untersuchung fort.

»Ich bin auch neugierig. So wie ich das sehe, wurde der Schnitt von jemandem ausgeführt, der genau wusste, was er tat.« Mord faszinierte Cooper jedes Mal aufs Neue.

»Es erfordert Kraft und Geschick, wie Sie wissen. Wenn man den Kopf zurückreißt, ist die Drosselvene leichter zu durchtrennen.«

»Doktor Gibson, wir überlassen Sie jetzt Ihrer Arbeit, und ich danke Ihnen, dass Sie so spät noch hergekommen sind«, sagte Rick.

Der alte Pathologe lächelte. »Hab das Haus voller Enkelkinder. Ich brauchte mal Ruhe.«

Nachdem sie sich von dem Doktor verabschiedet hatten, fuhren die zwei Arbeitskollegen, die auch befreundet waren, zu ihrer Dienststelle. Cooper folgte Rick in sein Büro. Er schloss die Tür.

»Recherchieren Sie zehn Jahre zurück, ob es irgendwelche Morde an Priestern, Nonnen oder Mönchen gab.«

»Okay.«

»Sind Sie sicher, dass Sie über Weihnachten Dienst tun wollen?«

Sie nickte bekräftigend. »Mein Urlaub fängt Silvester an, wenn Lorenzo mich besuchen kommt.« Lorenzo war ihr Freund, den sie im Herbst kennengelernt hatte und der jetzt zu Hause in Nicaragua war. Da bahnte sich eine Romanze an.

Rick sah auf die große Wanduhr. »Wie kann es schon zwei sein?«

»Die Erde dreht sich halt um ihre Achse.« Cooper lächelte, obwohl sie erschöpft war.

»Hey, gehen Sie nach Hause. Schlafen Sie sich aus. Das werde ich auch tun. Manchmal stelle ich mir vor dem Einschlafen ein Problem und wache mit der Lösung auf. Versuchen Sie das auch mal.«

»Mach ich.«

»Noch was. Sehen Sie zu, ob Sie Harry da raushalten können. Schlimm genug, dass sie und Fair den Toten gefunden haben.« Er rieb sich die Stirn, wie um Sorgen zu verscheuchen.

»Chef, ich will's versuchen, aber ich würde mich nicht darauf verlassen.«

Er lachte, und Cooper ging.

Rick hielt sich nicht an seinen eigenen Rat. Er machte sich auf die Suche nach ähnlichen Fällen, obwohl er Cooper mit dieser Aufgabe betraut hatte.

Um halb vier klingelte das Telefon.

Doktor Gibsons helle Stimme war am Apparat. »Dachte mir, dass Sie noch auf sind. Sheriff, in seinem Mund habe ich was Merkwürdiges gefunden. Unter seiner Zunge lag eine alte griechische Münze, ein Obolus.«

Rick, der nicht viel über griechische Mythologie gelesen hatte, platzte heraus: »Herrje, was kann das zu bedeuten haben?«

»Nun, die Bedeutung ist ganz klar, Sheriff. Er benötigte einen Obolus, um ihn dem Fährmann Charon zu geben, der die Toten über den Styx in die Unterwelt bringt. Wenn er die Münze nicht hat, wandert er im Zwischenreich umher, ein grausames Schicksal.«

»Eigenartig. Er wird ermordet, aber der Täter möchte, dass er in die Unterwelt kommt.«

»So eigenartig ist das gar nicht, Sheriff. Erstens ist es ein Schlag gegen sein erklärtes Christentum. Der Mörder huldigt den alten Göttern. Zweitens kann es sein, dass auf der anderen Seite jemand auf ihn wartet. Jemand, der noch mehr Unheil anrichten wird.«

Rick legte auf; er brauchte jetzt Schlaf oder was zu trinken oder beides.

# 6

Dienstag, 16. Dezember. Eine dünne Schneeschicht bedeckte die Gipfel der Blue Ridge Mountains, aber es wirbelten nur vereinzelte Flocken ins Tal hinab. Doch als die Sonne herauskam und die Kuppen der Berge, einstmals die höchsten Gipfel der Welt, glitzerten, sahen sie vollkommen aus.

Susan und Harry fuhren in Susans Audi Kombi, eine Anschaffung, die sie nie bereut hatte. Auf dem Rücksitz saßen neben Weihnachtspäckchen auf einer großen robusten Decke Mrs. Murphy, Tucker, Pewter und Owen, der Susans Corgi und Tuckers leiblicher Bruder war. Als Susans Kinder, die jetzt das College besuchten, das Stadium erreichten, wo sie zum Chauffeur wurde, hatte sie die Corgizucht an den Nagel gehängt. Sie hoffte sie wieder aufzunehmen, denn sie war fasziniert davon.

»Wenn ich noch ein einziges Weihnachtslied höre, fang ich an zu schreien«, murrte Susan.

»Schreien? Was?« Harry machte sich einen Spaß daraus, Susan aufzuziehen.

»Wie wär's mit ›Jesus ist im März geboren, warum feiern wir das im Dezember?‹. Das dürfte denen die Luft abdrehen.«

»Du weißt so gut wie ich, warum. Wir haben sechs Jahre Latein über uns ergehen lassen. Nur schade, dass wir nicht auf demselben College waren. Ich hab weitergemacht und du nicht.«

Harry bezog sich auf das römische Fest der Wintersonnenwende, die Saturnalien, das so beliebt war, dass die Christen es nicht abschaffen konnten. Weil ihnen ein Winterfest fehlte, mogelten sie beim Datum von Christi Geburt und schlugen so zwei Fliegen mit einer Klappe.

»Ach ja, Latein. Ich hab dann Französisch genommen, da-

mit ich französisches Essen bestellen konnte, gekocht von amerikanischen Küchenchefs, die so tun, als verstünden sie was davon.« Sie bremste, als vor ihr ein Kia ausscherte. Der junge Mann am Steuer quasselte in ein Handy, das so winzig war, dass man sich wundern musste, wie er es finden, geschweige denn Nummern eintippen konnte.

»Ist dir schon mal aufgefallen, dass die Leute, die die meisten Risiken eingehen, immer billige Autos fahren?«

»Nein.« Susan kam auf die französische Küche zurück. »Tatsächlich gibt es jetzt ein paar richtig gute französische Köche. Ich meine Amerikaner, die kochen können.«

»Alles Männer. Kocht ein Mann, ist er Küchenchef. Kocht eine Frau, ist sie Köchin.«

»Harry, du bist ein wenig streitlustig.«

»Ich?«, erwiderte Harry in gespieltem Erstaunen.

»Du, Herzelchen.«

Harry sah aus dem Fenster auf den vollbesetzten Parkplatz vom Barracks-Road-Einkaufszentrum. »Christopher geht mir nicht aus dem Kopf. Was für ein Jammer, dass er sterben musste.«

»Als du mich angerufen hast, konnte ich es nicht glauben. Wir hatten erst kurz vorher von ihm gesprochen.« Seufzend machte Susan sich auf die Jagd nach einer Parklücke. »Offenbar hat sich niemand zu der Tat bekannt.«

Harry feixte. »Coop verschweigt mir was. Das merke ich ihr immer an.«

»Harry, sie kann dir nicht alles sagen.«

Harry rutschte auf ihrem Sitz herum. »Ich weiß, aber es treibt mich zum Wahnsinn.«

»Bis dahin ist kein weiter Weg«, zog Susan sie auf.

»Immerhin, eins hat sie mir heute Morgen gesagt. Christopher hatte einen Obolus unter der Zunge.«

Da Susan auf der Highschool jahrelang Latein gehabt und viel über Mythologie gehört hatte, wusste sie, was das bedeutete. »Ah. Mein Park-Karma funktioniert.« Sie fuhr in die Lü-

cke und stellte den Motor ab. Sie saßen eine Minute lang still.
»Ein Obolus für den Fährmann. Offenbar eine Art Symbol.«

»Es ist eigenartig, aber wenigstens haben wir es mit einem gebildeten Mörder zu tun.«

»Es ist wirklich eigenartig.«

Harry schüttelte den Kopf. »Er hat meine Neugierde geweckt.«

*»Gott steh uns bei«*, lautete Pewters Kommentar.

*»Immer kriegt sie so Ideen, und wir müssen sie dann aus der Bredouille retten«*, pflichtete Mrs. Murphy ihr bei.

*»Obendrein zieht sie meine Mutter in den Schlamassel mit rein«*, sagte Owen.

*»Seht es doch mal so: Keiner muss sich langweilen.«* Tucker hatte sich schon längst mit Harrys Neugierde abgefunden.

»Ihr bleibt hier.« Harry hatte die Schreckensvision, dass sie zu dem Audi zurückkommen und den Innenraum zerfetzt vorfinden würden.

*»Ich will mit dir kommen«*, winselte Tucker.

*»Arschkriecherin«*, sagte Pewter verächtlich.

*»Ach, halt's Maul, Dickmops.«*

Die graue Katze setzte ihr schönstes Grinsen auf und säuselte gehässig: *»Hey, ich stecke meine Nase aber nicht ins Katzenklo und fresse Kacke.«*

*»Das ist fies.«* Owen blinzelte.

*»Fies, aber wahr.«* Pewter, zufrieden mit der Wende, die das Gespräch nahm, kuschelte sich tiefer neben Mrs. Murphy in die Decke.

*»Achte nicht auf sie, Tucker. Katzen halten immer zusammen.«* Owen lehnte sich an Tucker, die eine Möglichkeit zu finden hoffte, es Pewter heimzuzahlen.

Susan und Harry traten in das elegante Rahmengeschäft Buchanan und Kiguel.

Shirley Franklin, die hübsche, kunstsinnige Dame hinter der Theke, spähte über die Köpfe der Kunden hinweg und rief: »Was macht ihr denn so? Schön, euch zu sehen.«

»Die Horrorzeit überleben«, witzelte Harry.

Die Leute lachten. Shirley reichte verpackte Rahmungen über die Theke. Die fertigen Arbeiten wurden in speziellen Kästen aufbewahrt, damit sie nicht umfielen.

»Der Obolus.« Susan hatte einen hübschen Druck von Aphrodite entdeckt. »Heidnisch.«

»Weiß ich, du Dussel«, sagte Harry leise.

»Vielleicht bedeutet das, dass Bruder Christopher ein falscher Fuffziger war.«

Harrys Miene veränderte sich, als sie sich umdrehte, um Susan ins Gesicht zu sehen. »Darauf war ich nicht gekommen.«

»Oder es geht um Geld. Bei seinem Skandal ging's um Geld.« Susans Neugierde war jetzt genauso geweckt wie Harrys.

»Oder beides.«


Cooper klebte im Sheriffrevier vor dem Computerbildschirm, froh, heute nicht auf Patrouille zu sein. Die lange Nacht mit wenig Schlaf hatte sie erschöpft. Gesetzeshüter können es sich nicht erlauben, etwas zu übersehen oder langsamer zu treten. Zu viel kann passieren, und es passiert immer schnell.

Rick hatte an diesem Morgen eine Presseerklärung abgegeben. Die Telefone summten wie ein Bienenstock, eins klingelte nach dem anderen.

Er trat zu Cooper und beugte sich über ihre Schulter. »Es kommt aus den Löchern gekrochen, das Medienpack.« Sein Mundwinkel kräuselte sich leicht aufwärts. »Von dem Obolus hab ich denen nichts gesagt.«

»Hm, ich hab darüber nachgedacht. Weiß nicht mal, wo ich suchen soll. Ich hab's Harry erzählt.«

»Weiß sie mehr als Doktor Gibson?«, fragte Rick.

»Nein, aber sie sagt, sie guckt ihre alten College-Lehrbücher noch mal durch.«

»Dann kommt sie uns wenigstens nicht in die Quere.«

»Glauben Sie, der Mord hängt irgendwie mit Weihnachten zusammen?«

»Wer weiß? Ich hätte gern einen kleinen unumstößlichen Beweis. Erkundigen Sie sich bei den Fluggesellschaften, die Charlottesville anfliegen, ob Passagiere aus Phoenix, Arizona, gelandet sind.«

»Mach ich.«

»Das ist ein Griff nach einem Strohhalm«, räumte er ein. »Aber manchmal verfängt sich auch in einem weitmaschigen Netz ein Fisch.«

# 7

Die Queen von Crozet, die selbst in Stallkluft elegant aussah, beobachtete Fair, der Röntgenaufnahmen vom rechten Röhrbein ihres Fohlens machte.

Big Mim Sanburne zupfte ihren roten Kaschmirschal zurecht und bewegte die Finger in ihren kaschmirgefütterten Handschuhen. »Sie wächst heran.«

Obwohl eher klein, wurde die Dame Big Mim genannt – Mim die Große –, weil ihre Tochter Little Mim war – Mim die Kleine.

Paul de Silva, Mims Pferdetrainer und Stallmeister, sah Fair zu, wie er die Platten einsetzte und das tragbare Gerät einstellte.

»Sie ist ein übermütiges Mädchen.« Fair und die anderen beiden traten zurück, und er drückte den Knopf an der langen Schnur des Röntgengerätes.

Fair trug bleigefütterte Handschuhe. Jeder Arzt, ob Zahn-, Tier- oder Humanmediziner, muss beim Umgang mit Röntgengeräten Vorsicht walten lassen. Schließlich will man nicht damit enden, dass man im Dunkeln strahlt.

Paul verschränkte die Arme. »Wenigstens wissen wir jetzt, dass sie springen kann.«

Big Mim fand seinen leichten spanischen Akzent apart. Der

Tonfall, melodischer als das Englische, belebte seine Äußerungen. Zudem war er ein gutaussehender junger Mann mit tiefschwarzen Haaren, schmalen, außergewöhnlich langen Koteletten und einem winzigen schwarzen Bärtchen unterhalb der Unterlippe. Er war mit Mims Architektin Tazio Chappars verlobt. Big Mim hielt es sich zugute, die zwei zusammengebracht zu haben. Darin steckte gerade so viel Wahrheit, um ihr nicht widersprechen zu können.

Es wagte ohnehin niemand, ihr zu widersprechen, ausgenommen Tante Tally, die Schwester ihrer verstorbenen Mutter, und ihre Tochter Little Mim. Little Mims Widerreden erwiesen sich als weniger wortgewaltig als die der bald hundertjährigen Tante Tally.

»Okay, die letzte.« Fair stellte das Gerät wieder ein.

Mim sah zu den geschlossenen Stalltüren hinaus, deren große Fenster sowie das fortlaufende Oberlicht an beiden Seiten des Dachfalzes viel Licht einließen. »Jetzt kommt's aber dick runter.«

»Allerdings.« Fair machte die Aufnahme. »Wir brauchen den Schnee.«

»Gab nicht viel Schnee im letzten Winter«, bekräftigte Paul.

»In Albemarle County zehren jetzt so viele Menschen vom Grundwasserspiegel, dass wir in zehn Jahren oder sogar eher Probleme haben werden.« Big Mim und ihr Ehemann, der Bürgermeister von Crozet, machten sich ernsthaft Sorgen um die Umwelt.

»Überall. Das Tier namens Mensch wird diesen Planeten austrocknen.« Fair verstaute die Platten sorgfältig in einem Spezialbeutel. »Mim, ich bin mir zu neunundneunzig Prozent sicher, dass ein Knochenstück abgesplittert ist. Mehr weiß ich natürlich erst, wenn ich die Röntgenbilder ausgewertet habe, aber wie es aussieht, muss der Splitter befestigt werden. Sie kriegt dort eine schöne dicke Beule, drum ist es aus mit Schönheitswettbewerben.«

Abgesplitterte Knochen sind bei Pferden keine Seltenheit. In den meisten Fällen wächst das Bruchstück wieder an den Knochen an. Gelegentlich geschieht das nicht, dann hat das Tier Schmerzen, und der Splitter muss vom Tierarzt operativ entfernt werden. Wie jede Operation treibt das die Kosten in die Höhe. Die Genesungszeit ist stinklangweilig für das Pferd, vor allem, wenn es so jung und von sich überzeugt war wie Maggie.

»Na wennschon.« Big Mim winkte ab. »Ich kann ohne Schönheitswettbewerbe leben. Die überlasse ich Kenny Wheeler.«

Bei einem Schönheitswettbewerb tritt das Pferd ohne jegliches Zaumzeug an. Der Richter vergibt Schleifen für das Exterieur des Pferdes, nicht für Leistungen. Kenny Wheeler, ein berühmter Pferdezüchter, brachte diese Kategorie Siege in den gesamten Vereinigten Staaten ein.

»Er hat ein paar sehr schöne Exemplare.« Paul bewunderte Wheelers Geschäftssinn.

»Der hat mehr Geld als Gott.« Big Mim lachte.

»Haben Sie auch«, zog Fair sie auf.

Die meisten Leute fürchteten Big Mim und würden sie niemals aufziehen, doch Fair, der sie seit seiner Kindheit kannte, konnte es sich erlauben. Was nicht zuletzt dem Umstand zu verdanken war, dass er unverschämt gut aussah.

»Mehr als Petrus vielleicht. Nicht als Gott.« Sie lachte über sich selbst, dann sagte sie zu Paul: »Bringen Sie sie in ihre Box, ja? Wir lassen sie besser nicht nach draußen, bis wir den vollständigen Bericht haben.«

»Ja, Madam.« Er tippte an seine Schirmmütze und brachte das muntere Stutfohlen in die Box.

Fair trug Röntgengerät und Platten in seinen Wagen. Wie bei den meisten Tierärzten war das Auto seine mobile Praxis. Die Leute hatten keine Ahnung, was einen Pferdearzt eine anständige Ausstattung kostete. Allein der Versicherungsschutz für den Spezialwagen belief sich auf 17 000 Dollar.

Fair ging anschließend in Big Mims großes Büro. »Setzen Sie sich.« Big Mim wies auf einen Platz am Kamin.

Der Eichenholzboden glänzte. Das Sofa und die Sessel, mit gedecktem Schottenkaro bezogen, verliehen dem Raum Farbe. Über dem Kamin hing ein prachtvolles Jagdgemälde von Michael Lyne. Die gerahmten Fotografien an den Wänden zeugten von Mims Erfolgen auf dem Turnierplatz und im Jagdfeld. Sie hatte auch ein Foto von Mary Pat Reines, die in formvollendeter Haltung über ein Hindernis sprang. Seit Mim jung war, hatte dieses Foto sie angespornt. Immer wenn sie es betrachtete, gelobte sie sich, eleganter zu reiten. Mary Pat war die Gönnerin und Geliebte von Alicia Palmer gewesen, als Alicia in den Zwanzigern war. Big Mim war nie klargeworden, wie sehr eine starke Konkurrentin einen zu Höchstleistungen antreibt, bis Mary Pat gestorben war. Sie vermisste sie bei Geselligkeiten und erst recht auf dem Turnierplatz. In mancherlei Hinsicht hatte die Welt einen Kreis vollzogen. Big Mim war der Schrecken jüngerer Konkurrentinnen, weil sie so elegant über Hindernisse setzte wie einst Mary Pat. Und Alicia war aus Hollywood heimgekehrt und gehörte wieder zur hiesigen Gemeinschaft.

»Das Feuer tut gut. Es geht doch nichts über den Hartholzduft, die glimmende Glut.« Fair ließ sich dankbar in den tiefen Sessel sinken.

»Früher hat man oft einen kleinen Holzofen in die Sattelkammer gestellt. Das war nicht ganz ungefährlich. Ich weiß noch, wie die Stallratten – mein Vater nannte sie ›Stallknechte‹ – sich um den Kanonenofen drängten. Da haben sie dann das Sattelzeug auseinandergenommen, das Zaumzeug zernagt. Damals wurden die Kandaren in das Zaumzeug eingenäht. Sah besser aus als heutzutage.« Sie hielt kurz inne und lächelte dann. »Das Laster der Alten, sich an die goldenen Jahre ihrer Jugendzeit zu erinnern.«

»Ihre goldenen Jahre haben nie aufgehört«, schmeichelte Fair, und wirklich, für eine Frau über siebzig sah Big Mim phantastisch aus.

»Na, na«, schalt sie, freute sich aber über das Kompliment. »Was zu trinken?«

»Wissen Sie was, ich mach mir eine Tasse Tee. Bleiben Sie sitzen.«

»Dann bin ich aber keine gute Gastgeberin.« Sie sah ihm nach, als er in den kleinen Küchenbereich ging.

»Sie sind die beste Gastgeberin in der Gegend und die beste Spendensammlerin obendrein.«

»Das zweitälteste Gewerbe.« Sie legte die Füße auf einen Schemel, nachdem sie aus den verschlusslosen Reitstiefeletten geschlüpft war.

Fair drehte einen Wasserhahn auf, der so konstruiert war, dass er Wasser kurz vor dem Siedepunkt erzeugte. »Immer nehme ich mir vor zu fragen, wo Sie den herhaben, und dann vergesse ich es.«

»Den Kochendwasserhahn?«

»Ja.«

»Die meisten Installateurbetriebe haben ihn.«

»Vielleicht kaufe ich Harry einen zu Weihnachten. Nein, ich besorge zwei. Einen fürs Haus und einen für den Stall.«

»Das wird sie freuen.«

»Ich habe eine Halskette für sie, passend zu dem Ring, den ich ihr in Shelbyville gekauft habe.«

»Das wird sie auch freuen. Harry ist so eine attraktive Frau. Es bedarf bloß eines Wunders, um sie aus ihren Jeans und in ein Kleid zu kriegen.«

»Ehrlich, Big Mim, ich krieg sie gern aus ihren Jeans.«

Beide lachten.

»Ich kann mir vorstellen, dass Ihrer beider Weihnachtsstimmung ein wenig gedämpft wurde durch das, was Sie gesehen haben. Rick hat mich natürlich angerufen.«

Der Sheriff musste Big Mim auf dem Laufenden halten. Es würde ihm schlecht bekommen, wenn er es unterließe; außerdem hatten ihre guten Verbindungen ihm so manches Mal geholfen.

Big Mim kannte alle und konnte für zahlreiche Gefälligkeiten Erkenntlichkeit einfordern.

Fair trank seinen Tee, einen belebenden Darjeeling. »Niemand findet es erbaulich, auf einen Toten zu stoßen. Es hat Harry so verstört, weil sie erst am Nachmittag mit ihm gesprochen hatte. Sie sagt, er hat sich dem Orden verschrieben, den guten Werken.«

»Ich nehme an, die meisten Brüder sind dort, um vermeintliche oder tatsächliche Sünden wiedergutzumachen. Und manche Menschen sind für das kontemplative Leben geschaffen.«

»Ich bin keiner von denen.«

»Offensichtlich nicht.« Sie lächelte.

»Wenn Rick mit Ihnen gesprochen hat, dann wissen Sie, dass derjenige, der Bruder Christopher die Kehle aufgeschlitzt hat, geschickt und rasch vorgegangen ist.«

»Ja.« Sie machte eine Pause. »Und Christopher hat keinen Laut von sich gegeben.«

»Nein.«

»Merkwürdig. Und keine Fußabdrücke im Schnee?«

»Der Schnee war matschig«, erwiderte er.

»Wenn der Mörder schlau ist, was ich annehme, könnte er rückwärts in seinen Fußspuren gegangen sein, bis er sich gefahrlos umdrehen konnte.«

»Darauf bin ich nicht gekommen.« Fair hielt kurz inne. »Harry meint, es wird weitere Morde geben.« Er lächelte matt. »Sie kennen ja Harry.«

»Wir wollen hoffen, dass sie unrecht hat, aber der Umstand, dass es sich um eine gut durchdachte und ziemlich rasch ausgeführte Tat handeln muss – im hinteren Bereich der Baumschule, die der Öffentlichkeit zugänglich war –, lässt auf einen Mörder mit scharfem Verstand schließen. Sie wissen, was ich meine: ein kluger Mensch, so deformiert sein Moralkodex auch sein mag, möglicherweise mit einem Helfer.«

»Ah. An einen Helfer hatte ich nicht gedacht.«

»Die Tat hätte sich so rascher ausführen lassen.« Nach einer kurzen Pause fuhr sie fort: »Ich verstehe nur nicht, wieso niemand was gehört hat.«

»Das Überraschungsmoment vielleicht? Oder könnte er den Mörder gekannt haben? Das hätte die Ausführung der Tat mit Sicherheit vereinfacht.«

»Ja.« Sie legte die Hände zusammen.

»Und die Christbaumschule hat Stoßzeiten wie alle Geschäfte. In diesem Fall dürften die Leute nach der Arbeit hereingeströmt sein. Bruder Sheldon war an vorderster Front mit ihnen beschäftigt.«

»Meinen Sie, Bruder Sheldon hat etwas mit dem Mord zu tun?«

»Nein. Er wirkte aufrichtig bedrückt, und er ist ohnmächtig geworden. Ich bin noch nie ohnmächtig geworden. Muss ein komisches Gefühl sein.«

»Ich einmal, ausgerechnet in Venedig. Hab mich ein bisschen schwach und benommen gefühlt. Das Nächste, woran ich mich erinnere, ist, dass ich aufgewacht bin und Big Jim mich hochgehoben hat, und an Leute, die so schnell Italienisch redeten, dass ich kein Wort verstanden habe. Es könnte sein, um mal den Advocatus Diaboli zu spielen«, sie kam auf das ursprüngliche Thema zurück, »dass Bruder Sheldon sich verstellt oder nicht vorausgeahnt hat, wie sehr der Anblick ihn erschüttern würde.«

»Die Ohnmacht war echt. Ich glaube wirklich nicht, dass er an dem Mord beteiligt war. Sicher, Harry und ich waren im Dunkeln dort. Wir haben vermutlich etwas übersehen. Es gab keinerlei Anzeichen von einem Kampf, aber rund um den Baum war Blut. Ich weiß, dass ich eine Menge übersehen habe.«

»Das wäre allen so gegangen, außer Polizeibeamten. Und sogar die übersehen manchmal etwas.«

»Jedenfalls eigenartig. Harry sagt, sie will jetzt keinen Baum mehr. Ich nehme an, sie wird es sich noch mal überlegen. Sie wird überall Bäume sehen, deshalb geht diese Anwandlung vielleicht vorüber.«

»Ich habe Christopher Hewitt nicht gekannt, nur als Kind, das heißt, ich wusste, wer er war. Jeder sieht ja jeden, und er war ungefähr im gleichen Alter wie Little Mim und Sie alle, aber gekannt habe ich ihn nicht. Er gehörte nicht zu Ihrer Truppe. Ich wusste, wovon alle wussten: dem Skandal um den Insiderhandel. Christopher wirkte aber durchaus liebenswürdig. Doch vielleicht wirken erfolgreiche Kriminelle immer so – ich meine diejenigen, die Millionen stehlen.«

»Wirtschaftskriminalität ist so ganz anders als das, was für mich niedere Formen des Verbrechens sind: Vergewaltigung und Körperverletzung, Mord, leichter Diebstahl. Diese Verbrechen werden meiner Meinung nach von Menschen mit geringer Impulskontrolle verübt. Menschen mit schwacher Intelligenz. Wirtschaftskriminalität erfordert hohe Intelligenz, meistens eine ansprechende Erscheinung und Wachsamkeit. Ständige Wachsamkeit, um seine Spuren zu verwischen.« Er überlegte einen Moment. »Ich denke, vorsätzlicher Mord und schwerer Diebstahl erfordern Intelligenz.«

»Ein Mord ist einfacher zu begehen und kann leichter unentdeckt bleiben, als es in den Fernsehkrimis dargestellt wird. Was glauben Sie, warum es immer an die große Glocke gehängt wird, wenn ein Mordfall gelöst ist?«

Fair trank seinen Tee aus. »Das schürt auch die Illusion, dass man mit Mord nicht ungeschoren davonkommen kann. Kann man aber.«

»Ich frage mich, ob der Mörder sich an dem öffentlichen Interesse weidet. Der größte Luxus im Leben ist doch die Privatsphäre.«

»Sehr richtig.« Er lächelte. »Ein weiterer Luxus ist, wenn einem die Ehefrau zuhört, auch wenn es sie ein bisschen langweilt.«

Big Mim lächelte. »Harry findet Sie bestimmt nicht langweilig. Aber Sie wissen ja, wie, hm, wie besessen sie sein kann.

Wenn es einen Menschen gibt, der die sterblichen Überreste von Christopher Hewitt nicht hätte sehen sollen, dann ist es Harry.«

Während Big Mim und Fair sich unterhielten, aß Doktor Bryson Deeds im Farmington Country Club mit seinem Anwalt, Kollegen und Freund Bill Keelo zu Mittag, einem Mann, der in seinem Gebiet so renommiert war wie Bryson in dem seinen.

Am Nebentisch saß eine Gruppe, die soeben eine Runde Plattform-Tennis beendet hatte, das auf einem Platz, der von einem hohen Drahtnetzzaun umgeben ist, im Freien gespielt wird. Die Leute hatten so stark geschwitzt, dass der Schnee ihnen nichts ausmachte, doch am Ende war es so rutschig geworden, dass sie abbrechen mussten. Auf jedem Platz hatten vier Personen im gemischten Doppel gespielt. Die viele Bewegung hatte alle in beste Laune versetzt, wozu auch die Feiertage beitrugen. Anthony McKnight, der Direktor der kleinen, aber recht erfolgreichen Lokalbank, und Arnold Skaar, Börsenmakler im Ruhestand, waren mit von der Partie. Beide Männer kannten Bryson und Bill und verkehrten geschäftlich mit ihnen. Arnie war bei allen gut angeschrieben, weil er sogar bei Konjunkturrückgang, leichtem wie starkem, Geld für sie verdiente.

Bryson stach mit dem Messer in seinen Lachs. »Ich habe heute Morgen mit Bruder Morris gesprochen.«

»Ich auch. Er ist am Boden zerstört.« Bill winkte Donald Hormisdas zu, ebenfalls Anwalt, als er an ihrem Tisch vorbeiging. »Schwuchtel«, zischte Bill.

Bryson ignorierte die Verunglimpfung Donalds, da er sie schon so oft aus Bills Mund gehört hatte. »Abgesehen von dem emotionalen Verlust ist Bruder Morris bekümmert, weil Bruder Christopher so einen guten Geschäftssinn hatte.«

»Er konnte auf alle Fälle überzeugen. Ich war jahrelang zu ermäßigten Gebühren als Anwalt der Brüder tätig, und dann hat Christopher mich überredet, unentgeltlich für sie zu arbeiten.«

Bryson schenkte Bill ein mattes Lächeln. »Er konnte einen Hund bequatschen, von einem Fleischberg abzulassen.«

Tante Tally betrat den Raum, begleitet von ihrer Großnichte Little Mim. An jedem Tisch, an dem Tally vorbeiging, erhoben sich die Herren zum Gruß. Zum einen bewies dies erstklassige Manieren, deren sich ein Herr, der eine Dame verführen möchte, unbedingt bedienen sollte. Damen achteten auf so etwas, genauso wie die meisten Frauen sich bis ins kleinste Detail daran erinnern konnten, was sie bei der ersten Begegnung mit einem Mann anhatten und was er vorige Woche beim Basketballspiel trug. Zum anderen ging Tante Tally an einem Stock mit silbernem Griff. Dieser hatte die grazile Gestalt eines Jagdhundes. Wer sich nicht erhob und etwas Schmeichelndes äußerte, bekam von Tante Tally eins übergezogen. Schlimmer noch, sie erzählte allen, man habe Manieren wie ein Warzenschwein. Man war blamiert.

Bryson erhob sich. »Tante Tally, Sie sehen bezaubernd aus in diesem Rot und Grün.«

Bill, der nicht hintanstehen mochte, küsste ihr flüchtig die Hand und sagte: »Tante Tally, Sie sehen in jeder Farbe hinreißend aus.« Er wandte sich sodann Little Mim zu. »Frohe Weihnachten.«

»Ihnen auch frohe Weihnachten«, erwiderte Little Mim.

»Kommen Sie auf die Weihnachtsfeier von St. Lukas?« Tante Tally hatte Feste und den damit verbundenen Klatsch für ihr Leben gern.

Bryson antwortete: »Unsere Frauen sind beide im Dekorationskomitee. Wir kommen natürlich.«

Tante Tally lächelte, als sei es ganz großartig, dass sie an der Feier teilnahmen. »So was Furchtbares, diese böse Geschichte in der Baumschule der Brüder in Liebe.« Tante Tally klopfte mit ihrem Stock auf den Fußboden. »Andererseits, es gibt den Leuten etwas, worüber sie reden können. Ich habe Gespräche über das Klima bis obenhin satt.« Hiermit ging sie weiter zum nächsten Tisch, um die Huldigungen der Leute, die vorhin Plattform-Tennis gespielt hatten, entgegenzunehmen.

Little Mim, die Halbkugelohrringe trug, die ihr Mann ihr als eine seiner zwölf Adventsgaben geschenkt hatte, blinzelte den Herren zu, während sie Tante Tally nacheilte.

Tallys einziges Zugeständnis an ihr fortgeschrittenes Alter war der Stock, aber das alte Mädchen konnte sich mit erstaunlicher Schnelligkeit fortbewegen.

Die zwei Herren setzten sich wieder.

Bill fragte: »Was denkst du, können wir irgendwas für die Brüder tun?«

Bryson schüttelte den Kopf. »Nicht so richtig. Wir können ihnen nur helfen, ihr Werk fortzusetzen.«

# 8

Ein Mord wie der an Christopher Hewitt würde in jeder Gemeinde einen Sturm von Mutmaßungen auslösen. In Crozet aber wurde Klatsch zu einer neuen Kunstform erhoben.

Bei Cooper riefen wie üblich Leute an, die sich bemüßigt fühlten, ihre Ideen zu Christophers Ermordung kundzutun. Nicht das Fitzelchen eines Beweises wurde dabei erwähnt. Sie hörte geduldig zu und wunderte sich nur über die Fähigkeit der Menschen, ohne jegliche Überprüfung Behauptungen aufzustellen.

»Von Theorien bestürmt«, hatte sie zu Rick über diese Anrufe gesagt, als sie – er am Steuer – den Afton Mountain hinauffuhren. Die Fahrt eröffnete einen herrlichen Blick auf das Rockfish Valley, das südlich der Route 64 parallel zum Gebirge verlief.

»Ich auch. Die meisten von denen, die ich erdulden muss, behaupten, der Mord wird damit zusammenhängen, dass Christopher in Phoenix Leute ruiniert hat. Kann sein, aber er hat im Knast gesessen. Sicher könnte jemand, der für seinen Geldverlust auf Rache sann, nicht mehr dazu gekommen sein, ihn umzubringen, bevor er ins Gefängnis gesteckt wurde.« Er überlegte kurz. »Ich hatte nicht so viele Anrufe wie sonst nach einem Mord. Weihnachten gibt den Menschen wohl mehr zu denken als Christopher Hewitt.«

»Biddy Doswell hat mir gesagt, er wurde von Außerirdischen ins Jenseits befördert.«

Rick lachte. »Die in einer fliegenden Untertasse gelandet sind, stimmt's?«

Cooper schüttelte den Kopf. »Nein. Diese Außerirdischen sind Gnome mit Maulwurfsfüßen und Menschenhänden. Sie graben sich aus der Erde. Erdhörnchenlöcher sind ihre bevorzugten Ausgänge, weshalb uns nichts Außergewöhnliches auffällt.«

»Ein Gnom mit Maulwurfsfüßen und Menschenhänden ist natürlich nichts Außergewöhnliches.«

»Biddy sagt, wir können sie nicht sehen.«

»Ist ja klar. Die Frau ist ganze fünfundzwanzig Jahre alt. Völlig gaga.« Er seufzte, als sie sich dem Berggipfel näherten, wo sie nach Süden in den Blue Ridge Parkway einbiegen wollten. »Was ist Biddys Theorie, warum die Gnome Christopher ermordet haben?«

Biddy – das Küken – hatte ihren Namen daher, dass sie das kleinste von fünf Kindern war, ein kleines Küken eben.

»Sie können rote Bärte nicht leiden.« Cooper schüttelte ungläubig den Kopf. »Rote Bärte.«

»Das ist mehr, als wir bislang haben.« Rick hatte die Vision, dass fortan jeder Mann mit einem roten Bart ermordet werden würde.

»Ein weiterer nützlicher Hinweis von ihr war, dass diese Gnome Sex rund um die Uhr lieben. Sie saufen auch maßlos.«

Sie kramte in ihrer Tasche nach einer Zigarette. »Ob Biddys Idee wohl so was wie ein Wunschtraum ist?«

»Nehmen Sie eine von mir.« Er reichte ihr ein Päckchen Camel, das er von der Sonnenblende herunternahm.

Sie angelte eine Zigarette für sich und eine für Rick aus dem Päckchen. Mit einem robusten Feuerzeug aus dem Handschuhfach gab sie ihm Feuer und zündete sich dann ihre Zigarette an. Beide taten dankbar einen tiefen Zug.

»Ich hab geschworen, dass ich nicht süchtig werde, bin ich aber trotzdem.« Cooper seufzte.

»In unserem Job sind es Alkohol, Drogen, Gewalt oder Zigaretten. Die Leute haben keine Ahnung, wie einen dieser Beruf strapaziert. Die meisten Sorgen machen mir die Jungs, die süchtig nach Gewalt werden. Früher oder später überschreiten sie die Grenze, kommen in die Nachrichten, und dann haben alle Polizeibeamten darunter zu leiden. Und in den Großstadtrevieren werden sie unter Beschuss genommen. Herrje. Wir kriegen hier in Albemarle County weiß Gott genug zu sehen.«

»Allerdings. Mich nimmt es schrecklich mit, wenn wir ermordete Kinder sehen – glücklicherweise ganz selten. Aber wir sehen viel mehr missbrauchte Kinder, als die Leute wahrhaben wollen. Es ist, als würde das ganze verdammte Land den Kopf in den Sand stecken.«

»Ja.« Er würde die Menschen, die Kindern was antaten, am liebsten mit bloßen Händen umbringen. »Besitztum. Überlegen Sie mal. Kinder haben keine Rechte. Ihre Eltern besitzen sie auf dieselbe Weise, wie sie ein Auto besitzen. Ah, wir sind da.«

»Bevor wir uns mit den Brüdern befassen – meinen Sie, weil Kinder Eigentum sind, Besitz, wollen Leute außerhalb der Familie oder der Situation sich nicht einmischen?«

»Bei ehelicher Gewalt ist es dasselbe. Die Leute wissen Bescheid, aber sie wollen nicht mit reingezogen werden. Ich kann das verstehen, aber wir müssen uns nun mal damit auseinandersetzen. Wenn so ein Anruf kommt, bleibt uns keine Wahl. Und familiäre Situationen sind die schlimmsten.«

»Wohl wahr. Schön, dann wollen wir jetzt mal dieser großen glücklichen Familie einen Besuch abstatten.« Cooper sagte dies sarkastisch, denn sie hegte ein leichtes Vorurteil gegen emphatische Wohltäter.

Bruder George, Mitte vierzig und mit einem gepflegten Bart, empfing sie an der Pforte. Er führte sie in Bruder Morris' Arbeitszimmer.

»Bruder Morris wird gleich bei Ihnen sein. Er ist bei Bruder Howard in der Küche.«

Kaum waren die Worte aus seinem Mund, als auch schon die imposante Gestalt von Bruder Morris durch die Tür gestürmt kam. So pompös Bruder Morris eintrat, so diskret ging Bruder George, ein gutaussehender Mann, dem es jedoch an Charisma mangelte, hinaus. »Nehmen Sie bitte Platz.« Bruder Morris ließ seine Körpermassen würdevoll in einen großen Clubsessel sinken, über dessen Rückenlehne ein Kaschmirschal geworfen war. An bitterkalten Tagen, die auf dem Bergrücken besonders eisig waren, zog er sich den Schal um die Schultern.

Cooper holte ihren Stenoblock heraus, doch bevor Rick beginnen konnte, fragte Bruder Morris, ob sie etwas trinken mochten. Sie lehnten ab, obwohl es Cooper nach einer Tasse heißem Kaffee gelüstete.

»Bruder Morris, ich weiß, dies ist eine sehr schwere Zeit für Sie und den Orden, aber ich muss Ihnen ein paar Fragen stellen.«

»Selbstverständlich. Niemand von uns wird ganz frei von Zweifeln sein, solange der Mörder nicht gefunden ist. Ist es nicht merkwürdig, dass man quasi im Frieden sein kann, ohne Ruhe zu haben?«

»Ja, wirklich.« Rick wusste, was Bruder Morris meinte. »Ich möchte Ihnen mit den Fragen nicht zu nahe treten, aber es ist sehr wichtig, dass Sie uns entgegenkommen. Unsere Fähigkeit, den Fall aufzuklären, hängt in vieler Hinsicht von Ihnen ab.«

»Ich sehe nicht, wieso, aber ich werde Ihnen entgegenkommen, wie Sie sagen. Das ist eine sehr südstaatliche Ausdrucksweise für ›Sag die Wahrheit‹.«

Rick deutete ein Lächeln an. »Gibt es jemanden in Ihrem Orden, der Bruder Christopher mal gedroht hat?«

»Nein.«

»Jemanden, der ihn nicht leiden konnte?«

»Er war so umgänglich. Zuweilen wurde Bruder Sheldon ärgerlich. Ich sage nicht, dass er Bruder Christopher nicht leiden konnte, denn das war nicht der Fall, aber er war schon mal verstimmt. Bruder Sheldon ist absolut detailbesessen, und Bruder Christopher war das gar nicht. Das Geld aus dem Christbaumverkauf kam in die Kommodenschublade im Anhänger. Keine Etiketten, keine Unterlagen, wer was gekauft hat, die uns hätten helfen können, gute Beziehungen zu pflegen. Das hat Bruder Sheldon zum Wahnsinn getrieben, weil er immer genau wissen will, woher die Einnahmen stammen.«

»Glauben Sie, dass Bruder Christopher den Orden bestohlen hat?«

»Nein. Er war eben nur nicht detailorientiert.« Bruder Morris runzelte die Stirn. »Insiderhandel ist kein direkter Diebstahl, aber ich weiß, dass Bruder Christopher seine Missetaten bereut hat. Er hat auch bereut, dem Mammon gehuldigt zu haben.«

»Eine Volkskrankheit«, sagte Rick gelassen.

»Ich habe mich dessen auch schuldig gemacht. Mammon und Stolz.« Bruder Morris erwärmte sich für sein Thema. »Ich sah das Licht – buchstäblich, ich sah das Licht – und fand meine wahre Berufung. Sie werden wenigen Menschen begegnen, die zufriedener sind als ich.«

»Dann können Sie sich wirklich glücklich schätzen.« Rick hielt kurz inne. »Wer ist der Schatzmeister des Ordens?«

»Bruder Luther. Übrigens, Officer Doak war sehr fürsorglich mit Bruder Sheldon. Verzeihung, ich bin abgeschweift. Also, was ich noch sagen wollte, Bruder Luther macht sich ständig unnötige Sorgen. Aber so sind ja die meisten Schatz-meister. Wir kommen zurecht. Der Christbaumverkauf macht einen Großteil unserer Jahreseinnahmen aus.« Er trommelte mit den Fingern auf sein Knie. »Können wir das Geschäft bald wieder öffnen?«

»Unsere Leute dürften bis vier Uhr heute Nachmittag drau-ßen sein. Ich sehe keinen Grund, warum Sie nicht öffnen kön-nen. Der Hang der Menschen zum Makabren könnte das Ge-schäft sogar beleben.« Rick wollte Bruder Morris' Reaktion sehen.

Bruder Morris erwiderte: »Das ist es, was Horrorfilmen zu-grunde liegt, denke ich – die schreckliche Tat aus sicherer Ent-fernung zu beobachten. Allerdings, wer vermag in Bruder Christophers Fall zu sagen, was eine sichere Entfernung ist?«

»Das weiß ich nicht«, antwortete Rick aufrichtig. »Bruder Morris, wie lauten die Gelübde Ihres Ordens?«

»Keuschheit, Armut und Gehorsam. Wir sind alle mensch-lich. Jeder hat mit seinen Gelübden zu kämpfen – manche mehr als andere, bei manchen Gelübden mehr als bei anderen. Aber alle geben sich Mühe.«

»Bestrafen Sie einen Bruder, wenn er ein Gelübde bricht?«

Bruder Morris antwortete ruhig: »Wir richten nicht. Was nicht heißt, dass ich keine zusätzlichen Aufgaben zuweise oder nicht zu mehr Gebeten anrege.«

»Hat Bruder Christopher seine Gelübde gebrochen?«

»Nein. Nicht dass ich wüsste. Warum?« Zum ersten Mal zeigte Bruder Morris, wie angespannt er war.

»Durch den Bruch eines Gelübdes könnte er jemand ande-ren verärgert haben.«

»Einen anderen Bruder?«

Rick antwortete: »Möglicherweise. Aber es könnte auch je-mand außerhalb des Ordens gewesen sein.«

Bruder Morris senkte den Blick auf den ausgeblichenen Per-serteppich. »Hat er gelitten?«

»Nicht körperlich. Aber wenn er seinen Mörder kannte,

könnte er im letzten Moment einen Schock bekommen haben.«

»Ich mag gar nicht daran denken.« Bruder Morris sprach mit leiser Stimme.

»Könnte er eine Affäre mit einer Frau aus der Gegend gehabt haben?«

»Das bezweifle ich. Die üblichen Anzeichen – das Gelände verlassen, an manchen Abenden ausbleiben, geistesabwesend sein – so hat Bruder Christopher sich nie verhalten. Womit nicht gesagt ist, dass er es sich vielleicht nicht hatte anmerken lassen, aber das glaube ich nicht.«

»Ich könnte mir vorstellen, dass das Zölibat eine schwere Prüfung ist.«

»Ach wissen Sie, das hängt von den Erfahrungen eines Mannes ab, von seinem Alter und seinen Trieben. Manche haben keinen starken Geschlechtstrieb.«

»Stimmt.« Rick drängte weiter. »Hat jemals Geld in der Kasse gefehlt?«

»Nein. Bruder Luther ist ein grimmiger Wachhund.«

»Kennen Sie sich mit griechischer Mythologie aus?«, fragte Rick.

»Dank der Oper verstehe ich mehr von der nordischen Mythologie. Warum?«

»Unter Christophers Zunge wurde ein Obolus gefunden.«

Das verwirrte Bruder Morris, verstörte ihn ein wenig. »Was kann das zu bedeuten haben?«

»Ich hoffte, Sie wüssten es.«

Der Rest der Befragung ging in diesem Stil weiter, bis Rick und Cooper, enttäuscht, weil es keine Fortschritte gab, sich verabschiedeten.

# 9

Fasziniert von dem Obolus unter der Zunge, erkundigte Harry sich bei den klassischen Fakultäten an der Universität von Virginia, am William & Mary College und am Duke College, wo sie Freunde hatte, die über Frühhistorie lehrten.

Da es die Mythen schon seit Tausenden von Jahren gab, waren im Hinblick auf Charon leicht unterschiedliche Versionen im Umlauf. Die Standardversion, die ihn als etwas verrufenen Fährmann darstellte, hielt sich wacker. Wer ihm keinen Obolus in die Hand drückte, musste am Ufer ausharren, bis man den kleinen Betrag erbetteln, borgen oder stehlen konnte. Da man tot war, konnte sich dies als schwierig herausstellen, weshalb die Angehörigen des Verstorbenen sehr darauf bedacht waren, dem Leichnam den Fährpreis mitzugeben. Weil die Griechen oft kleine Münzen unter der Zunge trugen – undenkbar bei dem heutigen Geld –, war es ganz natürlich, auch einen Obolus unter die Zunge zu legen.

Harrys Anrufe förderten nichts Neues zutage. Darauf rief sie Morton Nadal an, einen hiesigen Münzhändler, und bekam zu ihrem Erstaunen einen sehr aufgeregten Mann an die Strippe.

»Warum fragen Sie mich nach den Obolussen?«, wollte er wissen.

»Ach, nun ja, aus Neugierde.« Der kleine Nebenumstand war noch nicht zu den allzeit indiskreten Medien vorgedrungen.

»Stecken Sie da mit drin?«

»Sir, wo drin?«

»Sie sind schon die dritte Person, die mich wegen meiner Obolusse anruft. Ich habe Münzen aus Alexandria, Athen, Korinth, alles Obolusse.«

»Es tut mir leid, wenn ich Sie belästige.«

»Wie, sagten Sie, war noch mal Ihr Name?«

»Mrs. Fair Haristeen. Ich wohne in Crozet.«

»Warten Sie einen Moment.« Nach einer kurzen Unterbrechung war er wieder dran. »Hm, den Namen gibt es wirklich, aber vielleicht ist es nicht Ihrer. Die zwei anderen haben falsche Namen genannt, allerdings habe ich das nicht gleich überprüft, als sie anriefen.«

»Noch einmal, Mr. Nadal, es tut mir leid. Ich wollte nur wissen, ob Sie welche verkauft haben.«

»Keinen einzigen. Ein paar wurden gestohlen, vorgestern Nacht, glaube ich, aber ich habe es erst heute gemerkt.« Ehe sie etwas sagen konnte, fügte er mit lauter Stimme hinzu: »Ich bin übervorsichtig, und niemand ist auf der Vorderseite ins Haus eingebrochen, wo ich meine Sammlung aufbewahre.«

»Was glauben Sie, wie die Münzen gestohlen wurden?«

»Was geht Sie das an?«

»Entschuldigen Sie, Mr. Nadal, ich sehe, ich bin lästig. Ich nehme an, Sie haben den Sheriff gerufen.«

»Hab ich.« Er legte auf.

Darauf rief Harry Cooper an und berichtete ihr von dem Gespräch.

»Der ist ein kauziger Wicht und sieht genauso aus, wie man ihn sich vorstellt – eine große Ameise mit Brille.« Cooper atmete aus. »Zwei Personen sind bei ihm aufgekreuzt, eine Frau und ein Mann. Er hat eine ungenaue Beschreibung abgegeben, nur, dass sie eher jung als alt waren, dass der Mann ihn abgelenkt und die Frau die Obolusse entwendet hat.«

»Warum hat er es nicht gleich gemerkt?«

»Sie hat sie durch Fälschungen ersetzt – dieselbe Größe jedenfalls –, und ich nehme an, er war in Eile. Ich weiß es nicht. Er ist ein sonderbarer kleiner Kerl und sehr leicht erregbar.«

»Nichts Brauchbares?«

»Nur, dass der Mann ziemlich groß war, einen Schnurrbart und eine fette Lache hatte.«

»Sonst noch was?«

»Es wurden drei Obolusse gestohlen.«

»Drei?«

»Drei.«

## 10

W*er ist gestorben und hat dich zu Gott ernannt?*« Pewter, deren Schwanz leicht hin und her schlug, fauchte Tucker an.

»*Bist ja bloß neidisch.*« Tucker entfernte sich lächelnd von der wütenden grauen Katze.

Tucker war bei Harry geblieben, als Harry die vielen Anrufe tätigte. Die Katzen waren im Stall gewesen.

Mrs. Murphy, ebenfalls erzürnt, hütete sich wohlweislich, gegen die Corgidame zu stänkern, und sagte zu Pewter: »*Wenn du sie anstänkerst, erzählt sie gar nichts.*«

Sosehr Pewter sich über die Vorstellung ärgerte, dass eine simple Hündin sich einer Katze überlegen fühlen konnte – die Vorstellung, uninformiert zu bleiben, war ihr noch verhasster. Man könnte die Behauptung aufstellen, dass die mollige Katze für Klatsch und Tratsch lebte. Pewter selbst zog den Ausdruck Neuigkeiten vor.

»*Du hast recht.*« Pewters Zugeständnis hätte die Tigerkatze fast umgehauen. »*Aber ich werde ihr nicht schöntun. Das überlasse ich dir.*«

Tief seufzend ging Mrs. Murphy Tucker nach, die sich ins Wohnzimmer verzogen und vor den Kamin hatte plumpsen lassen.

Harry und Fair saßen an entgegengesetzten Enden des großen Sofas, eine Decke über den Beinen, Pantoffeln auf dem Boden, und lasen jeder ein Buch.

Den Geruch von brennendem Holz empfand Mrs. Murphy als angenehm, solange ihr der Rauch nicht in die Augen

drang. Tucker hob den Kopf. »*Schade, dass wir nicht zu dem Münzhändler gehen konnten. Wir nehmen Dinge wahr, die Menschen vielleicht übersehen.*«

»*Mutter lässt in der Sache mit den alten Münzen keinen Stein umgedreht.*« Mrs. Murphy machte es sich neben der Hündin bequem, die sie über die Gespräche informiert hatte.

»*Schäumt Pewter noch vor Wut?*« Der Hund lachte, was als Atemwölkchen sichtbar wurde.

»*Bei ihrem Zustand reicht das für ein ganzes Schaumbad.*« Mrs. Murphy knetete den Kaminvorleger mit den Pfoten.

»*Möge sie sich darin entspannen.*«

Darüber musste Mrs. Murphy so laut lachen, dass Harry und Fair von ihren Büchern aufsahen und ebenfalls zu lachen anfingen.

Pewter hörte das alles in der Küche und wurde erst recht wütend. »*Ihr sprecht über mich! Ich weiß es!*«

»*Stimmt*«, rief Tucker hinüber.

Pewter kam aus der Küche ins Wohnzimmer geschossen. Bei Tucker angelangt, plusterte sie sich auf und sprang seitwärts.

Mrs. Murphy bemerkte trocken: »*Du hast Tucker fast zu Tode erschreckt.*«

»*Geschieht ihr recht.*« Pewter ließ sich neben Mrs. Murphy plumpsen.

»*Wir haben gar nicht über dich gesprochen*«, flunkerte Tucker.

Das enttäuschte Pewter, die sich für den Mittelpunkt des Universums hielt.

Tucker wechselte schnell das Thema. »*Vielleicht ist derjenige ja verrückt, der die Münze unter Christophers Zunge gelegt hat. Da steckt keine Logik drin.*«

»*Vielleicht. Vielleicht ist es eine falsche Fährte*«, meinte Mrs. Murphy.

Pewters Wut wich der Neugierde. »*Warum sagst du das?*«

»*Menschen geben vor, verrückt zu sein, um schlimme Sachen zu verbergen. Damit kommen sie auch durch. Glaub ich jedenfalls.*«

Tucker, hellwach jetzt, erhob sich und setzte sich hin. »*Ist es nicht seltsam, wie den Menschen so vieles voneinander entgeht? Ich verstehe ja, dass sie keine Gefühle wittern können – nur Angstschweiß zum Beispiel –, aber sie hören auf das, was die Leute sagen, statt sie zu beobachten.*«

»*Vielleicht wollen sie's nicht wissen.*« Pewter blinzelte, als ein glühendes Stückchen Holz knisternd gegen den Kaminschirm flog.

Mit der Schwanzspitze schnippend, bemerkte Mrs. Murphy: »*Kann sein. Diebstahl, Bestechung, politische Gewalt – so verhält sich nun mal der Mensch. Korruption*«, sie hob die Schultern, »*ist eben ihre Art, Geschäfte zu machen, bei vielen jedenfalls, und das sind immer diejenigen, die am meisten von Moral faseln. Menschen bringen sich selten gegenseitig wegen Korruption oder politischen Vorstellungen um – abgesehen von Revolutionen. Wenn sie morden, hat das meistens persönliche Gründe. Wenn ich über den Mord an Christopher Hewitt nachdenke, suche ich nach einer Verbindung zu einem anderen Menschen. Der ihm nahestand.*«

»*Hmm.*« Pewter sah Harry nach ihrem gelben Markierstift greifen, um etwas in ihrem Buch anzustreichen. »*Aber das ist es ja eben bei Mönchen: Sie stehen niemand nahe. Sie leben zurückgezogen von der Welt, mehr oder weniger.*«

Tucker hob den Kopf. »*Vielleicht. Vielleicht auch nicht.*«

Pewter, die Mrs. Murphys Ausführungen genau zugehört hatte, erwiderte: »*Ich mag mich nicht mit den Scherereien von Menschen abgeben. Christopher Hewitt ist mir schnurzpiepegal. Harry zieht uns da immer mit rein.*«

Während die Tiere plapperten, klingelte Harrys Handy. »Hallo.«

»Hallo, Harry, Bruder Morris hier. In all dem Schmerz und der Aufregung über unseren Verlust habe ich Ihren Kummer ganz vergessen. Immerhin haben Sie und Fair Bruder Christopher länger gekannt als irgendeiner von uns. Es tut mir leid, dass Sie ihn gefunden haben. Es tut mir so leid, dass Sie einen Freund von der Highschool so sehen mussten.«

Harry erwiderte: »Danke. Wir werden ihn alle vermissen.«
Dann fragte sie: »Wie geht es Ihnen damit? Ich weiß, es ist
schwer für Sie.«

Auf diese Frage folgte eine Pause. »Es braucht eine Weile,
bis man es ganz erfasst. Ich versuche mich zu besinnen, dass
Gott uns alle liebt, auch Mörder. Ich versuche nicht zu hassen,
versuche die Sünde zu verurteilen und nicht den Sünder, aber
in diesem Moment will es mir nicht gelingen. Ich möchte ihn
in die Finger bekommen, diesen, diesen …« Er stotterte, weil
er das richtige Wort nicht finden konnte.

»Das ist ganz natürlich.«

»Aber ich wollte Sie nicht mit meinen Gefühlen belasten.«

»Ich hatte gefragt. Wenn wir wahre Christen sind, bin ich
dann nicht Hüter meines Bruders?«

Wieder folgte eine lange Pause. »Doch, Harry, das sind Sie.
Danke, dass Sie mich daran erinnert haben.«

»Kann ich irgendwas für Sie tun?«

»Ja. Wir singen auf der Weihnachtsfeier von St. Lukas, wie
Sie wissen. Ich freue mich darauf, aber ich habe meine Stimm-
pfeife verloren. Haben Sie eine? Das würde mir den Weg vom
Berg hinunter ersparen.«

»Ich besorge Ihnen eine. Wir erwarten viele Menschen, weil
Sie singen werden.«

»Das ist sehr schmeichelhaft.«

»Wie oft bekommen wir schon einen Star von der Met zu
hören?« Harry sprach von dem New Yorker Opernhaus, wo
Bruder Morris einst seinen ersten Ruhm gekostet hatte.

»Auch das ist sehr schmeichelhaft, aber meine Gabe ist nutz-
los, wenn sie nicht im Dienste Gottes steht.«

Harry behielt ihre tiefsten religiösen Gedanken für sich. Sie
traute denjenigen nicht so recht, die mit den ihren hausieren
gingen. Doch Bruder Morris war ein Mönch, weshalb seine
Glaubensbeteuerungen vielleicht nicht so offensiv waren, als
wenn sie von Laien kamen. Dennoch weckte es in ihr den
Wunsch, das nicht weiter zu vertiefen.

Stattdessen sagte sie: »Das Wunderbare ist, Bruder Morris, dass jeder Mensch ein gottgegebenes Talent hat. Das hoffe ich zumindest.« Sie hielt einen Augenblick inne, und ihr Humor gewann die Oberhand. »Das Talent mancher Leute besteht darin, uns übrige unglücklich zu machen. Auf diese Weise erkennen wir, was für ein Glück es für uns ist, wenn diese Menschen nicht in der Nähe sind und dass wir nicht so sind wie sie. Sehen Sie, alles hat einen Sinn.«

Er lachte in sich hinein. »Harry, Sie sind unverbesserlich. Sie wissen, dass ein Talent bei den alten Römern eine Art von Geld war. Es ist interessant, dass ein bestimmtes Können Talent erfordert, also Geld. Im Laufe der Zeit bekam Talent die heutige Bedeutung.«

»Ich hatte Latein.«

»Gut für Sie. Als man Latein als Voraussetzung fürs College vom Stundenplan der Schulen strich, hat man ganze Generationen der Unwissenheit preisgegeben. Die die Vergangenheit nicht kennen, sind verdammt, sie zu wiederholen, und die kein Latein können, kennen die Vergangenheit nicht. Sie kennen nicht einmal die eigene Sprache.«

»Da bin ich ganz Ihrer Meinung, aber unsere Lateinlehrerin an der Highschool war ein richtiger Drachen. Ich habe es total gehasst. Wissen Sie, dass wir ›I Wonder Who's Kissing Her Now‹ auf Lateinisch singen mussten?«

Er lachte. »Ich nehme an, Ihre Lateinlehrerin war schon älteren Datums.«

»Ja. Sie hat sich mit hochwertigem Bourbon abgefüllt, sich aber bei keiner Deklination vertan.« Harry lachte auch. »Brauchen Sie die Stimmpfeife vor der Feier? Verzeihung, Bruder Morris. Das mach ich andauernd, einfach so von einem Thema zum anderen wechseln. Ich meine, ist es nötig, dass ich Ihnen die Stimmpfeife morgen raufbringe?«

»Nein, ich komme ohne zurecht. Wenn Sie so nett sein wollen, sie mir zu geben, wenn wir nach St. Lukas kommen, das würde genügen.«

»Dann mach ich es so.«

»Wir schließen Sie und Fair in unsere Gebete ein.«

Sie verabschiedeten sich. Harry drückte die Auflegen-Taste an ihrem Handy und sagte zu Fair: »Bruder Morris braucht eine Stimmpfeife.«

»Nimm sie ihm nach der Feier wieder ab und biete sie bei eBay an. Das wird dir einen Batzen Geld bringen.«

Harry lächelte ihn an. »Gute Idee, aber ich denke, ich werde sie nicht zurückverlangen. Er wollte auch über Christopher sprechen, aber er war nicht rührselig. Er war um uns besorgt, weil wir Christopher von der Highschool kannten. Sehr liebenswürdig von ihm, wirklich.«


## 11


Am Donnerstag, dem 18. Dezember, sank die Temperatur auf vier Grad minus, was für virginische Verhältnisse sehr kalt war. Schneegestöber verstärkte das Gefühl, dass es wirklich weihnachtete. Doch wie sehr Harry sich auch bemühte, sie kam einfach nicht in die richtige Stimmung. Sie stellte die Weihnachtslieder im Autoradio ab. Sie verdrossen sie, dabei mochte sie sie sonst so gern.

Harry sann über Körpersprache nach, darüber, wie der Körper die Wahrheit ausdrückte, sei es Tuckers gespannte Wachsamkeit und niedlicher Gesichtsausdruck, wenn die Keksdose geöffnet wurde, oder Fair, wenn er behauptete, nicht erschöpft zu sein, wo sie doch sehen konnte, wie sein eins neunzig großes Gestell zusammensackte von der schweren körperlichen Arbeit, die ein Pferdearzt leisten musste. Die Arbeitszeiten waren unvorhersehbar. Ein Anruf konnte um drei Uhr morgens kommen. Dann sprang Fair aus dem Bett, stieg in seinen Wagen und fuhr los. Harry quälte sich aus den Federn und machte ihm in der Zeit, die er brauchte, um seinen flanellgefütterten Overall überzuziehen, eine Thermoskanne Kaffee. Sie hegte die unausgesprochene Angst, dass er, todmüde wie er war, mit dem Auto von der Straße abkommen könnte. Die Abfohlsaison endete im Juli, ab da wurde es ruhiger. Dann sprachen sie beide ein Dankgebet.

Auf der Route 250 waren die meisten Fahrer vernünftiger als auf der Autobahn, wo sie bei scheußlichem Wetter mit überhöhter Geschwindigkeit dahinrasten. Die alte Three Chopt Road, von der die Route 250 abzweigte, wurde mehr von Einheimischen befahren und erwies sich bei Schnee als sicherer.

Oben auf dem Afton Mountain bog Harry rechts ab. Die Überreste eines alten Howard-Johnson-Hotels boten ein armseliges Bild. Sie fuhr langsam den steilen Hang hinunter nach Waynesboro. Charlottesville erstickte im Verkehr, besonders jetzt vor den Feiertagen. Darauf hatte sie keine Lust. Es hatten sich sehr viele Zuzügler in Albemarle County angesiedelt, und die brachten ihre Eigenheiten mit, darunter auch rüdes Benehmen am Steuer. Man hätte hoffen mögen, dass die virginische Art auf die Barbaren abfärben würde, doch schien es eher umgekehrt zu sein. Menschen, die sie kannte, drückten auf die Hupe, zeigten den Stinkefinger und fluchten dabei das Blaue vom Himmel. Das war ihr schlichtweg zuwider.

Was darüber hinaus reizvoll war an Waynesboro, einer bescheidenen Stadt ohne Ambitionen, waren die Preise, die niedriger waren als in Charlottesville, der Stätte der Reichen und Berühmten. Harry hatte nichts gegen reiche und berühmte Leute, ausgenommen eins: Ihre Anwesenheit trieb die Preise unaufhaltsam in die Höhe.

Ein kleines Musikgeschäft thronte oberhalb der Brücke am Ende der Hauptstraße. Harry parkte am Straßenrand, froh, eine Lücke gefunden zu haben, sauste hinein und kaufte drei Stimmpfeifen: eine für Bruder Morris, eine für St. Lukas und eine für sich selbst. Komisch, Bruder Morris dachte, er müsste bei schlechtem Wetter den Berg hinunter. Er kaufte offenbar nicht oft in Waynesboro ein. Harry war eine gute Autofahrerin. Sie genoss den kleinen Ausflug.

Mrs. Murphy, Pewter und Tucker hatten sich auf das über die Rückbank gebreitete Schafsfell gekuschelt. In der Fahrerkabine des alten 1978er F-150 war es warm, aber bei abgestelltem Motor wurde es schnell kalt.

*»Sie hat wieder diesen Ausdruck im Gesicht«*, stellte Mrs. Murphy fest.

*»Wundert dich das?«*, schnaubte Pewter sarkastisch.

*»Nein«*, antwortete die Tigerkatze. *»Mich wundert, dass sie so lange dafür gebraucht hat.«*

*»Der Leichenfund hat sie verstört«*, bemerkte Tucker weise. *»Ihr kennt Mom, sie zeigt kaum mal ihre Gefühle, aber der Mord hat sie arg mitgenommen. Und ich denke, um Weihnachten herum ist man emotionaler. In Mom steigen allerlei Erinnerungen hoch.«*

*»Wir sollten lieber zur Großen Katze im Himmel beten, weil Mom wieder ganz die alte ist«*, sagte Mrs. Murphy. *»Das Schlimmste ist, sie hat keinerlei Anhaltspunkte.«*

*»Was ist daran so schlimm?«*, fragte Pewter verwundert.

*»Sie wird über was stolpern oder bei jemand eine Torschlusshandlung auslösen. Wenn sie auch nur einen Hinweis hätte, was hier vorgeht, wäre mir wohler.«* Die Tigerkatze schmiegte sich enger an Tucker.

*»Mir auch«*, seufzte Tucker.

Harry kam zum Wagen zurück und fuhr die Hauptstraße hinunter; an der Ampel, wo Burger King, McDonald's, Rite Aid und eine BP-Tankstelle sich auf engstem Raum drängten, bog sie links ab. Der Verkehr wurde jetzt dichter. Sie fuhr schließlich auf den Parkplatz von Martin's, einem guten Supermarkt. Zum Glück hatte sie nicht viele Einkäufe zu tätigen, denn einkaufen, egal welcher Art, machte ihr einfach keinen Spaß.

Drinnen schnappte sie sich einen Einkaufswagen und machte sich ans Werk. Sie warf Möhren und Äpfel hinein – sowohl für die Pferde als auch für sich selbst –, diverse Salate und Apfelsinen, hastete dann zur Fleischabteilung.

Sie drosselte das Tempo, als sie am anderen Ende der Fleischabteilung Bruder Speed und Bryson Deeds entdeckte. Sogleich setzte sie ihr neues Vorhaben in die Tat um und studierte die Körpersprache der beiden. Sie wirkten wie zwei Menschen, die sich sehr gut kannten. Sie überlegte kurz, woher diese zwei ungleichen Seelen sich kennen mochten. Bryson, der mit Pferden nichts am Hut hatte, ließ sich nicht einmal dazu überreden, ein Hindernisrennen zu besuchen, ein gesellschaftliches Ereignis, das weitaus bedeutender war als das Flachrennen in Colonial Downs. Sie wusste, dass Bryson die Brüder kostenlos behandelte. Sie hoffte, dass Bruder Speed kein Herzleiden hatte, wo doch der gutaussehende Jockey aussah wie das blühende Leben. Da beide im Hospiz arbeiteten, hatten sie mehrfach Gelegenheit gehabt, sich gegenseitig einzuschätzen.

Gebannt beobachtete sie die zwei, die in ein Gespräch vertieft waren.

Sie erinnerte sich an Bruder Speeds gedrungene Statur im Renndress. Seine Mönchskutte verdeckte alles.

Sie hätte nichts dagegen gehabt, Bruder Speed in die Pobacken zu kneifen, damals in seiner Zeit als Jockey; nicht dass sie mit ihm ins Bett gewollt hätte, aber er war einfach zum Anbeißen gewesen. In diesem Augenblick wurde ihr bewusst, dass sie in einer Kultur lebte, in der fast jede Art von Berührung tabu war. Sie fragte sich, wie es wäre, in einer Kultur zu leben, wo Menschen keine mentale Panzerweste trugen.

Brysons Figur wies die Anzeichen eines Mannes im mittleren Alter auf. Gut genährt. Ein Schmerbauch quoll über seine Hose. Nicht schlimm, aber keine trainierten Bauchmuskeln, das war mal sicher. Er war circa eins achtzig groß, eigentlich ganz gut gebaut. Durchtrainiert hätte er besser ausgesehen. Die scharfen Gesichtszüge verliehen ihm etwas Gebieterisches. Die dunkelbraunen Augen saßen tief in den Höhlen.

Das sich lichtende Haar ergraute schon an den Schläfen. Die Haarfarbe, ebenfalls dunkelbraun, passte gut zu seinem olivfarbenen Teint. Harry konnte seinen Ehering erkennen sowie einen zweiten Ring am rechten Zeigefinger, vermutlich ein Familienwappen. Der war ihr noch nie aufgefallen. Eine teure Rolex Submariner, gold mit blauem Kranz, signalisierte gerade so viel ausgegebenes Geld, dass ein aufmerksamer Beobachter seine Schlüsse daraus ziehen konnte. Zudem strahlte Bryson die Aura eines Mannes aus, der es gewohnt war, sich durchzusetzen, was bei einem Arzt nichts Ungewöhnliches war.

Als Bruder Speed beiseitetrat, weil ein älterer Mann mit einem halbvollen Einkaufswagen gefährlich nahe an ihm vorbeiwankte, entdeckte er Harry. Seine Miene drückte Freude über ihre Anwesenheit aus, er lächelte, sagte etwas zu Bryson, und die zwei Männer kamen zu ihr.

»Weihnachtsessen?«, fragte Bryson. »Ich sehe keine Gans.«

»Vielleicht haben Sie eine vor sich«, witzelte Harry. »Ich wurde schon mal dumme Gans genannt.«

»Sie doch nicht.« Bruder Speed lächelte wieder; denn er konnte Harry gut leiden, und nicht nur deshalb, weil sie im Gegensatz zu bloßen Reitern ein echter Pferdemensch war.

»Sie sind zu liebenswürdig. Machen Sie beide gerade dasselbe wie ich?«

»Racquel hat mir eine kurze Einkaufsliste mitgegeben und gesagt, ich soll die Sachen auf dem Rückweg von der Augusta-Klinik bei Martin's besorgen. Unter Martin's geht gar nichts.« Er zeigte Harry die Liste. »Ich glaube, die Sachen kriege ich alle hier, nur beim Plumpudding weiß ich nicht recht.«

»Wenn sie keinen haben, versuchen Sie es bei Foods of All Nations, sofern Sie es bei dem Verkehr auch nur in die Nähe schaffen.«

»Gute Idee«, bemerkte Bryson.

»Oder bei Whole Foods.« Bruder Speed nannte einen weiteren teuren Supermarkt.

»Ich wusste gar nicht, dass Sie an Essen interessiert sind.«
Harry war klar, welche Opfer Jockeys brachten.

»Bin ich auch nicht. Bruder Morris interessiert es, und er betraut mich oft mit den Einkäufen, weil kein Verlass darauf ist, dass Bruder Howard sich auf dem Nachhauseweg nicht an den Tüten vergreift.«

»So gesehen, eine weise Entscheidung.« Harry lachte, denn Bruder Howard war so rund wie hoch.

»Wir feiern morgen einen Gottesdienst, nur unter uns Brüdern, und Bruder Morris möchte mit dem anschließenden Empfang Bruder Christophers bemerkenswerten Lebensweges gedenken und ihn feiern.«

Bryson zog kurz die dunklen Augenbrauen zusammen. »Harry, tut seine Familie etwas? Ich habe keinen Pieps gehört, aber unter den gegebenen Umständen brauchen die Angehörigen vielleicht mehr Zeit.«

»Ach Bryson, das ist eine traurige Geschichte. Seine Familie hat ihn enteignet, als es in Phoenix zu dem Skandal kam.« Sie sah Bruder Speed an. »Ich weiß nicht, ob er mal darüber gesprochen hat.« Als Bruder Speed den Kopf schüttelte, fuhr sie fort: »Sein Vater, Direktor einer Bank, die geschluckt wurde wie so viele, hat ihm einfach den Rücken gekehrt. Irgendwie kann ich es ja verstehen, denn Mister Hewitt glaubte leidenschaftlich daran, dass jeder, der mit Geld zu tun hatte, ob Banker oder Börsenmakler, über jeden Vorwurf erhaben sein musste. Zwei Jahre nach dem Skandal starb Christophers Mutter. Er war im Gefängnis, und sein Vater hat ihm nicht einmal eine Todesanzeige geschickt. Er hat es erfahren, als Reverend Jones ihm eine schickte, nachdem er den alten Herrn zu überreden versucht hatte, in Anbetracht ihres gemeinsamen schweren Verlustes das Zerwürfnis mit seinem Sohn zu beenden.«

»Armer Kerl«, sagte Bryson, ein Mann, dessen Mitgefühl ebenso stark war wie seine Selbstachtung.

»Ich hatte keine Ahnung.« Bruder Speed schüttelte den Kopf.

»Gelegentlich hat Bruder Christopher von seiner Ex-Frau gesprochen. Eine Trophäenfrau, soweit ich das sagen konnte, und als die Zeiten schlimm wurden, hat sie das Weite gesucht.«

»Ich muss jetzt los«, sagte Harry. »Sie kommen ja beide zur Feier in St. Lukas. Wir sehen uns dort. Ich möchte es hinter mich bringen, ehe die Straßenverhältnisse schlimmer werden.«

»Gute Idee.« Bryson sah Bruder Speed an, klopfte ihn auf den Rücken und schob seinen Einkaufswagen durch den Brotgang.

»Harry, im Frühjahr möchte ich mal rauskommen und mir Ihre Jährlinge anschauen. Sie und Alicia Palmer halten die alten Zuchtlinien lebendig.«

»Gerne. Ich freue mich auf Ihren Besuch.«

Daraufhin machte sich Bruder Speed eilig ans Einkaufen.

Während Harry Lebensmittel besorgte, besuchte Racquel Tante Phillipa.

Der Sauerstoffbeutel, von dem ein Schlauch in die Nase der alten Dame führte, unterstützte ihre Atmung. Sie konnte sprechen, ohne zu keuchen.

»Mach dir nichts draus«, empfahl Tante Phillipa.

»Du hast recht. Ich lasse Kleinigkeiten zu nah an mich heran.«

»Kein Mann ist so großen Kummer wert.« Tante Phillipa hielt inne. »Du bist seine Frau. Denk dran, wenn er herumschläft, hast du immer noch die Macht.«

»Ja, Tante Phillipa.«

»Ach, was gäbe ich nicht für eine Zigarette, aber dann würde ich uns alle in die Luft jagen.«

»Keine gute Idee.« Racquel lachte, denn sie liebte ihre lebhafte alte Tante.

Bill Keelo trat in das Privatzimmer. »Frohe Weihnachten.«

»So eine schöne Amaryllis.«

»Ich habe mich erinnert, dass Sie die weißen so gern mögen.« Bills Krawatte – kleine Nikolausfiguren auf grünem Grund – verlieh ihm eine Feiertagsaura.

»Sie haben sich richtig erinnert.«

Alex Corbett steckte den Kopf ins Zimmer. »Zwei reizende Damen.«

»Was tun Sie hier?«, fragte Racquel verwundert.

»Bill erledigt die Steuersachen für das Hospiz. Ich sehe mich hier unten nach einem größeren Grundstück dafür um.«

»Im Ernst?« Racquel war erstaunt.

»Aufs Sterben kann man sich verlassen. Wenn die Boomergeneration anfängt abzutreten, wird das hier eine Goldgrube.« Tante Phillipa setzte ihre Brille auf, um die Amaryllis besser bewundern zu können.

»Ist anzunehmen«, stimmte Bill zu.

»Es ist schade um Bruder Christopher.« Tante Phillipa war aufs Sterben konzentriert. »Er hat hier nicht so viel gearbeitet wie die anderen, aber er war ein heller Kopf.«

»Ja, das war er«, pflichtete Alex bei. »Wir sind alle fassungslos, auch Bryson.« Er nickte Racquel zu.

»Er hat davon gesprochen, dass es ein Verlust ist. Ich denke, Ärzte härten sich ab gegen das Unvermeidliche. Aber für Bruder Christopher kam das Unvermeidliche zu früh.«

»In dieser Hinsicht«, erklärte Tante Phillipa aufrichtig, »kann ich mich nicht beklagen.«


# 12


Zwei weiße, ein Meter fünfzig hohe Wachskerzen wachten neben dem Altar. Das Licht ihrer Flammen ließ die großen Messingständer schimmern. Zwei kleinere weiße Kerzen zierten den Altar, und Kerzen flackerten in den Leuchtern an der Wand. Das Kloster, das erbaut worden war, bevor es Elektrizität gab, hatte auch in allen Fluren Kerzenhalter.

Das Leben mag vor der Elektrizität nicht leichter gewesen sein, aber die Menschen sahen im Kerzenlicht besser aus.

Der würdevolle Gottesdienst für Bruder Christopher rührte die Brüder zu Tränen, allen voran Bruder Sheldon. Bruder Ed, der während des Gottesdienstes neben Bruder Howard stand, merkte an, Sheldon könne in einem sentimentalen Werbespot ganze Kübel vollheulen. Sein Geflüster trug ihm einen strengen Blick von Bruder Luther ein, der den Gottesdienst leitete.

Bruder Morris sang a cappella das Ave-Maria. Seine schöne Stimme erfüllte die Kapelle, während die Kerzenflammen höher flackerten.

Der von Bruder Howard ausgerichtete Empfang, der ebenfalls bei Kerzenschein stattfand, gab den Brüdern Gelegenheit, Geschichten über Bruder Christopher zum Besten zu geben und seine Eigenheiten anzuführen, zum Beispiel seine Vorliebe für saure Bonbons. Solche Kleinigkeiten halfen, die Erschütterung über den Verlust zu lindern.

Bruder Speed sah zu, wie die anderen Wein tranken, den das Weingut Kluge gestiftet hatte.

»Fällt dir der Verzicht schwer?«, fragte Bruder Luther geradeheraus.

»Sicher.« Bruder Speed nickte. »Aber Alkohol und Drogen haben mich in die Hölle getrieben. Ich darf nicht.«

»Das erfordert eine Menge Disziplin«, bewunderte Bruder Luther ihn.

»Nicht, wenn es einen sonst umbringt«, entgegnete Bruder Speed.

»Daran hab ich nie gedacht.«

»Brauchtest du ja auch nicht.«

»Stimmt. Mein Weg ist anders verlaufen. Fade. Sogar langweilig.« Er sah Bruder Speed in die Augen. »Alle Wege führen zu Gott, auch so verschiedene wie unsere.«

»Gewiss, Bruder Luther, gewiss.«

Bruder Sheldon, der auf einem Stuhl mit gerader Rückenlehne saß und die Tränen so freizügig fließen ließ wie den Wein, versteifte sich, als Bruder Morris und Bruder George zu ihm traten.

»Er ist bei Gott«, sagte Bruder George in salbungsvollem Ton.

Mit seiner Fähigkeit, Emotionen in halsbrecherischem Tempo zu wechseln, hätte Bruder Sheldon sich an der American Academy of Dramatic Arts bewerben können, doch er merkte immer, wenn er gönnerhaft behandelt wurde. »Dank dir, Bruder.«

»Wir vermissen ihn alle. Er war gut zu den Patienten, gut zu denen, die sie besuchen kamen.« Bruder Morris seufzte. »Aber wie Bruder George schon sagte, er ist bei Gott, und so furchtbar das Ende seines irdischen Lebens auch war, jetzt frohlockt er.«

»Ich werde daran denken«, erwiderte Bruder Sheldon trocken. Er glaubte daran, aber die anderen hatten den Leichnam von Bruder Christopher nicht gesehen. Er schon. So entsetzlich das war, es verlieh ihm einen besonderen Status.

»Ich möchte dich um etwas bitten.« Bruder George beugte sich zu ihm.

Bruder Sheldon blickte auf. »Ja?«

»Bring Harry Haristeen einen schönen Weihnachtsbaum vorbei. Das erscheint mir das Mindeste, das wir tun können.«

Bruder Sheldons Miene hellte sich auf. »Mach ich. Wann soll ich ihn abliefern?«

»Morgen.« Bruder Morris trat hinzu. »Sie wird sich freuen, dich auf den Beinen zu sehen.«

»Ich kann Harry gut leiden«, sagte Bruder Sheldon.

»Wir alle können Harry gut leiden.« Bruder Morris lächelte. »Sie ist so geradeaus.«

»Hat jemand sie schon mal in einem Kleid gesehen?«, erkundigte sich Bruder George.

»Wie kommst du darauf?«, fragte Bruder Morris amüsiert.

»Ich weiß nicht. Ich habe sie immer nur in Jeans gesehen. Ich sehe Frauen gern mit … ihr wisst schon.« Seine Hände deuteten Kurven an.

»Ich nehme an, zur Weihnachtsfeier von St. Lukas wird sie im Kleid erscheinen.« Bruder Morris lächelte. »Und weißt du was, Alicia Palmer und BoomBoom Craycroft kommen auch. Ich denke, die sind mehr dein Typ, Bruder George.«

Bruder George lachte vor sich hin. »Ach, die Zeiten sind längst vorbei, aber ich habe Träume. Ein Mann bleibt ein Mann.«

Die zwei verließen Bruder Sheldon, der jetzt Bruder Ed und Bruder Speed empfing. Die Schleusen öffneten sich wieder.

Als das Oberhaupt des Ordens und sein Stellvertreter zur Tür gingen, flüsterte Bruder George: »Ich werde Bruder Christopher wirklich vermissen.«

»Ja, ich auch. Er hatte gute Ideen.«

»Ich möchte wetten, bei der Geschichte geht es nur um finanziellen Ruin und Rache.« Bruder George verschränkte die Hände hinter dem Rücken.

»Ich weiß nicht. Er hat immerzu Pläne für unser finanzielles Weiterkommen entwickelt. So weit hergeholt die auch zum Teil waren, ich werde seinen wachen Geist vermissen.«

Bruder George senkte den Kopf und nickte. »Ich hoffe, wir verlieren keine Förderer wegen …«

»Ich bin überzeugt, diejenigen, die früher großzügig zu uns waren, werden es auch weiterhin sein.«

Bruder George lächelte matt. »Du hast recht. Ich muss von meinen Befürchtungen lassen.«

»Vertraue dem Herrn.« Bruder Morris lächelte breit.

# 13

Die im Schnee zartblau schimmernden Blue Ridge Mountains lagen huldvoll über den hügeligen Gebirgsausläufern Mittelvirginias. Der klare Himmel trug noch zu der Schönheit dieses Anblicks bei. Gelegentlich kamen kleinere Windböen auf, und der Wetterbericht kündigte für diese Woche einen heftigen Sturm an. In diesem gesegneten Teil der Welt bestand eine der Freuden des Lebens – oder auch nicht, je nachdem, wie man veranlagt war – in der Wettervielfalt.

Darüber dachte Harry nach, als sie von Crozet nach Osten fuhr und vor Jean Keelos Haus neben dem Gasthaus Boar's Head in der attraktiven, teuren Vorstadt ankam. Ursprünglich hatten Harry, Susan, Racquel und Jean sich beim South River Grill abseits der Route 340 in Waynesboro treffen wollen. Sie hätten, ohne zu viele Bekannte zu sehen, zu Mittag essen und sich auf das Wesentliche konzentrieren können. Doch die Fahrt über den Afton Mountain erschien nicht ratsam, obwohl die Straßen passierbar waren. Auch wenn die Räummannschaften sich noch so anstrengten, die Straßen vereisten in dieser Höhe. Es gab immer irgendwelche Idioten, die mit über hundert Sachen rasten, die Kontrolle über ihr Fahrzeug verloren und sich im Kreis drehten – wenn sie Glück hatten. Wenn nicht, krachten sie in andere Autos oder flogen über die Leitplanke in die Tiefe.

Harry und Susan gehörten dem Pfarrbeirat von St. Lukas an. Racquel Deeds stand dem Verpflegungskomitee vor, und Jean Keelo spielte die zweite Geige. So war es immer gewesen, seit sie sich an der Miami-Universität kennengelernt hatten. Als Racquel im Abschlussjahr Präsidentin der Studentinnenverbindung wurde, amtierte Jean natürlich als Vizepräsidentin.

Harry parkte ihren Wagen hinter Susans Audi-Kombi und

Racquels funkelnagelneuem Range Rover. Sie lief schnell zur Haustür, griff nach dem Messingtürklopfer in Gestalt einer Ananas und klopfte zweimal laut.

Jean öffnete. »Harry, komm rein. Kalt draußen, nicht?«

»Kribbelt bis in die Zehen«, bestätigte Harry und legte ihren Mantel ab, den Racquel in die kleine Garderobe hängte.

Harry überreichte ihrer Gastgeberin ein kleines, hübsch verpacktes Weihnachtsgeschenk.

»Harry, das war doch nicht nötig.«

»Nur eine Kleinigkeit, aber du kannst es gebrauchen.« Harry hatte Briefpapier gefunden, das mit einer goldenen Ananas verziert war.

Jean liebte Ananas als Symbol der Gastfreundschaft und aß sie obendrein gern.

Harry hatte auch ein besonderes Briefpapier für Racquel gefunden. Das für Jean war cremefarben, das für Racquel reinweiß mit einem grünen Grashüpfer. Racquel trank gern den süßen Grashüpfer-Cocktail. Racquel trank neuerdings überhaupt gern.

Harry wollte Susan ihr Geschenk am Heiligen Abend überreichen.

Harry wurde ins Speisezimmer geführt, das vom Kolonialstil inspiriert war; dort umarmte und küsste sie die anderen. Frauen brauchen so ein Tamtam, sonst nehmen alle an, dass etwas nicht in Ordnung ist. Sie gab Racquel ihr Geschenk und setzte sich. Eine in vollendeter Kalligraphie gestaltete Tischkarte, von einer kleinen Ananas aus Messing gehalten, kennzeichnete ihren Platz.

»Jean, danke, dass du dir die Mühe gemacht hast, und das kurz vor Weihnachten. Dein Baum ist sagenhaft.«

Harry sah, dass Jeans Tischkarte neben ihrer platziert war. Da sie zu viert waren und sich gut verstanden, musste Jean nicht am Kopf des Tisches sitzen. Sie war in diesen Dingen sehr penibel.

»Ich will euch was gestehen. Ich mag keine Lichterketten

am Baum, und Bill macht so ein Theater ... na ja«, sie brauchte nicht auszuführen, wie dergleichen die Feiertage verderben konnte, »da hab ich dieses Jahr zwei Frauen engagiert, um einen Baum nach meinen Vorstellungen zu kaufen und zu schmücken. Viktorianisch.«

»Er ist umwerfend.« Susan trank von ihrem Weißwein. »Da ich nun mal über Arbeitssklaven verfüge«, sie meinte ihre inzwischen erwachsenen Kinder, »hab ich sie zur Arbeit verdonnert. Was bin ich doch für eine Rabenmutter.«

Sie lachten, weil Susan, eine hingebungsvolle Mutter, so klug gewesen war, die Schürzenbänder zur richtigen Zeit durchzuschneiden.

Das Mittagessen begann mit einem Salat. Harry war von den kleinen Mandarin-Orangen angetan. Danach folgte, um der Jahreszeit Genüge zu tun, eine heiße Kartoffelsuppe, und auch die war sehr lecker. Dann trug Jean den Hauptgang auf, tranchierten Kapaun mit einer leichten Johannisbeersoße, Wildreis und Zuckererbsen.

Die vier aßen mit großem Appetit. Harry, keine Feinschmeckerin – sie gehörte eher zu denen, die sich von Hamburgern ernährten –, wusste zu würdigen, dass so ein Essen Zeit und Überlegung kostete, und es schmeckte herrlich.

Als der Nachtisch kam, den Racquel als »Bombe« bezeichnete, waren alle mit dem Leben zufrieden. Die Bombe erwies sich als eine Kugel Schokoladensplittereis auf einem flachen Brownie mit darüber geträufelter Himbeersoße.

»Sagst du Bombe dazu, weil es wie eine Kanonenkugel aussieht?«, fragte Susan.

Racquel, die bei ihrem zweiten Glas perlenden Weißweins war, lachte. »Nein. Wegen der Kalorien. Sie bombt dir deine Diät in Fetzen.«

»Herzchen, darüber musst du dir doch keine Sorgen machen«, schmeichelte Susan Racquel, die eins fünfundsiebzig groß war und streng auf ihr Äußeres achtete.

»Du bist zu lieb. Das mittlere Alter ...« Sie hielt inne. »Sagen wir einfach, wenn der Stoffwechsel sich ändert, muss man aufpassen.«

»Ach Racquel, du hältst seit dem College Diät«, zog die eins sechzig große feingliedrige Jean sie auf. »Als du dann Tom und Sean gekriegt hast, warst du überzeugt, du würdest dick werden. Und sieh dich jetzt an.«

Racquel genoss das Kompliment, gab aber vor, es nicht verdient zu haben. Hatte sie aber. »Wir streben alle danach, in Form zu bleiben wie Harry.«

»Die einfachste Diät der Welt: auf einer Farm arbeiten«, sagte Harry.

»Was macht der Weinbau?«, erkundigte Jean sich höflich.

»Im ersten Jahr darf man nicht ernten, aber ich hatte einen Rekordertrag. Allerdings, ohne Patricia Kluges Anleitung würde ich wohl gedruckte Einladungen zu meinem ersten Nervenzusammenbruch verschicken.«

Susan ergänzte: »Wenn man Mutter Natur als Partnerin hat, wer weiß?«

»Bryson und ich haben zur Erntezeit Patricias Weingut besucht. Kaum zu glauben, was sie und Bill auf die Beine gestellt haben.« Bill Moses war Patricias Ehemann.

»Er sagt immer, er ist der einzige jüdische Altardiener in Virginia.« Harry lachte.

Patricia verrichtete ihre Andachten in einer kleinen katholischen Kapelle auf dem Gut. Bill leistete ihr dabei stets Gesellschaft. Wie so viele Menschen, die nicht in die römisch-katholische Kirche hineingeboren wurden, schöpfte er Trost aus dem Ritual und ließ dabei das Dogma außen vor.

»Unser gesamter Staat steht in Felicia Rogans Schuld.« Racquel hob ihr Glas auf die Frau, die, imposant wie Juno persönlich, den von Doktor Thomas Walker vor der Revolution begonnenen Weinanbau in Virginia wiederbelebt hatte.

Die Revolution, der Krieg von 1812 und schließlich der Bürgerkrieg, der zu sechzig Prozent auf virginischem Boden ausgetragen wurde, hatten alles vernichtet, was die Winzer sich aufgebaut hatten. Eine ungewöhnliche Frau namens Felicia Rogan hatte dies mittels Weitblick, Tatkraft und Hartnäckigkeit in den 1970er Jahren geändert.

»Ich träume von einem kleinen Weingut, aber wir können nicht aus der Stadt wegziehen. Bryson muss in der Nähe vom Krankenhaus sein«, klagte Racquel.

»Vermisst du es?«, fragte Susan.

»Das Krankenhaus? Die Arbeit als Krankenschwester?« Das Licht fing sich in Racquels großem gewölbtem Goldring.

»Ja.«

»Komisch, dass du das fragst. Irgendwie fehlt es mir schon. Ich mag den Operationssaal. Das Adrenalin, die Spannung. Klingt verrückt, aber das hat mich angetörnt. Du kannst an nichts anderes denken als an das, was zu tun ist. Hinterher bist du fix und fertig, aber du hast das Gefühl, die Welt ein kleines bisschen verändert zu haben.«

Schließlich konnten sie sich nicht mehr zurückhalten.

Racquel sagte: »Ist es nicht merkwürdig, dass wir über Christopher Hewitt sprachen, als wir die Kränze geflochten haben, und dann … ihr wisst schon. Was hätten wir machen können?«

Susan sagte umgehend: »Bei dem Fiasko in Phoenix hat er einige Leute um Millionen gebracht.«

»Wir kommen vielleicht nie dahinter. Lassen wir lieber den Sheriff seine Arbeit tun«, erwiderte Jean nachdenklich.

Racquel tutete in dasselbe Horn: »Finde ich auch. Aber mir ist in den Sinn gekommen, dass Familien sehr verletzlich sind, wenn einer aus ihrer Mitte stirbt. Ja, der Orden spendet Pflege und Trost. Bryson erzählt mir davon. Es mag christliche Liebe im Spiel sein, aber ich glaube, der Orden wird reich dabei. Dabei dachte ich, die Brüder haben ein Armutsgelübde abgelegt.«

»Darauf wäre ich nie gekommen«, gestand Harry.

»Haben sie etwa Spenden unterschlagen?« Etwas anderes konnte Susan sich nicht vorstellen.

»Ein schrecklicher Gedanke.« Jean griff sich ans Herz.

»Man heile die Krankheit, und der Profit geht dahin.« Racquel kniff die Augen zusammen. »Ist eine Krankheit behandelbar, steigt der Profit.«

»Glaubst du das wirklich?« Harry war entsetzt.

»O ja. Susan, du hast gefragt, ob ich es vermisse, als Krankenschwester zu arbeiten. Was ich nicht gesagt habe, ist, dass ich die unendliche Korruption der Medizin durch Pharmaunternehmen und Versicherungen nicht vermisse. Nicht zu vergessen unsere ehrenwerte Regierung, die ebenfalls glaubt, dass sie auf die Medizin einwirken kann. Bryson kann ja kaum noch praktizieren. Das ist total hirnrissig und so korrupt, dass es mir den Magen umdreht. Und glaubt mir, die eigennützigen Interessen schützen sich selbst, genau wie die Ölgesellschaften. Die scheren sich keinen Deut um das öffentliche Wohl. Denen geht es allein um Profit.« Sie hielt inne, ein wenig erstaunt über das eigene Ungestüm. »Als Tom auf die Welt kam, konnte ich mich sozusagen zur Ruhe setzen. Wäre ich im medizinischen Dienst geblieben, hätte ich wohl eines Tages den Mund zu weit aufgemacht und der Karriere meines Mannes geschadet.«

»Das ist entmutigend.« Harry lächelte matt.

Jean setzte sie alle mit leiser Stimme in Erstaunen. »Was ich entmutigend finde, ist die Sexualisierung unserer ganzen Gesellschaft. Sex wird eingesetzt, um alles Mögliche zu verkaufen. Wir werden mit Bildern, Andeutungen, unverhüllten Verhöhnungen bombardiert. Hinzu kommt, dass wir viel mehr Leute kennen als unsere Eltern oder die, die vor ihnen lebten, gekannt haben. Unter diesen vielen Leuten muss es ja welche geben, die, hm, delikat sind.«

»Da ist was dran.« Racquel seufzte. »Gerade das macht Mönche irgendwie einzigartig. Andererseits hat die katholische Kirche die vielen pädophilen Priester gedeckt. Das ist so schändlich wie die Inquisition. Lauter lügende Saukerle.«

»Es ist schwer, Verständnis aufzubringen, wenn Kinder die Opfer sittlicher Belästigung sind«, pflichtete Harry bei. »Sex ist irrational. Der Trieb in einem selbst ist irrational; die Reaktion auf das Verhalten anderer kann irrational sein.«

»Das ist ein Teil dessen, was Mönche einzigartig macht«, sagte Jean. »Ich begreife, was es bedeutet, wenn jemand seine Sexualität für die Gemeinschaft opfert. Es ist ein Geschenk, und wer nicht in einer Familie lebt, kann sich leichter in den Dienst anderer stellen. Es ist doch so, bei uns allen geht die Familie vor, und das muss auch so sein.«

»Richtig.« Susan war gefesselt von diesem Gespräch.

»Wir haben seit Jahrtausenden Beweise aus allen Kulturen dieser Welt, dass keinerlei Unterdrückung, keine Bestrafung etwas daran ändern kann, dass die Menschen Sex haben, mit oder ohne gesellschaftlich anerkanntem Partner.« Daran glaubte Harry fest.

»Bryson geht wieder fremd«, sagte Racquel. »Ich finde, es wird Zeit, dass ich mich mit einer Retourkutschenaffäre für die Vergangenheit entschädige.«

»Racquel, was hilft das?« Jean hatte das schon öfter gehört.

»Mir würde es dann bessergehen. Ich bin achtzehn Jahre mit dem Mann verheiratet, und es ist wirklich wahr, man kennt jemanden erst richtig, wenn man mit ihm zusammenlebt. Es ging schon auf der Hochzeitsreise los: Es ist nicht zu einem handfesten Streit eskaliert, aber es war eine scharfe Auseinandersetzung. Wir waren auf der Insel St. John in der Karibik, der ideale Ort für eine Hochzeitsreise. Wir brauchten eine neue Rolle Klopapier. Wozu das Hausmädchen rufen, wenn Ersatzrollen im Bad waren. Ich hab also die Rolle auf den Halter gesteckt, und zwar so, dass sich das Papier von hinten abrollte.« Sie machte eine Pause, um die dramatische Wirkung zu steigern. »Er kommt rein, ich gehe raus. Er kommt raus und sagt: ›Toilettenpapier muss sich immer von vorne abrollen.‹ ›Wo liegt der Unterschied?‹, hab ich gefragt. Ich muss das nicht in allen Einzelheiten schildern. Es ging so weiter. Da ist mir erst voll bewusst geworden, dass ich einen Kontrollfreak geheiratet hatte.«

»Bill leidet auch ein bisschen daran«, bemerkte Jean säuerlich.

»Bill ist ein Waisenknabe gegen Bryson. Ich bemühe mich, es zu ignorieren, aber manchmal könnte ich ihn glatt umbringen. Und wie steht es mit Bills Homophobie? Ich könnte schwören, es ist schlimmer geworden. Sogar Bryson ist es aufgefallen.«

Jean hob die Schultern. »Das mittlere Alter. Er wird langsam wunderlich. Er regt sich über alles auf.«

Auf dem Nachhauseweg dachte Harry über die stürmischen Gefühlswallungen nach, die die Untreue eines Ehepartners auslöst. Sie hatte Fair nicht umbringen, hatte ihn nur nie mehr sehen wollen. Er hatte viel lernen müssen, sie aber auch. Manche Männer sind Draufgänger. Andere sind keine, erliegen aber der Versuchung infolge von Stress, einem nachlassenden Sexualleben oder unzähliger anderer Gründe, die allesamt verständlich sind, wobei Verständnis nicht mit Einverständnis gleichzusetzen ist.

Dann sann sie über die Toilettenpapier-Diskussion nach. Wenn Fair in ihren ersten Flitterwochen etwas Derartiges abgezogen hätte, wäre sie mitten in der Nacht aufgestanden und hätte sein Auto mit Toilettenpapier umwickelt. Sie hatten ihre Flitterwochen in Crozet verbracht, weil sie damals kein Geld hatten.

Flitterwochen sind Flitterwochen, und die ihren gingen nach dem Bruch und der anschließenden Versöhnung weiter.

# 14

Am Vorabend der Wintersonnenwende freuten sich Mensch und Tier über die Sonne, die den Schnee zum Glitzern brachte. Da das Licht knapp bemessen war, beeilten sich Wild und Vögel, die tagsüber auf Futtersuche gingen, vor Sonnenuntergang Nahrung zu finden. Die Vögel brauchten auch Futter, um sich gegen die Kälte zu wappnen. Manche Menschen dagegen hatten jegliche Verbindung zur Natur verloren, so dass ihnen gar nicht bewusst war, wie sich die kürzer werdenden Tage auf sie auswirkten. Manche waren deprimiert, andere wurden schläfrig in dem Moment, da die Sonne sank. Viele aßen mehr als sonst, ohne sich darüber im Klaren zu sein, dass die Kälte ihren Appetit anregte. Trotzdem wussten sie alle, dass bis Weihnachten nur noch vier Tage zum Einkaufen blieben.

Es war Samstag, der 20. Dezember, und Harry beglückwünschte sich dazu, ihre Einkäufe zeitig erledigt zu haben. Die verpackten Geschenke mit den beigefügten Karten wollte sie ihren Freunden nach der St.-Lukas-Feier überreichen. Weil alle da sein würden – na ja, fast alle –, konnte sie das Benzingeld für das Vorbeibringen sparen. Geld zu sparen war für Harry wichtiger als für Fair. Er vertrat den Standpunkt, dass man es nicht mit ins Grab nehmen kann, aber er war beileibe kein Verschwender.

»*Was macht sie denn jetzt?*« Pewter lag auf der Küchenfensterbank über dem Spülbecken.

»*Sie liest ein Rezept. Weihnachten erfordert besondere Gerichte, wie ihr wisst*«, erwiderte Mrs. Murphy, die es sich ebenfalls auf der Fensterbank gemütlich gemacht hatte.

»*Schön, dann soll sie schon mal zu kochen anfangen, damit Leckerbissen für uns abfallen.*«

»*Gefüllte Gans*«, sagte Tucker verträumt auf ihrem Schaffellbett.

»*Mit Austernfüllung*«, schnurrte Pewter.

»*Ich glaub nicht, dass sie eine Gans mit Austern füllt.*« Mrs. Murphy versuchte, sich an frühere Weihnachtsmahlzeiten zu erinnern. »*Sie könnte aber eine Gans und einen Kapaun braten. Wär das nicht irre?*«

Pewter hob die Stimme. »*Würde mehr für uns abfallen.*«

Harry blickte von dem Notizbuch mit der feinen Handschrift ihrer Mutter auf, dunkelblau auf linierten Blättern. »Ihr seid ja ganz schön geschwätzig.«

Tucker schoss aus ihrem Bett und sauste zur Küchentür. »*Eindringling!*«

Die Katzen setzten sich auf, guckten aus dem Fenster und sahen gerade noch, wie Simon, das im Stall lebende Opossum, durch die Tierklappe in der linken Stalltür zurückhuschte.

Kurz darauf kam Bruder Sheldon in einem Eintonner-Lieferwagen vorgefahren, mit Bruder Ed auf dem Beifahrersitz.

Harry stand auf, sah die zwei Mönche, zog ihre Jacke an und eilte nach draußen. »Bruder Sheldon, Bruder Ed, so eine freudige Überraschung. Bitte kommen Sie herein, auf einen Kaffee, einen Tee oder vielleicht auch was Stärkeres.«

Bruder Sheldon lächelte. »Vielen Dank, aber wir sind gekommen, um nur schnell Ihren Baum abzuladen. Wir müssen noch mehr Aufträge für Bruder Morris erledigen.«

Die zwei Männer stiegen auf die Ladefläche und schoben die symmetrisch gewachsene Waldkiefer bis zur Ladeklappe. Dann sprangen sie hinunter, schulterten den Baum und trugen ihn ins Haus.

Harry ging voran, um die Türen zu öffnen. Sie stellten den Baum in einer Ecke des Wohnzimmers ab.

»Sie haben rote Folie um den Eimer gewickelt.« Harry strahlte. »Wie schön.« Die zwei wollten gleich wieder los. »Warten Sie, ich gebe Ihnen das Geld für den Baum. Ich habe ihn noch gar nicht bezahlt.«

Unterdessen in der Küche angelangt, sagte Bruder Ed: »Nein, es ist ein Geschenk der Bruderschaft für Sie.«

Harry zog Geldscheine aus ihrer Tasche und drückte jedem zehn Dollar in die Hand. »Bitte, nehmen Sie.«

»Wir wollen nichts«, wehrte Bruder Sheldon ab.

»Das weiß ich, aber es ist kalt, Sie haben eine Sonderfahrt eingeschoben, und wirklich, Sie haben meinen Tag gerettet.«

Sie ging zum Barschrank, der früher einmal ein Glasschrank gewesen war, und entnahm ihm eine unangebrochene Flasche Johnnie Walker Black. »Vertreibt die Kälte.«

»Ja, gewiss.« Bruder Ed trank gern mal ein Schlückchen.

Als Harry ihnen die Küchentür aufhielt, bemerkte sie: »Sie haben bestimmt den Lieferwagen voll mit Bäumen. Da werden Sie den ganzen Tag unterwegs sein.«

»Vielleicht noch am Abend, bei dem Verkehr.« Bruder Sheldon runzelte die Stirn. »Es wird zu viel sinnloses Zeug gekauft.« Er hob die Hände. »Die Rechnungen werden erst im April bezahlt, bis dahin ist die Hälfte von den Sachen, die die Leute geschenkt bekommen, im Abfall gelandet. Wir müssen zur wahren Weihnacht zurückfinden.«

»Da stimme ich Ihnen zu. Ein, zwei Geschenke, das ist ganz nett, aber heutzutage ist es eine wahre Flut. Sogar Leute, die nicht viel Geld haben, übertreiben es.«

Bruder Ed, der einen gestutzten Spitzbart trug, zog seine Handschuhe hervor und meinte: »Typisch amerikanisch. Das ist mit ein Grund, weshalb ich in die Bruderschaft eingetreten bin. Um Nein und Amen zu sagen zum Konsumkarussell. Um auszusteigen.«

»Das kann ich verstehen.« Harry meinte es ernst.

Kaum war der beladene Lieferwagen losgefahren, als Cooper vorfuhr. Die Reifenspuren vereisten bereits.

Tucker bellte wieder, und als Harry Coopers zerbeulten Accord sah, setzte sie Kaffeewasser auf. Harry trank keinen Kaffee, kochte ihn aber gern für andere.

Cooper klopfte an und kam herein. Sie zog den Mantel aus, stampfte den Schnee von ihren Stiefeln. »Wir werden für die vergangenen schneearmen Jahre entschädigt.«

»Der Kaffee ist in, hmmm, zwei Minuten fertig.«

»Prima.« Cooper trug zwei mittelgroße Geschenke mit großen glänzenden Schleifen herein. »Nicht vor Weihnachten aufmachen.«

»Versprochen. Wart mal kurz.« Harry ging ins Schlafzim-

mer und kam mit einem länglichen, seltsam geformten einge-
packten Geschenk heraus. »Für dich gilt dasselbe, aber wenn
du's in die Hand nimmst, weißt du vielleicht schon, was es ist.«
Sie stellte es neben die Küchentür an die Wand. Es war ein
Spritzreiniger, ein nützliches Geschenk für jemanden, der auf
dem Land lebte.

»Hey, ein Baum!«

»Den haben die Brüder Sheldon und Ed eben vorbeige-
bracht.«

Cooper legte ihre Päckchen unter den Baum, was Pewter
zum Schnuppern veranlasste.

*»Keine Katzenminze?«* Die graue Katze war enttäuscht.

»Meinst du, sie wird das Einwickelpapier aufreißen?« Cooper warf einen strengen Blick zum Wohnzimmer hinüber.
Pewter ignorierte sie geflissentlich.

»Bei ihr kann man nie wissen.« Harry schenkte Kaffee ein
und stellte einen Teller mit Käse- und Apfelscheiben hin.

»Gott sei Dank keine Plätzchen.«

»Ein Wunder, dass nicht ganz Virginia über die Feiertage
einen Zuckerschock erleidet.«

Sie erzählten sich das Neueste. Cooper berichtete strahlend
von Lorenzo. Harry hoffte, er sei »der Richtige« für Cooper.
Sie sprachen über Big Mim, Little Mim, darüber, dass Fair in
der Praxis unbedingt einen Partner brauchte. Sie kamen auf
politische Ereignisse zu sprechen – die stets entmutigend waren –, und schließlich auf Bruder Christopher.

»Es ist kein Durchbruch, aber es gibt weitere Informationen.« Cooper teilte Harry mit, dass Christopher Briefe von
einem Investor erhalten hatte, der meinte, Christopher solle
zu seiner Arbeit zurückkehren und diejenigen bezahlen, die
Geld verloren hatten.

»Habt ihr den Briefeschreiber kontaktiert?«

Cooper lächelte zaghaft. »Er war sauer, weil Christopher tot
ist. Ich nehme an ... ach, ich weiß nicht. Das Geld ist nun mal
weg, daran gibt's nichts zu rütteln.«

»Irgendwie denke ich, verlorene Zeit ist schlimmer als verlorenes Geld«, dachte Harry laut.

»Schon möglich.« Cooper legte eine Scheibe Käse auf eine Apfelscheibe. »Irgendeine Idee?«

»Ha. Ich glaub's ja nicht, dass du mich das fragst.«

»Du gehst den Dingen auf den Grund, und oft hast du recht, aber, Harry«, Cooper schüttelte den Kopf, »du gehst dabei blödsinnige Risiken ein.«

»Ich weiß«, gestand Harry. »Mir sind aber tatsächlich ein paar Ideen gekommen. Ich glaube, Christopher hat seinen Mörder gekannt.«

»Wieso?«

Tucker und Mrs. Murphy merkten auf.

»Keine Anzeichen, dass er weggerannt ist. Keine Anzeichen von einem Kampf. Wenn er sich gewehrt hätte, wäre Schnee aufgewühlt worden. Keine zerrissene Kleidung, keine blauen Flecken. Nichts ist umgestürzt.«

»Stimmt.«

»Noch was: Wenn er zwischen die geschlagenen Bäume und die in Töpfen gelaufen wäre, hätte er wohl ein paar umgestoßen. Ich glaube, er hat seinen Mörder gekannt und nichts Böses von ihm befürchtet. Der Mörder hat ihn erledigt. Und zwar schnell.«

»Offenbar hatte Christopher keine Angst vor dem, der ihm die Kehle aufgeschlitzt hat. Ich frag mich aber, wie derjenige hinter ihn treten konnte. Die meisten von uns fühlen sich nicht wohl, wenn jemand direkt hinter uns ist.«

Harry sagte langsam: »Es ist eine Christbaumschule. Jeder Trick könnte funktionieren. Der Mörder kommt zum Beispiel dorthin, um einen Baum zu kaufen, möchte aber, dass Christopher die Höhe ausmisst. Wenn er sich hinter ihn gestellt hätte, als Christopher Maß nahm, wäre das nicht abwegig gewesen.«

»Da fragt man sich doch, ob man einen Menschen jemals richtig kennt.« Cooper seufzte.

»Es ist schwer genug, sich selbst zu kennen.« Harry lächelte.

# 15

Üppige dunkelgrüne Tannengirlanden waren um Treppengeländer und die mundgeblasenen Sprossenfenster gewunden. An jeder Stirnseite der großen Halle von St. Lukas empfing ein prachtvoller Magnolienkranz die Gäste, die durch eine der drei großen Türen ins ebenfalls geschmückte Vestibül traten, wo sich die Garderobe befand.

Alicia Palmer und BoomBoom Craycroft hatten sich als Vorsitzende des Dekorationskomitees selbst übertroffen. Sie waren ebenfalls dekoriert. Alice trug ein schimmerndes Kleid in Weihnachtsrot, BoomBoom ein langes weißes Kleid mit kostspieliger Glasperlenstickerei an Schultern und Ärmeln. Jede für sich war schon umwerfend genug, aber wenn sie Seite an Seite standen, waren sie schier unglaublich.

Reverend Herbert Jones strahlte angesichts der herrlichen Dekorationen und der vielen Menschen, die sich offenkundig wohlfühlten. Er war Alicia und BoomBoom dankbar für ihre Arbeit. Als die zwei Frauen zum ersten Mal öffentlich über ihre Liebe gesprochen hatten, waren einige Mitglieder der Kirchengemeinde auf die Palme gegangen. Die meisten dachten darüber nach, erwogen es im Herzen und tolerierten es. Genau das hatte Herb sich erhofft. Wer ist ein guter Christ, der nicht nachdenkt, sich nicht ändert und nicht auf das Erbarmen der Schwestern und Brüder zählt?

Widerstand kam von Bill Keelo. Er war sogar ein halbes Jahr der Kirche ferngeblieben, doch seine Frau und seine Kinder vermissten ihre Freunde, die schönen Veranstaltungen, vor allem aber vermissten sie Herb, der praktizierte, was er predigte.

Bill war höflich zu den beiden Damen, doch konnte ihm niemand nachsagen, dass er ihre Beziehung guthieß. Auch ein paar andere Leute blieben unnachgiebig. Dies waren dieselben, die auch etwas gegen Frauen im geistlichen Stand hatten. Doktor Bryson Deeds war ein interessanter Fall. Für Liebe unter Frauen hatte er durchaus Verständnis. Für Liebe unter Männern nicht, und das hatte er einmal zu oft geäußert. Immerhin hatte er Schwule unter seinen Patienten, und er besuchte auch Aidspatienten. Im Einzelfall war er ein fürsorglicher, guter Arzt, aber schwulen Männern als Gruppe ging er beharrlich aus dem Weg. Seine Freundschaft mit Bill wurde offenbar durch diese gemeinsame Abneigung vertieft.

Bryson konnte Bruder Morris gut leiden, doch das ausschweifende Vorleben des Bruders stieß ihn ab. Racquel hatte nur gelacht, als Bryson sich darüber wunderte, dass ein Mensch sich so gehen lassen konnte wie einst Bruder Morris. Wer wollte denn schon mit so einem Fettsack schlafen?

St. Lukas spiegelte Herbs Anschauung wider. Big Mim mit ihren Millionen war ebenso willkommen wie der alte Hank Malone, der arm war wie eine Kirchenmaus – was nicht hieß, dass Cazenovia, Eloquenz und Lucy Fur etwas für Mäuse in ihrem Reich übrighatten. Wohlhabende Menschen, arme, intelligente, weniger intelligente, alte, junge, alle Nationalitäten, alle möglichen Paarungen: Herb öffnete allen die Kirchenportale.

Seiner Philosophie nach war St. Lukas eine Werkstatt für Sünder, keine Oase für Heilige. Dabei glaubte Herb an Heilige, jene Menschen, die für andere litten oder anderen ihr Leben lang Beistand leisteten, ohne es an die große Glocke zu hängen.

Nicht, dass die Leute es nicht schon wussten, doch der heutige Abend bewies wieder einmal, dass Herbs offene Arme viele Menschen zu ihm und letztendlich zueinander hinzogen.

Feuer loderten in den Kaminen an den Stirnseiten der Halle, in der sich etwa dreihundert Menschen drängten. In der Mitte zwischen den Fenstern stand ein 1928 gebauter Steinway-Flügel aus Ebenholz. Der volle Klang dieses 1989 vollständig überholten Konzertflügels begeisterte musikliebende Menschen. Ein Mehr an Begleitung hatten Bruder Morris, einige ausgewählte Brüder und der Chor von St. Lukas nicht nötig.

Nach einer Stunde Geselligkeit begann das Programm mit schwungvollen Weihnachtsliedern, darunter so festliche Hymnen wie »O komm, o komm, Emmanuel«.

Als Miranda Hogendobber mit Bruder Morris das Podium betrat, senkte sich erwartungsvolle Stille über den Raum. Obwohl unausgebildet, war Mirandas Stimme so außergewöhnlich, dass sie ein Herz aus Stein erweichen konnte. Sie harmonierte ideal mit der Stimme des berühmten Tenors, als sie im Duett sangen.

Dieser magische Effekt verlieh dem wunderbaren Abend zusätzlichen Glanz. Als das Programm zu Ende war, wollte der Beifall nicht enden. Als Zugabe sangen die zwei zunächst »Herbei, o ihr Gläubigen«, dann auf Lateinisch »Adeste Fideles«.

Susan Tucker, die ihren rechten Fuß schonte, den sie sich beim Ausrutschen auf vereistem Boden leicht gezerrt hatte, trat neben Harry und flüsterte: »Das ist bis jetzt die schönste Weihnachtsfeier.«

Harry nickte, während sie einer weiteren Zugabe lauschte.

Sängerin und Sänger verbeugten sich und verließen das Podium.

Harry und Susan kämpften sich durch die Menschenmenge, um Miranda zu gratulieren.

»Danke schön.« Die ältere Dame strahlte. »Welch eine Ehre, mit ihm zu singen.« Sie beugte sich vor und flüsterte: »Ich hatte befürchtet, er würde herrisch sein, war er aber gar nicht.«

»Wer kann Ihnen gegenüber schon herrisch sein?«, schmeichelte Susan ihr.

»Ich habe Ihnen Ihr Geschenk in Ihren Falcon gelegt.« Harry freute es, dass Miranda den alten Ford aus den 1960er Jahren fuhr, genau wie sie selbst ihren alten Transporter.

»Aber das war doch nicht nötig.« Miranda sah Tante Tally, die auf dem Weg zur Bar von Big Mim abgefangen wurde. »Ach du liebe Zeit, wenn das mal gutgeht.«

Harry und Susan folgten Mirandas Blick.

»Wirklich, das alte Mädchen hat ein Recht auf ihren Martini.« Harry lachte. »Vermutlich ist sie deshalb so alt geworden.«

»Genau. Von innen konserviert«, bemerkte Susan.

Miranda lachte. »Angeheitert oder nicht, Tante Tally ist eine Marke für sich.«

Tante Tally wehrte ihre Nichte ab, die sie am Arm gegriffen hatte, und setzte ein strahlendes Lächeln auf, als Bill Keelo auf sie zukam. »Bill, mein Retter.«

»Wie bitte?« Er schob sein schwarzes Brillengestell auf den Nasenrücken.

Tante Tally zischte leise: »Lass mich los, Mimsy, oder ich schlag dir meinen Stock über den Schädel, das ist mein voller Ernst.«

»Du hast genug getrunken«, flüsterte Big Mim zurück.

»Lassen Sie mich das beurteilen.« Bill bot Tante Tally seinen Arm, und sie schnurrte: »War der Gesang nicht ganz wunderbar?«

Big Mim gab sich geschlagen – eine Seltenheit bei ihr –, machte auf dem Absatz kehrt und stieß prompt mit Bruder Speed zusammen. »Verzeihung.«

Der drahtige Mann erwiderte: »Ich hatte schon schlimmere Zusammenstöße.«

»Hatten wir doch alle«, pflichtete Big Mim ihm bei. »Reiten Sie eigentlich noch?«

»Komisch, dass Sie das erwähnen, denn ich überlege, mir einen Job als Zureiter von jungen Pferden zu besorgen. Wenn ich fünfzig Prozent an die Bruderschaft abführe, darf ich außerhalb arbeiten. Ich kann ja nichts anderes und tauge nicht viel für die Aufträge, die mir Bruder George erteilt.«

»Schauen Sie mal in unserem Stall vorbei. Paul könnte einen Teilzeitreiter gebrauchen.«

»Danke schön.« Bruder Speed war begeistert. »Das ist mal ein Weihnachtsgeschenk.«

Eine Menge Pferdebesitzer würden zur Weihnachtsfeier von Corbett Realty im Keswick Club sein. Bruder Speed gedachte nach der St.-Lukas-Feier dorthin zu gehen, um möglicherweise weitere Teilzeitarbeit zu ergattern. Tatsächlich waren eine Menge Leute bereit, dem Straßenzustand zu trotzen, um in die östliche Region des Bezirks zu gelangen. Die Corbett-Feier könnte ganz lustig werden.

Bill wartete geduldig an der Bar, während Tante Tally an der Seite stand. Bruder Ed rempelte ihn an, aber nicht mit Absicht.

»Aus dem Weg, Ed.«

»Verzeihung. Ich bin von hinten geschubst worden«, erwiderte Bruder Ed sanft.

»Na klar.« Bills Stimme triefte vor Sarkasmus, was Bruder Ed ignorierte.

Als Bill die Bar verließ, um Tante Tally ihren Drink zu geben, sagte Fair, der ebenfalls hier wartete, zu Ed: »Bill ist in letzter Zeit so reizbar.«

»Primadonna.« Bruder Ed zuckte die Achseln. »Er hat Bryson immer vorgeworfen, er sei eine Primadonna, aber ich sage, um die zu erkennen, muss man selbst eine sein.«

»Wird wohl stimmen«, erwiderte Fair freundlich. »Die Primadonnen in meinem Leben sind die Katzen.«

»Nicht Harry?« Bruder Ed hob die Augenbrauen.

»Nein.«

Bruder Morris, der von Fans umringt war, versuchte zur Bar vorzudringen.

Ohne eine Miene zu verziehen, sagte Bruder Ed: »Da kommt er mit seinen Jüngern. Bei seiner nächsten Vorstellung wandelt er auf dem Wasser.«

Fair lachte. »Um das zu sehen, bezahlen wir gerne Eintritt.«

»Das werde ich Bruder Morris mitteilen. Er ist ganz versessen darauf, die Kasse aufzufüllen.« Bruder Ed lächelte.

Fair ging zu Harry und Susan zurück und brachte ihnen ihre Getränke.

»Und du?«, fragte Harry.

»Ich hatte genug.« Er hatte einen kräftigen Scotch auf Eis getrunken, das reichte. »Ich hab nachgeguckt. Das Tonic ist Schweppes.«

»Du bist doch der Beste.« Harry drückte seine Hand, dann sah sie auf Susans Drink. »Seit wann trinkst du Daiquiri?«

»Seit heute Abend. Ned politisiert mal wieder, da dachte ich, ich hau mal auf den Putz.« Sie lachte.

Ned, ihr Ehemann, bestritt seine erste Amtszeit als Volksvertreter, ein aufregender, wenn auch hin und wieder frustrierender Posten.

»Ich habe mich an der Bar über Bill Keelo gewundert«, sagte Fair. »Er war grob, geradezu ruppig zu Bruder Ed. So habe ich Bill noch nie erlebt.«

»Er ist so zu ihm, weil Bruder Ed früher schwul war.« Harry zuckte die Achseln. »Bill macht mir deswegen Kopfzerbrechen. Ich weiß nicht, was in ihn gefahren ist, ich kann mich nicht erinnern, dass er früher so schwulenfeindlich war.« Sie wandte sich an Susan. »Was meinst du?«

Susan nahm es auf die leichte Schulter. »Ach, er ist in den Männer-Wechseljahren. Was früher die Midlife-Crisis war. Er ist zu allen unausstehlich.«

Fair winkte einem Pferdebesitzer zu, dessen Tier er behandelte. »Vielleicht ist in der Familie was hochgekocht.«

»Wer weiß?« Harrys Aufmerksamkeit galt Bruder Speed, der sich mit Paul de Silva unterhielt.

Dann trat Bruder Speed zu ihnen und berichtete ihnen aufgeregt von seinen Aussichten, bei Big Mim in Teilzeit zu arbeiten.

»Ist Ihnen schon mal ein Pferd untergekommen, das Sie nicht reiten konnten?«, erkundigte Harry sich.

»Ein-, zweimal«, gestand Bruder Speed ein.

Auf dem Heimweg nach der Feier meinte Harry, es wäre schön, wenn Bruder Speed ihr ein, zwei Monate lang bei ihren Jährlingen zur Hand gehen könnte. »Ich wollte den Mund nicht aufmachen, ohne dich vorher zu fragen.«

»Gute Idee. Wir dürften ihn uns leisten können.« Fair lächelte, weil er wusste, dass Bruder Speed nicht viel verlangen würde.

»Prima. Ich ruf ihn morgen an.«

Morgen würde es zu spät sein.

## 16

Der 22. Dezember dämmerte herauf, bewölkt und kalt, mit böigem Wind. Harry tröstete sich mit dem Gedanken, dass ihr ab der Wintersonnenwende mit jedem Tag eine Minute mehr Sonnenlicht geschenkt wurde. Sie war um halb sechs aufgestanden, und jetzt, um sieben Uhr, hatte sie die Eisschicht auf den Wassertrögen aufgebrochen und die Pferde ins Freie gebracht. Im Sommer wäre es umgekehrt: Die Pferde würden jetzt in den kühlen Stall gebracht und kämen abends nach draußen.

Sie säuberte die Boxen und warf ein paar Kekse für Simon hin, das Opossum, das mit einer großen Ohreule und einer riesigen Kletternatter auf dem Heuboden wohnte. Matilda, die Schlange, hielt in den hinteren Heuballen ihren Winterschlaf und könnte einem einen Schrecken einjagen, doch dank ihr, der Eule und den Katzen hielt sich die Nagetierpopulation in erträglichen Grenzen.

Auf der anderen Seite des Bezirks kam Tony Gammell, Meuteführer beim Keswick-Jagdverein, seinen morgendlichen Pflichten nach. Der Zwinger lag an einer Pflasterstraße gegenüber dem Keswick-Club, einer schönen, exklusiven Oase für Golfer, Tennisspieler und alle, die gern auf der Veranda saßen, um die Umgebung zu genießen. Freilich saß heute niemand draußen. Gestern Abend, an demselben Abend, an dem die Feier von St. Lukas stattfand, hatte der Club die Weihnachtsfeier von Corbett Realty ausgerichtet. Manche Leute hatten, aus geschäftlichen Gründen oder weil sie von Geselligkeiten nicht genug bekommen konnten, beide Feiern besucht.

Als Tony, nachdem er die Jagdhunde gefüttert hatte, aus dem Zwinger kam, wollte er nach den Umzäunungen sehen. Egal, was er oder sonst jemand, der mit Jagdhunden zu tun hatte, auch unternahm, früher oder später versuchte der eine oder andere, sich rauszubuddeln. Tony fiel es zunächst nicht auf, weil er sich auf die Zäune konzentrierte, doch auf dem Rückweg entdeckte er auf dem Tennisplatz eine einsame Gestalt, die am Maschendrahtzaun saß. Wer durch den Haupteingang zum Club gefahren wäre, hätte nichts bemerkt. Tony blieb stehen. Er wusste, dass Nancy Holt, die Tennislehrerin, sich bestimmt nicht draußen in der Kälte aufhielt und dass niemand auch nur versuchen würde, bei diesem Wind zu spielen. Er spurtete über die wenig befahrene Straße zum Zaun. Da er sich außerhalb befand, kniete er sich hin und hielt sich dann am Zaun fest, um nicht vor Schreck umzufallen. Bruder Speed, die Beine gespreizt, mit dem Rücken am Zaun, schien tot zu sein. Blut bedeckte den Lehmplatz an der Stelle, wo der Tote saß.

Tony stand zitternd auf und lief zur anderen Seite des Platzes. Er öffnete die Tür und rannte zu dem Toten. Als intelligenter Mensch wusste er, dass er den Leichnam nicht berühren durfte. Obwohl er über den Anblick bestürzt war, sah er dennoch genau hin. Bruder Speed war steif gefroren, also musste er schon stundenlang hier sitzen. Seine Kehle war aufgeschlitzt. Tony atmete tief durch und lief dann zum Hauptbüro des Keswick-Clubs, der separat vom Jagdverein betrieben wurde. Es war noch niemand zur Arbeit erschienen, es war ja erst Viertel nach sieben. Er lief die gut vierhundert Meter zurück zum Zwinger und schnappte sich sein Handy, das er auf einem Sims abgelegt hatte. Er wählte die 911, gab eine genaue Schilderung durch und wurde angewiesen zu bleiben, wo er war. Danach rief er Whitney an, seine Frau. Tony hatte nicht gewusst, wie erschüttert er war, bis er die Stimme seiner Frau hörte. Sie ihrerseits war so konfus, dass sie ihm sagte, er solle bleiben, wo er war, sie werde gleich dort sein.

Eine Viertelstunde später fuhr Deputy Cooper auf das Gelände des Keswick-Clubs. Sie hatte an diesem Montag Frühschicht, was für sie okay war. Keine zehn Minuten später kam auch der Sheriff an.

Dünne Gummihandschuhe übergestreift, kniete Cooper schon vor dem Leichnam des gutaussehenden Jockeys. Die Wunde, ein sauberer, tiefer Schnitt, sah aus wie die Wunde von Christopher Hewitt. Es mussten Fotos gemacht werden, danach konnte die Ambulanz ihn abtransportieren. Weil er steif gefroren war, würde man ihn hinten hinsetzen. Die Vorstellung des sitzenden oder in Sitzposition auf der Seite liegenden Leichnams kam Cooper makaber vor.

Rick trat zu ihr. »Sieht nach derselben Vorgehensweise aus.«

»Ja.« Sie stand auf, streifte die dünnen Gummihandschuhe ab und steckte sie in ihre dicke Jacke. Rasch holte sie ihre warmen Handschuhe hervor, denn ihre Finger kribbelten schon vor Kälte.

Rick betrachtete den Toten eingehend. »Ich denke nicht, dass er hier umgebracht wurde. Kein verspritztes Blut ringsum.«

»Boss, wir haben es mit jemand zu tun, der Mönche umbringt.« Cooper schob die behandschuhten Hände in die Achselhöhlen.

»Zwei Männer, relativ jung, aus demselben Orden.« Er rieb sich die kalte Nase. »Coop, dieser Fall fängt langsam an, mich richtig zu beunruhigen.«

»Ja, mich auch.«

»Schön. Gehen wir zu den Hunden.« Rick sagte »Hunde« statt »Jagdhunde«.

Sie nickte und stieg in seinen Streifenwagen. Sie fuhren von dem Tennisplatzgelände, bogen links ab und parkten eine Minute später hinter dem alten Holzhaus, das dem Keswick-

Jagdverein als Clubhaus diente. Sie betraten den Zwinger, wo die Jagdhunde Tony und Whitney meldeten, dass zwei Fremde gekommen waren.

»Ist gut, Jungs«, rief Tony den Jagdhundrüden zu. Jagdhundrüde war die korrekte Bezeichnung für einen männlichen Jagdhund. »Still jetzt.«

Rick bat Tony, zu schildern, was er gesehen hatte, und Cooper schlug ihr Notizbuch auf.

Als Tony fertig war, fragte Rick: »Haben Sie Bruder Speed gekannt?«

Der große, schlanke Mann antwortete: »Ja. Er ist immer zu unseren Geländejagdrennen gekommen und auch zu den Hindernisrennen in Montpelier. Ich habe gehört, dass er früher Jockey war, ein guter Jockey, der viel Geld verdient – und ich vermute, auch verloren – hat.« Tony überlegte einen Moment. »Ich konnte ihn gut leiden.«

Whitney ergänzte: »Er konnte gut mit Pferden umgehen. Und er war immer hilfsbereit.«

»Haben Sie mal gehört, warum er den Jockeyberuf an den Nagel gehängt hat? Gab es da einen anderen Grund als verlorenes Geld?«

»Die Leute reden«, antwortete Tony lakonisch.

Whitney fügte hinzu: »Wir haben es nicht geglaubt.«

»Sagen Sie mir, was Sie gehört haben«, hakte Rick nach.

»Dass er für viel Geld absichtlich ein Rennen verloren hat. Das Arkansas Derby.« Da Rick und Cooper verständnislos blickten, erklärte Tony: »Das ist eines der wichtigen Vorentscheidungsrennen für das Kentucky Derby.«

»Sie kennen sich mit Pferden aus, wie?« Rick atmete den Geruch der sauberen Jagdhunde ein, hörte ihre Krallen auf dem Beton klicken und klacken.

»Nicht so richtig. Ich verstehe ein bisschen was von Hindernispferden. Ich kenne die wichtigen großen Rennen hier nur, weil manche Mitglieder vom Jagdverein Pferde auf der Rennbahn laufen haben, meistens in Colonial Downs.«

»Hatten Sie den Eindruck, dass er unredlich war?« Cooper schrieb drauflos.

Ein erstaunter Ausdruck ging über Whitneys hübsches Gesicht. »Nein. Nein. Im Gegenteil, manchmal sagte er uns – nicht predigend, eher im Gesprächston –, wir sollten beten, auf Gott vertrauen. Ich vermute, dass er damals in seiner Zeit als Jockey schwer auf Drogen war. Da ist bei jedem die Einsicht im Arsch.« Sie verzog das Gesicht. »Entschuldigen Sie den Ausdruck.«

Rick lachte. »Wir hören Schlimmeres. Ehrlich, wir sagen Schlimmeres.« Er wandte sich an Tony. »Haben Sie gestern Abend spät Autoscheinwerfer gesehen?«

»Auf der anderen Straßenseite war eine große Feier im Gang. Wir waren weit genug weg, so dass wir nicht allzu viel gehört haben, aber wir konnten Autos rein- und rausfahren sehen«, antwortete Whitney an Tonys Stelle. »Wir sind gegen eins eingeschlafen – das heißt, ich bin eingeschlafen.« Sie sah ihren Mann an. »Er schlief schon wie tot. Oh, das hätte ich vielleicht nicht sagen sollen. Jedenfalls hab ich um eins noch Autos wegfahren gesehen.«

»Komischer Platz, um eine Leiche abzulegen«, meinte Tony.

»Praktisch, wenn Mörder und Opfer auf der Feier waren«, sagte Cooper.

»Sie haben uns sehr geholfen. Wenn uns noch etwas einfällt, rufen wir Sie an.« Rick gab zuerst Tony, dann Whitney die Hand.

Tony fragte: »Officer Cooper, wird Harry das Pferd reiten, das dieser Filmstar – ich habe ihren Namen vergessen – ihr geschenkt hat?«

»Shortro.« Cooper kannte Harrys Pferde, weigerte sich aber, eins von ihnen zu reiten, weil sie Angst hatte. »Sie sagt, er ist nächste Saison so weit. Er ist echt klug, sagt sie.«

Sie fuhren zu den Tennisplätzen, blieben aber im Wagen sitzen. Die Heizung machte es drinnen gemütlich; draußen würde einen der Sturm in Stücke reißen.

Cooper zog den Reißverschluss ihrer dicken Jacke auf. »Ich werde die Leute anrufen, die auf der St.-Lukas-Feier waren, um rauszukriegen, wer auch zu der anderen Feier gegangen ist.«

»Rufen Sie Doris an. Sie dürfte eine Liste haben. Damit ersparen Sie sich Zeit und Ärger.« Doris war die Chefsekretärin von Alex Corbett, dem Leiter der Immobilienfirma.

»Mach ich.«

Rick schob mit einem Knopfdruck seinen Sitz weiter nach hinten und streckte die Beine aus. »Ich habe nach einem Zusammenhang mit Weihnachten gesucht. Die Feiertage sind emotionale Landminen«, sagte er lakonisch. »Aber ich kann keinen finden.«

»Es gibt anscheinend keinen, höchstens, dass die Morde Leuten, von denen wir nichts wissen, das Weihnachtsfest verderben. Für den Orden ist es definitiv verdorben.«

Rick beobachtete, wie die Leute von der Rettung den Toten wegbrachten. »Sie haben ihre Hände unter seine Beine geschoben. Gut so. Lieber balancieren, als ihn mit angewinkelten Beinen nach hinten kippen. Wenn seine Augen nicht glasig wären, sähe er fast lebendig aus.« Er blinzelte und drehte sich dann seitlich zu Cooper hin. »Es muss eine Verbindung zwischen Christopher und Speed geben, abgesehen davon, dass sie Brüder in Liebe waren.«

»Ja, sie sind beide tot.«

»Sehr witzig.«

»Es gibt tatsächlich eine Verbindung: Geldprobleme, bevor sie Mönche wurden.«

»Dann lassen Sie uns rauskriegen, wie viele Brüder noch betroffen waren.« Rick machte sich da keine großen Hoffnungen, aber eine Ermittlung in dieser Richtung könnte vielleicht weiterführen.

Vier Stunden später war Bruder Speed auf dem Edelstahltisch aufgetaut. Doktor Emmanuel Gibson entkleidete ihn vorsichtig mit Hilfe von Mandy Sweetwater, einer jungen Praktikantin. Das Ausziehen erwies sich wegen des Blutes als schwierig, da die Stoffteile verklebt waren.

Als der Leichnam schließlich entblößt war, nahm Doktor Gibson zunächst eine sorgfältige Untersuchung vor, bevor er den ersten Schnitt machte.

Mandy, die auf der anderen Seite des Toten stand, sagte: »Die Augen sind nicht blutunterlaufen.«

»Gut.« Emmanuel lächelte. »Das sagt Ihnen, dass er nicht erwürgt wurde.«

Der alte Arzt arbeitete gerne mit jungen Medizinern zusammen.

Während der Untersuchung des Leichnams sprach er und stellte Mandy Fragen.

Zwei Stunden später zog er seine Schutzkleidung aus und rief Rick an.

»Doktor Gibson, was haben Sie für mich?«

»Also, Sheriff, der Schnitt ist derselbe wie bei Christopher Hewitt, von links nach rechts, Mörder hinter dem Opfer. Keine blauen Flecken. Keine Kampfspuren. Der Mörder stand hinter Speed.« Er holte Atem. »Obolus unter der Zunge.«

# 17

Immer mehr Flocken wirbelten herab, während Harry die Boxen ausmistete. Die Pferde spielten draußen im Schnee, kickten ihn hoch und rannten umher.

Die Katzen hatten sich in der Sattelkammer auf Pferdecken gekuschelt, Tucker war bei Mom geblieben. Jetzt sauste die Corgihündin aus einer Box.

Harry lehnte die Mistgabel an die Wand und ging in die Stallgasse.

Tucker bellte: »*Cooper!*«

Pewter schlug ein Auge auf. »*Kann der Köter nicht mal die Schnauze halten?*«

Harry öffnete das große Tor und winkte Cooper in den Stall.

Cooper stampfte den Schnee von den Füßen und ging hinein.

»Kaffee?«

»Um diese Zeit hätte ich Lust auf einen heißen Kakao«, sagte Cooper.

»Klingt nicht übel.« Lächelnd führte Harry Cooper in die gemütliche Kammer. Es roch nach Süßfutter und Leder, vermischt mit einem Hauch Absorbin, das zur Linderung von Muskelschmerzen angewendet wurde.

»Harry.« Cooper ließ sich auf einen Regiestuhl fallen. »Bruder Speed ist heute Morgen tot aufgefunden worden. Dieselbe Vorgehensweise wie bei Christopher.«

»O nein.« Harry stellte die Kakaobüchse hin, die sie fast fallen gelassen hätte.

Beide Katzen machten jetzt große Augen, Tucker setzte sich neben Cooper.

»Tony Gammell hat ihn im Keswick-Club auf dem Tennisplatz gefunden.«

»Großer Gott. Hoffentlich war Nancy nicht bei der Arbeit.«

»Zum Glück hat Nancy Holt bei dem starken Wind und dem Schnee keine Tennisstunden gegeben.«

»Na, die ist so zäh, die würde bei jedem Wetter rausgehen. Tony ist bestimmt ganz durcheinander.«

»Allerdings.«

Harry setzte sich und wartete, bis das Wasser kochte. »Ich kapier das nicht.«

»Ich auch nicht. Du hast Bruder Speed gekannt.«

»Sicher. Er war nicht nur ein guter Reiter, sondern auch ein guter Pferdemensch.«

»Wie meinst du das?«

»Viele Menschen können ein Pferd reiten, aber ein Pferdemensch kann Pferde richtig pflegen und auch ausbilden. Von denen gibt es nicht so sehr viele, und Speed war gut. Sehr einfühlsam.«

»Hast du ihn mal um Geld spielen gesehen?«

»Nein.«

»Und Christopher?«

»Fußballtoto – aber das war auf der Highschool.«

»Hast du mal gesehen oder gehört, dass einer von ihnen Ärger wegen Frauen hatte, vor allem wegen verheirateter Frauen?«

»Christopher ist aus Crozet weggezogen und aufs College gegangen, daher hab ich nichts gehört. Aber wer weiß? Und was Bruder Speed angeht, so ein Rennsportleben steckt voller Versuchungen.«

»Glücksspiel und Sex können süchtig machen, genau wie Drogen und Alkohol. Ich suche nach einem Mordmotiv. Nicht zurückgezahlte Schulden oder erzürnte Ehemänner könnten im Spiel sein. Manchmal holen einen alte Gewohnheiten wieder ein.«

Harry dachte darüber nach. »Ich vermute, es ist schwer, sich von einer Sucht zu befreien, egal welcher Art. Aber meinst du nicht, die anderen Brüder hätten gemerkt oder zumindest geahnt, dass Speed und Christopher in Schwierigkeiten steckten?«

»Dann ist wohl wieder ein Besuch im Kloster fällig.« Cooper rieb sich die Augen. »Ich bin müde.«

»Die Tiefdruckfront. Gegen Wände anrennen schlaucht dich auch.«

»Das hab ich wahrhaft zur Genüge gemacht«, sagte Cooper bedrückt.

»Vielleicht ist der Mörder von einem Priester oder Mönch missbraucht worden. Bei der großen Verbreitung von sexuellem Missbrauch in Amerika liegt die Annahme nicht fern, dass es in Albemarle County etliche Menschen gibt, die sexuell belästigt wurden. Vielleicht nicht von hiesigen Priestern, sondern woanders.« Sie fügte hinzu: »Es sind so viele Leute neu in die Gegend gezogen, und wir wissen nichts über ihre Vergangenheit. Die alteingesessenen Familien kennt man seit Generationen. Sieh dir nur mal die Urquharts an.« Urquhart war Big Mims Mädchenname. »Vielleicht ist jemand einfach durchgedreht. Vielleicht hat der Missbrauch zur Weihnachtszeit angefangen. Wer weiß?«

»Ist ein lange verdrängtes Gefühl erst einmal wieder hochgekommen, lässt es sich nicht mehr wegdrücken«, kommentierte Cooper Harrys Idee.

»An die Brüder in Liebe ist leicht ranzukommen. Sie zeigen sich in der Öffentlichkeit, im Hospiz, in der Baumschule. Wenn wir nur das Motiv rauskriegen könnten … dann würde das zumindest zu potentiellen Tätern führen.«

Cooper stand auf und trat an die Kochplatte. »Wasser kocht.«

»Ich bin keine gute Gastgeberin.«

»Hey, ich bin deine Nachbarin. Du musst mich nicht mit Artigkeiten überhäufen.«

Harry lächelte. »Den Ausdruck hab ich seit meiner Großmutter nicht mehr gehört.«

»Meine hat das auch immer gesagt. Ich finde, die damalige Generation hat besser gesprochen als wir. Ihre Sprache war so abwechslungsreich. Heute plappern die Leute nach, was sie im Fernsehen hören oder im Internet aufschnappen. Phantasielos.« Cooper goss Wasser auf ihr Kakaopulver, dann auf Harrys.

Sie ging zurück zu dem Regiestuhl, der gegenüber einer alten, zum Tisch umfunktionierten Satteltruhe stand.

»Wie nett, in meiner eigenen Sattelkammer bedient zu werden. Immer wenn ich in Big Mims oder Alicias Stall komme, krieg ich einen Anfall von Neid. Mein Gott, ihre Sattelkammern könnten in *Architectural Digest* stehen.« Sie sah sich um. »Aber sie ist zweckmäßig und mein Eigentum.«

»Das ist die Hauptsache.« Cooper setzte sich, froh über die heiße Schokolade. »Gehen wir mal durch, was wir wissen.«

»Gerne.«

»*Nicht viel*«, bemerkte Pewter frech.

»Zwei Männer, Ende dreißig, Anfang vierzig. Bruder Speed ist am elften Dezember vierzig geworden. Beide katholisch erzogen. Beide in demselben Orden. Beide gutaussehend. Christopher war geschieden. Speed war nie verheiratet.«

Harry ergänzte: »Beide wegen Geldschwierigkeiten ruiniert.«

»Ja.« Coopers Notizbuch war voll mit Aufzeichnungen von den Befragungen der Leute. »Die Frauen haben für Speed geschwärmt. Vielleicht, weil sie ihn hochheben und herumschleudern konnten.«

»Haha.« Das gefiel Harry. »Wär das nicht lustig? Ich kriege Fairs Füße kaum vom Boden, dabei hilft er mir noch, indem er sich auf die Zehenspitzen stellt. Er kann mich mit einer Hand in die Luft stemmen.«

»Er ist groß und stark. Und das ist auch gut so. Seine Patienten sind rund fünfhundert Kilo schwerer als er.« Cooper kam auf die Morde zurück: »Beide Männer waren gute Charaktere. Die Leute mochten sie. Bei meinen Anrufen in Phoenix haben die Leute trotz allem, was Christopher getan hat, immer wieder betont, wie liebenswert er war. Fällt dir irgendwas ein, das ich ausgelassen habe?«

»Beide waren ihrer Familie entfremdet.«

»Richtig. Das hab ich vergessen. Sie waren liebenswert, aber nicht für ihre Angehörigen.«

»Ich denke, die fanden sie noch liebenswert, aber wenn man mit jemandem Alkoholismus und Drogenmissbrauch durchmacht, dann sind die Angehörigen wohl oft überfordert. Hinzu kommt, dass sie nichts mehr glauben, was der Süchtige ihnen erzählt. Er hat ihnen zu viele Lügen aufgetischt. Christophers Familie ist mit dem Skandal nicht fertiggeworden.«

»Sonst noch was?«

»Ihre Todesart scheint dieselbe zu sein. Von hinten getötet. Ich nehme an, bei Speed gab es keine Anzeichen von einem Kampf?«

»Nach der Obduktion wissen wir mehr, aber es gibt kein sichtbares Zeichen von einem Kampf.«

»Und ich nehme an, auch Bruder Speed wurde rasch getötet. Man sollte meinen, sie hätten ihn oben im Kloster vermisst.«

»Rick hat dort angerufen. Bruder George sagt, sie waren davon ausgegangen, dass er in der Stadt übernachten würde, wegen der Straßenverhältnisse und weil es auf der Feier spät geworden ist. George hat sich Sorgen gemacht.« Sie hielt inne. »Weißt du was, wenn wir den Mörder erwischen, würde es mich nicht überraschen, wenn er irgendwie davonkäme.«

Harry nickte. »Alles ist verkehrt. Wir bestrafen das Opfer. Wir geben Leuten Geld, die nicht arbeiten wollen. Alte Männer sitzen in der Legislative und schicken junge Männer und Frauen in den Tod. Es ist alles verkehrt.«

»Du und ich werden nichts daran ändern.«

»Ich denke, wir könnten es, aber dazu bräuchte es mehr als bloß uns. Nimm diese Morde. Wir können die Toten nicht wieder lebendig machen, aber wenn wir unseren Verstand einsetzen und ein bisschen Glück haben, kriegen wir den Mörder.«

»Meinst du, es ist ein Einzeltäter?«

»Ich weiß nicht. Das dürftest du besser wissen als ich.«

»Ich bin mir nicht sicher. Wenn ich bloß die Verbindung zu den Brüdern in Liebe entschlüsseln könnte.«

»Scheint kein Zufall zu sein.« Harry runzelte die Stirn. »Wir wissen nun mal nicht, was wir nicht wissen.«

»Genau.« Cooper trank ihre Schokolade aus. »Was dagegen, wenn ich mir noch eine mache?«

»Natürlich nicht.«

»Du auch noch eine?«

»Ich hab genug.«

Cooper füllte den Wasserkessel. Harry hielt zu diesem Zweck immer ein paar Flaschen destilliertes Wasser in der Sattelkammer vorrätig. »Ich habe sogar versucht, ausgefallene Zusammenhänge herzustellen. Zum Beispiel Gesichtsbehaarung.«

»Da gibt es keinen Zusammenhang. Speed war glattrasiert, und Christopher hatte diesen flammend roten Bart.«

»Ich weiß.« Coopers Stimme nahm einen verärgerten Ton an. »Ich sage nur, dass ich auf alles achte. Was für einen Mörder wichtig ist, offenbart sich nicht sofort.«

»Verstehe. So ähnlich, wie wenn ein Serienmörder Frauen umbringt, weil sie seiner Flamme von der Highschool gleichen, die ihn abblitzen ließ.«

»Genau.« Cooper stand vor dem Wasserkessel.

»Wenn man zuguckt, kocht das Wasser nie«, zitierte Harry ein altes Sprichwort.

»Hast recht.« Cooper ließ sich auf den Regiestuhl fallen.

»Beide sahen gut aus. Bislang wurden keine hässlichen Brüder umgebracht«, sagte Harry.

»Na, das ist doch schon mal was.«

»*Seht ihr, ich hab doch gesagt, die wissen gar nichts*«, sagte Pewter selbstgefällig.

»*Olle Mistbiene.*« Mrs. Murphy schmähte sie mit diesem Kinderschimpfwort. »*Sie wissen eine Menge. Hast du nicht zugehört?*«

»*Sie hört sich nur selbst beim Reden zu.*« Tucker verdrehte die Augen.

»*Ich hab's bis obenhin satt, mich von einer rotznasigen Katze und einem Fettarsch beleidigen zu lassen.*« Pewter zeigte die Krallen, um die Wirkung ihrer Worte zu unterstreichen. »*Es ist jemand, der Weihnachten hasst.*«

Ihre Idee war so gut wie jede andere.

# 18

L üg mich nicht an.«
»Racquel, ich lüge dich nicht an.« Bryson fühlte sich total geschlaucht.

»Ich kenne dich.«

»Ich bin beunruhigt, müde, und Weihnachten ist nicht gerade meine Lieblingszeit im Jahr.«

Ihre zwei Söhne waren in Charlottesville auf der Eisbahn. Da ihre Kinder nicht dabei waren, ließ Racquel ihren Gefühlen freien Lauf. »Wer ist sie?«

»Ich schwöre dir, ich habe keine Affäre mit einer Krankenschwester, Sekretärin, Schwesternhelferin oder sonst einer Frau.«

»Sie haben eine hübsche Betreuerin im Hospiz. Ist mir aufgefallen, als ich Tante Phillipa besucht habe.«

»Ich habe mit keiner was.« Er trat an die Bar, um sich einen Scotch auf Eis einzuschenken. »Ich mache mir Sorgen um die Brüder in Liebe. Die Morde könnten sich negativ auf die Spenden auswirken. Was die Brüder leisten, ist einmalig. Sie sind … du hast ja gesehen, wie fürsorglich sie sind.«

»Ja.« Sie kniff die Augen zusammen. »Du wirkst tatsächlich bedrückt. Vielleicht, weil die Affäre vorbei ist.«

»Racquel, manchmal machst du es mir schwer, dich zu lieben.«

»Ganz meinerseits.« Sie schritt zur Bar. »Martini.«

Er mixte ihr einen trockenen Martini, dann setzten sie sich an den Kamin. »Ich habe Fehler gemacht. Ich habe unrecht getan. Mehr kann ich nicht sagen. Wie können wir vorankommen, wenn du mir misstraust?«

»Es ist schwierig, dir zu vertrauen. Du bist perfekt im Betrügen.«

Er nahm einen großen Schluck. »Verzeih mir.«

»Denkt ihr Männer denn nie an den Schaden, den ihr anrichtet, bloß wegen fünfzehn Minuten Vergnügen?«

»Offensichtlich nicht. Aber wie ich dir schon sagte, ich habe keine Affäre. Du bist die einzige Frau in meinem Leben.«

»Was würdest du tun, wenn ich eine Affäre hätte?«

»Das weiß ich nicht.«

»Es könnte schmerzhaft sein, wenn die Sache umgekehrt wäre.«

»Ja. Hör zu, können wir die Waffen nicht ruhen lassen? Es ist Weihnachten. Die Luft in diesem Haus ist so dick, dass man sie schneiden könnte. Den Jungs zuliebe.«

»Ich werde mich bemühen.«

»Eigentlich wollte ich nachher mal auf eine Runde Poker zu Alex, aber ich sag's ab. Wäre nett, ein bisschen Zeit für uns zu haben, bis die Kinder zurückkommen.«

Ihre Miene hellte sich auf, und sie kippte ihren Martini hinunter. »Gute Idee.«


# 19


Die schneebedeckte Leyland-Zypresse wiegte sich wie hypnotisiert im Wind. Harry, die wieder seit halb sechs auf den Beinen war, begutachtete am Dienstagmorgen die adretten Pflanzungen der Baumschule Waynesboro Nurseries. Sie war mit der Gärtnerei übereingekommen, als Weihnachtsgeschenk für Fair zwölf von diesen herrlichen immergrünen Bäumen vor seine Praxis pflanzen zu lassen. Natürlich würden sie erst im Frühjahr in die Erde kommen, aber sie wollte sichergehen, dass ihre Entscheidung auch richtig war.

Landschaftsgärtnerei war für Harry etwas ganz Natürliches, wohl deshalb, weil sie Spaß daran hatte. Sie sagte scherzhaft zu ihrem Mann, wenn Gott jemandem in einem Bereich Talent schenkt, lässt er oft einen anderen Bereich aus. Damit erklärte sie ihren schrecklichen Geschmack in Bezug auf jegliche Art von Kleidung, die nichts mit Stall und Pferden zu tun hatte.

Alle zwei, drei Jahre schleppte Susan sie ins Kaufhaus Nordstrom, oft assistiert von BoomBoom, die auf Mode versessen war.

Nachdem Harry sich mit Tim Quillen von der Baumschule unterhalten hatte, überkam sie das Verlangen, sich selbst etwas zu gönnen, deshalb rief sie Jeffrey Howe bei Mostly Maples an und bestellte zwei schöne altmodische Zuckerahorne, die ebenfalls im Frühjahr eingepflanzt werden sollten.

Sie ließ den Motor des 1978er Ford an, doch bevor sie losfahren konnte, klingelte ihr Handy. Harry telefonierte nicht gern beim Fahren, also blieb sie an Ort und Stelle.

»Schatz, kannst du einen Abstecher zu Southern States machen und Ersatzhalfter und -führstäbe mitbringen? Hab ich vergessen«, sagte Fair.

»Klar, Schatz.« Fair hielt immer Ersatz in seinem Auto vorrätig, nur für alle Fälle.

»Wie war dein Tag bis jetzt?«

»Ganz gut, aber richtig gut wird er erst, wenn ich zu Hause bin, bei dir.«

Als Harry ihr Handy ausschaltete, hatte sie ein Lächeln im Gesicht.

Nach ungefähr fünfunddreißig Minuten war sie in Charlottesville und schaute in Bryson Deeds Praxis vorbei. Harry hatte nach der St.-Lukas-Weihnachtsfeier Racquels Keramikgeschirr gespült und abgetrocknet und sich erboten, es ihr nach Hause zu bringen, aber Racquel hatte sie gebeten, es in Brysons Praxis abzugeben. Er behandelte noch bis zum Heiligen Abend, und sie tätigte Einkäufe in letzter Minute.

Der Empfang war nicht besetzt, deshalb stellte Harry das Geschirr auf dem Tresen ab. Als sie in den Flur des Ärztehauses trat, hörte sie hinter sich eine Tür zugehen.

Bruder Luther kam auf sie zu.

»Frohe Weihnachten, Bruder Luther.«

Sein Blick huschte umher. »Frohe Weihnachten.«

Da sie merkte, wie nervös er war, suchte sie ihn zu trösten.

»Wenn Sie Patient von Bryson sind, dann sind Sie in guten Händen. Er ist ein erstklassiger Kardiologe.«

»Oh, ich habe leichte Herzgeräusche. Nicht besorgniserregend. Ist flattriger als sonst. Von all diesen schrecklichen Vorkommnissen.«

»Das tut mir sehr leid.«

Er griff nach ihrer Hand. »Harry, wenn mir etwas zustoßen sollte, rufen Sie meinen Bruder in Colorado Springs an.« Er zog ein kleines Notizbuch aus seiner Manteltasche und schrieb den Namen auf.

Harry las: »Peter Folsom. Ich wusste gar nicht, dass Sie Folsom mit Nachnamen heißen.« Sie lächelte ihn an. »Ihr Herz wird weiterschlagen, aber ich verspreche Ihnen, dass ich ihn anrufe. Aber wirklich, Bruder Luther, machen Sie sich keine Sorgen. Davon werden Sie bloß krank.«

Er ließ ihre Hand los. »Irgendjemand da draußen bringt uns um. Vernichtet unseren Orden. Ich könnte der Nächste sein.«

»Vielleicht geht es gar nicht um den Orden. Vielleicht hat die Vergangenheit die zwei Brüder eingeholt.«

Obwohl niemand in der Nähe war, beugte er sich herunter und flüsterte ihr ins Ohr: »Es geht um den Orden, und die Vergangenheit holt uns alle ein.«

»Bruder Luther, verzeihen Sie mir, aber ich kann mir nicht vorstellen, was Christopher – ich meine, Bruder Christopher – oder Bruder Speed getan haben, um so ein –«, sie suchte nach dem richtigen Wort, »Ende herbeizuführen.«

»Sie würden es nicht wissen wollen.« Damit hastete er den Flur hinunter.

# 20

M rs. Murphy, Pewter und Tucker saßen, verärgert, weil Harry sie nicht zu ihren Besorgungen mitgenommen hatte, am Wohnzimmerkamin. Glutstückchen glimmten noch vom Feuer am Vorabend, ein Beweis, wie langsam Hartholz brannte.

»*Tiefdruckfront im Anmarsch*«, verkündete Pewter dösig.

»*Es windet.*« Tucker hörte das Rauschen durch den Rauchfang und sah die sich biegenden Bäume vor dem Fenster.

»*Da ist was im Busch.*« Auch Mrs. Murphy spürte den Wechsel im Atmosphärendruck.

»*Hier drin ist es gemütlich. Ich wünschte, Mom käme nach Hause, um Feuer zu machen.*« Pewter kuschelte sich tiefer in den alten Überwurf auf dem Sofa.

»*Sie hätte uns mitnehmen sollen*«, murrte Mrs. Murphy. »*Wir können nichts vom Baum reißen, weil sie ihn nicht geschmückt hat. Wir könnten aber die seidenen Lampenschirme zerfetzen.*«

Tucker riet ab: »*Das würde ich nicht tun. Morgen ist Heiligabend. Dann kriegst du kein Geschenk von ihr.*«

»*Hast recht*«, sah die Tigerkatze ein. »*Wir könnten einen Spaziergang machen.*«

»*Ein Sturm zieht auf. Außerdem, warum sollen wir uns kalte Pfoten holen?*« Pewter war sehr auf ihr körperliches Wohlbefinden bedacht.

»*Nun gut, wir können nichts zerfetzen. Im Moment hab ich aber auch keine Lust zu schlafen. Ich geh Simon besuchen.*« Hiermit sprang Mrs. Murphy vom Sofa, ging in die Küche, schlüpfte zur Tierklappe hinaus und durch die zweite Tierklappe auf die umzäunte Veranda.

»*He, warte auf mich.*« Tucker eilte ihr nach.

Pewter hielt die zwei für durchgeknallt.

Tucker holte die geschmeidige Katze ein, gerade als sie

durch die Tierklappe zum Stall schlüpfte. Drinnen riefen sie beide nach Simon.

»*Ruhe da unten, Erdlinge*«, grummelte Plattgesicht, die große Ohreule, aus der Kuppel. »*Ihr zwei könntet Tote auferwecken.*«

Simon kam an die Heubodenkante geschlurft. »*Habt ihr Leckereien mitgebracht?*«

»*Nein.*«

Das graue Beuteltier seufzte. »*Egal, ich freu mich trotzdem, euch zu sehen.*«

»*Mom bringt dir Leckerbissen zu Weihnachten. Dir auch, Plattgesicht. Ich glaub, sie hat Fleischpastetchen mit Mett für dich*«, rief Mrs. Murphy zu dem furchtlosen Raubvogel hinauf.

Plattgesicht schlug ein Auge auf, da sie zu dem Schluss gekommen war, dass ihr der Mittagsschlaf weniger wichtig war, als von ihrem Geschenk zu hören. Sie ließ sich mit ausgebreiteten Schwingen herabgleiten und landete akkurat neben Simon, der stets aufs Neue über ihre Exaktheit staunte.

»*Mom würde sogar Matilda was zu Weihnachten schenken, wenn die keinen Winterschlaf hielte.*« Tucker lachte, denn ihr Mensch liebte wirklich alle Tiere.

Matilda, die Kletternatter, nahm alljährlich an Umfang und Länge zu und war zu imposanten Proportionen herangewachsen. Im Herbst hatte sie sich von einem hohen Baum im Garten auf Pewter fallen lassen, worauf die pingelige Katze fast einen Herzinfarkt bekommen hätte. Mrs. Murphy und Tucker hüteten sich wohlweislich, dies zur Sprache zu bringen, denn Pewter würde zumindest geifern, schlimmstenfalls gar nach ihnen schlagen.

»*Was ist Mett?*«, fragte Plattgesicht.

»*Weiß ich nicht*«, antwortete Tucker.

»*Das ist so was in winzige Stückchen Gehacktes*«, erklärte Mrs. Murphy. »*Mom macht Fleischpastete, das Fleisch wird gehackt, aber sie tut noch mehr Sachen rein, und es ist ein bisschen süßlich. Ich hab gesehen, wie sie Pasteten gebacken hat, und ich weiß, sie hat eine kleine für dich gemacht.*«

»*Was schenkt sie mir?*« Simon hoffte, es werde etwas so Gutes sein wie Hackfleischpastete.

»*Für dich macht sie Eiszapfen aus Ahornsirup. Sie hat auch eine Tüte Marshmallows besorgt, und ich glaub, für die Pferde hat sie einen besonderen Futtermix gemacht. Ich hab gesehen, wie sie das Zeug gekocht hat, aber ich weiß nicht, was da alles drin ist. Am Weihnachtsmorgen wärmt sie's dann auf. Vielleicht bringt sie dir was davon.*«

»*Au fein.*« Simons Barthaare zuckten.

Plattgesicht, vierbeinigen Tieren gegenüber nicht immer aufgeschlossen, war ausnahmsweise mitteilsam. »*Ich hab was Komisches gesehen.*« Während die anderen warteten, dass sie fortfuhr, plusterte sie ihre mächtige Brust auf und sagte: »*Ich bin den Gebirgskamm entlanggeflogen. Wollte sehen, was so übers Shenandoah-Tal heranzieht. Wie ich zurückkomme, bin ich zu den Walnussbäumen runtergestoßen auf dem Grund, den Susan Tucker von ihrem Onkel geerbt hat, dem alten Mönch.*« Sie hielt inne, verlagerte das Gewicht, fuhr dann fort: »*Ihr kennt ja die alten Feuerschneisen, die von beiden Seiten des Bergrückens wegführen. Ich hab gesehen, wie zwei Männer in einem Jeep zu dem Walnusswäldchen gefahren sind. Als sie anhielten, hab ich mich auf einen Baum gehockt. Sie sind ausgestiegen und haben vorne bei den Felsvorsprüngen einen großen grünen Metallkasten abgestellt. Sie haben den Kasten aufgemacht, der war voll mit Geld, das haben sie gezählt, dann haben sie es zurückgelegt und den Kasten zugemacht. Sie haben ihn dortgelassen.*«

Simon starrte Plattgesicht an. Mrs. Murphy und Tucker sahen sich an, dann blickten sie wieder zu der Eule hoch.

»*Hast du sie erkannt?*«, fragte Tucker.

»*Nein, aber auf der Windschutzscheibe von dem Jeep war ein Aufkleber mit dem Äskulapstab.*« Plattgesicht mit ihrem phantastischen Sehvermögen konnte von hoch oben in der Luft eine Maus ausmachen. Einen Aufkleber zu sehen war für sie eine Kleinigkeit.

Tuckers Ohren zuckten nach vorn. »*Hört sich nach 'ner Menge Geld an.*«

»*Ist es auch*«, zirpte die Eule leise.

Mrs. Murphy, deren Gedanken rasten, fragte: »*Hatte der Kasten ein Schloss?*«

»*Nein. Das ist so ein Werkzeugkasten, wie Harry einen hat. Ich kann mit der Klaue den Hebel vorschnappen lassen und den Schließhaken über die Öse schieben. Kinderleicht.*« Sie guckte auf Mrs. Murphys Pfoten herunter. »*Deine Krallen sind lang genug, um den Hebel anzuheben. Weiß nicht, ob du den Schließhaken über die Öse kriegst. Könnte gehen.*«

»*Was hast du überm Tal gesehen?*«, wollte Tucker wissen.

»*Schneesturm im Anmarsch. Wird in zwei Stunden hier sein, vielleicht ein bisschen später. Spürt ihr ihn nicht kommen?*«

»*Doch*«, piepste Simon, dann tat er dem mächtigen Vogel schön: »*Aber du kannst auf den Berg rauffliegen und alles sehen. Du bist die beste Wettervorhersage, die es gibt.*«

Plattgesicht blinzelte geschmeichelt. »*Macht die Schotten dicht.*«

Die hinter den Wänden wohnenden Mäuse, deren Eingangsloch von einer Satteltruhe verdeckt war, kicherten, als die zwei Freundinnen den Stall verließen.

Der älteste Mäuserich grummelte: »*Mäusekuchen.*«

Draußen sagte Mrs. Murphy zu Tucker: »*Komm, los. Wir haben Zeit genug.*«

Zügig laufend bewältigten Katze und Hund die ebene Strecke in kürzester Zeit. Am anderen Ufer des Baches stieg das Land zuerst sanft, dann steiler an. Im leichten Trab waren es fünfundzwanzig Minuten vom Stall bis zum Walnusswäldchen. Die Tiere kannten sich dort gut aus, nicht nur, weil Susan und Harry die Walnussbäume und anderes Nutzholz regelmäßig inspizierten, sondern auch, weil ein großes Bärenweibchen in einer Höhle unter einem Felsvorsprung hauste. Sie kannten die Bärin vom Vorbeilaufen, plauderten oft mit ihr oder machten Bemerkungen zu ihrem Nachwuchs.

Als sie bei den Walnussbäumen anlangten, nahm der Wind etwas zu. Am Rand des mehrere Morgen großen Walnusswäldchens sahen sie den grünen Metallkasten unter einer niedrigen Felsnase, genau wie Plattgesicht es beschrieben hatte.

Tucker griff mit einer Pfote hinter den Kasten und zog ihn von dem großen Felsen weg.

*»Ich kann den Hebel aufschnappen lassen.«* Mrs. Murphy fuhr die Krallen aus, hakte eine unter die schmale überstehende Kante, hob den Hebel an, hakte die Kralle dann unter den Schließhaken und schob ihn über die Öse nach oben.

*»Ich kann auf den Auslöseknopf drücken.«* Tucker betätigte den eckigen Metallknopf in der Mitte des Schließhakens.

Der Haken klickte, und der Deckel sprang auf. Drinnen lagen tausende Hundertdollarscheine; jedes Bündel war mit einer Banderole aus dünnem Karton versehen.

*»Mannometer«*, rief Tucker aus. *»Das ist ein Haufen Benjamin Franklins.«*

*»Warum haben die den Kasten hierhergebracht? Das viele Geld?«* Die Tigerkatze war fasziniert und verwirrt zugleich.

*»Warum sind Köpfe von toten Männern auf Geldscheinen?«* Tucker berührte das Geld mit der Nase.

*»Gilt als große Ehre.«*

*»Murphy, wie kann es eine Ehre sein, wenn man tot ist? Benjamin Franklin weiß nicht, dass sein Kopf auf einer Banknote ist.«*

*»Keine Ahnung. Menschen ticken eben anders als wir.«* Mrs. Murphy fand das auch absurd. *»Tucker, nimm eins von den Bündeln mit. Ich mach dann den Deckel zu.«*

Die Corgihündin nahm das Bündel mühelos heraus. Mrs. Murphy klappte den Deckel herunter, und der Schnapphebel rastete ein. Tucker machte sich nicht die Mühe, den Haken über die Öse zu schieben.

Die zwei eilten den Abhang wieder hinunter. Dann und wann blieb Tucker stehen und ließ das Bündel fallen, um Atem zu schöpfen. Ihr blieb ein wenig die Luft weg, und sie musste durch Maul und Nase atmen.

Als sie an der Hintertür anlangten, stand Harrys 1978er F-150 in der Einfahrt. Sie stürmten durch die zwei Tierklappen.

»Wo seid ihr gewesen? Ich hab euch überall gesucht.«

Pewter saß neben Harry. Die graue Katze war genauso aufgeregt wie Harry. So träge sie sein konnte, sie mochte nicht außen vor gelassen werden, und die zwei waren abgehauen, ohne ihr was zu sagen.

»Geschäftlich unterwegs«, antwortete Mrs. Murphy, und Tucker ließ das Geld fallen.

»Was hast du da?« Harry hob das Bündel auf. Ihr klappte der Kinnladen herunter, als sie zehntausend Dollar aufblätterte. »Herrgott im Himmel!«

Zehntausend Dollar bares Geld in der Hand zu halten, das raubte ihr den Atem. Sie ließ sich auf einen Küchenstuhl fallen und zählte das Geld noch einmal.

»Da ist noch mehr. Du wirst reich!« Tucker wackelte mit dem schwanzlosen Hinterteil.

»Denk bloß mal an den vielen Thunfisch, den man dafür kaufen kann«, schnurrte Pewter. »Kommt, wir holen uns den Rest.«

»Das können wir nicht ohne Mom«, warnte Mrs. Murphy. »Der Rest ist in einem Werkzeugkasten aus Metall.«

»Ihr habt das da doch auch hergebracht. Wir gehen alle zusammen, wir müssen uns aber sputen, weil Sturm aufkommt. Wir können es hierherbringen. Denkt doch bloß mal an das Futter, die Katzenminze!« Pewter legte einen seltenen Enthusiasmus an den Tag.

Harry sah ihre Freundinnen an. »Woher habt ihr das?«

»Ich dachte schon, du fragst nie.« Tucker ging zur Tür, dann sah sie Harry über die Schulter an.

Mit den Jahren hatte Harry gelernt, genau auf ihre Tiere zu achten. Zum einen waren deren Sinne viel schärfer als ihre eigenen. Darüber hinaus hatten sie sie noch nie reingelegt, auch Pewter nicht, die viel zu viel grummelte. Harry war Tucker und den Katzen schon öfter gefolgt, daher erkannte sie die Zeichen, und Tucker hatte ihr eindeutig etwas zu verstehen gegeben.

»Na gut.« Sie stand auf, nahm ihren dicken Mantel vom Haken, wand sich einen karierten Schal um den Hals und zog die kaschmirgefütterten Handschuhe aus den Manteltaschen.

»*Wie weit ist es?*«, erkundigte Pewter sich.

»*Walnusswäldchen*«, antwortete Tucker.

»*Hmm, tja, da sie's ja nun kapiert hat, halte ich hier die Stellung.*«

»*Pewter, du bist so was von faul*«, sagte Mrs. Murphy. »*Du warst es doch, die gesagt hat, ›kommt, wir holen uns den Rest‹.*«

»*Es ist kalt. Und es gibt wirklich keinen Grund, dass wir alle gehen.*« Damit machte Pewter kehrt und tänzelte ins Wohnzimmer, wo Harry das Feuer neu entfacht hatte.

»*Ist das zu glauben?*« Mrs. Murphy konnte es nicht fassen.

Tucker lachte. »*Immerhin hat sie sich freiwillig erboten, Geld zu schleppen.*«

»*Ihr redet über mich*«, rief Pewter im Wohnzimmer. »*Weil ich so faszinierend bin.*«

Harry öffnete die Tür, dann die Fliegentür, trat hinaus und sah, dass der Himmel sich in Windeseile veränderte. Die Wolken zogen jetzt tiefer und türmten sich dunkel hinter den Blue Ridge Mountains. Nicht lange, und sie würden sich hier herüberwälzen. Sie konnte an einigen höher gelegenen Stellen Schneeböen erkennen. Wenn Hund und Katze doch nur sprechen könnten, dann würde sie das Auto nehmen. Sie ging hinter den beiden her, die bereits vorausstürmten. Ihre gefütterten Stiefel und die Socken aus einer Wolle-Kaschmir-Mischung waren nützlich. Sosehr es Harry widerstrebte, Geld auszugeben, sie war so vernünftig, es für eine gute Ausstattung und warme Arbeitskleidung aufzuwenden.

Die Reste vom letzten Schnee knirschten unter ihren Füßen. Am Bach angelangt, folgte sie den zwei Tieren über die schmalste Stelle; ihr Absatz brach nur am Rand im Eis ein. Sie wurde aber nicht nass, und lächelnd legte sie Tempo zu, weil die Tiere zu traben angefangen hatten.

»*Ich will nur hoffen, dass wir rauf- und wieder runterkommen, ehe das Unwetter losbricht.*« Mrs. Murphy schnupperte in die

Luft. »*Wo es höher ist, sind bestimmt schon Schneeschauer am Wirbeln.*«

»*Auch wenn das Schneetreiben heftiger wird, wir schaffen es*«, entgegnete Tucker zuversichtlich.

»*Solange wir was sehen können. Wenn man bloß noch Weiß in Weiß sieht, krieg ich Angst.*« Die Katze spürte, dass der Luftdruck weiter sank.

»*Wenn sie bloß schneller laufen könnte.*« Tucker drehte sich nach Harry um, die entschlossen voranschritt.

»*Rennen kann sie, aber mit den vielen Klamotten am Leib kann sie's nicht lange.*« Mrs. Murphy plusterte ihr Fell auf, denn ihr war jetzt noch kälter geworden.

Trotz des Gewichts ihres Mantels und des Pullovers darunter konnte Harry Schritt halten, solange die zwei es beim Traben beließen. Nach einer halben Stunde hatte sie das Walnusswäldchen erreicht; es schneite jetzt dichter.

»*Hier drüben.*« Tucker stürmte zu dem Felsvorsprung.

»*Da kommt wer.*« Murphy hörte, dass in etwa vierhundert Meter Entfernung ein Motor abgestellt wurde.

Tucker hörte es auch. »*Wir müssen uns beeilen.*«

Harry gelangte zu dem Kasten, der von dem Felsvorsprung geschützt wurde. Just in diesem Moment wirbelte ein Windstoß Schnee auf, die kahlen Walnussbäume bogen sich ein wenig, und die Nadelbäume dahinter verneigten sich wie vor einer Königin.

Harry kniete nieder und öffnete den Kasten. Die knisternden, säuberlich gebündelten Scheine verhießen ihr ein leichteres Leben. Harry würde jedoch, von ihren Eltern streng erzogen, niemals Geld behalten, das ihr nicht gehörte. Sie wollte es Cooper übergeben, weil ihr sofort klar wurde, dass hier etwas aus dem Lot geraten war. Es musste sich um Blutgeld handeln oder etwas in der Art.

Ihr war nicht klar, wie sehr die Dinge aus dem Lot geraten waren, obwohl Tucker laut bellte und Mrs. Murphy auf die Felsnase sprang. Der jetzt stark pfeifende Wind ließ keine anderen Geräusche an Menschenohren dringen. Harry sah es nicht kommen. Ein rascher Schlag auf den Kopf, und sie fiel um.

Tucker setzte zum Angriff an, doch Mrs. Murphy schrie: *»Lass ihn. Er will das Geld, nicht Mom.«*

Sie hatte recht. Bruder George lief zurück zu der alten Feuerschneise, ehe der Schnee ihn verschluckte.

Tucker leckte Harrys Gesicht. Mrs. Murphy sprang vom Felsen. Blut sickerte seitlich an Harrys Kopf hinab. Ihre Schirmmütze war heruntergefallen.

*»Ich krieg sie nicht wach.«* Tucker leckte verzweifelt.

*»Sie lebt. Hoffentlich hat sie keinen Schädelbruch.«* Die Katze schnupperte an Harrys Schläfen. *»Tucker, Fair dürfte zu Hause sein. Du musst ihn holen. Ich bleib hier. Der Sturm wird immer schlimmer. Hilf mir, ihr die Mütze wieder aufzusetzen. Dann verliert ihr Kopf wenigstens nicht so viel Wärme.«*

*»Ich kann euch hier nicht allein lassen.«*

*»Tucker, du musst. Sie kriegt Frostbeulen, wenn sie zu lange hier liegt. Sie könnte sogar erfrieren. Und wenn sie aufwacht und verwirrt ist? Ich weiß nicht, ob ich sie nach Hause kriege. Du MUSST jetzt gehen.«*

Die Hündin gab ihrer liebsten Freundin einen Nasenkuss und leckte Harry ein letztes Mal.

*»Bis später.«* Der kräftige kleine Hund ließ sie allein.

Tucker rannte, so schnell sie konnte, angespornt von Angst und Liebe.

Mrs. Murphy rollte sich um Harrys Kopf. Der niedrige Felsvorsprung bot etwas Schutz. Es sei nicht so schlimm, sagte sich die Tigerkatze. Sie wollte es unbedingt glauben, derweil die Welt sich weiß färbte.

# 21

Danke, Coop. Ruf mich auf meinem Handy an, okay?«
Fair drückte die Auflegen-Taste.

Er war vor einer Stunde nach Hause gekommen. Harrys geliebter Transporter stand in der Zufahrt. Er vermutete seine Frau im Stall. Doch als Tucker nicht herausgerannt kam, um ihn zu begrüßen, steckte er den Kopf hinein. Keine Harry. Auch im Haus keine Spur von ihr. Pewter miaute unaufhörlich; allerdings hatte Fair keine Ahnung, was die Katze ihm mitteilte.

Er war nicht von Haus aus ängstlich, aber zehntausend Dollar in Hundertdollarscheinen, die, von einer Banderole aus dünnem Karton zusammengehalten, dick und fett auf dem Küchentisch lagen, das beunruhigte ihn nun doch.

Woher hatte Harry das Geld? Wieso ließ sie es einfach auf dem Küchentisch liegen? Das war so untypisch für seine Frau, dass er Cooper angerufen und gefragt hatte, ob sie drüben bei ihr sei. Coopers Farm war das alte Anwesen der Familie Jones, das die junge Polizistin von Reverend Herb Jones gemietet hatte.

Cooper konnte sich die Sache mit dem Geld auch nicht erklären und war nun ebenfalls beunruhigt.

Fair rief sie wieder an. »Hey, entschuldige, dass ich dich noch mal störe, aber mir ist eben aufgefallen, dass auf der Banderole um das Geldbündel Zahnabdrücke sind.«

»Menschliche?« Cooper war überaus gespannt.

»Nein, sieht nach einem Hund oder einer sehr großen Katze aus.« Er blickte zu Pewter hinüber, die sich daraufhin geflissentlich abwandte.

»Fair, ich bin gleich drüben.«

»Coop, ich möchte dich nicht beunruhigen.«

»Schon passiert.«

Sieben Minuten später kam sie in die Zufahrt. Es schneite jetzt ununterbrochen.

»Himmel, du warst ja schneller als der Wind.« Fair lachte in dem Bemühen, seiner Furcht Herr zu werden.

»Zeig mir das Geld.« Sie lächelte, obwohl sie genauso besorgt war wie er.

Er deutete auf den Küchentisch. Pewter saß jetzt auf einem Stuhl.

»*Sie sind oben beim Walnusswäldchen, und da kann man jetzt bestimmt nicht die Hand vor Augen sehen*«, teilte Pewter ihnen mit, obwohl sie wusste, dass es zwecklos war.

Cooper setzte sich. Sie fasste das Geld nicht an, betrachtete nur die Banderole. »Zahnabdrücke, tatsächlich.« Sie sah zu dem großen Tierarzt hoch. »Vielleicht hat sie das Geld fallen gelassen, und Tucker hat es aufgehoben.«

»Diese Erklärung ist so gut wie jede andere, aber wir wissen beide, dass Harry so viel Geld nicht einfach auf dem Küchentisch liegen lassen würde, und wenn sie es von ihrem Bankkonto abgehoben hätte, dann hätte sie's mir gesagt.«

»Nicht, wenn's dein Weihnachtsgeschenk ist.«

»Bargeld?« Er war erstaunt.

»Vielleicht will sie was Großes kaufen.«

»Und bar bezahlen?« Er atmete scharf ein. »Weißt du was, was ich nicht weiß?«

»Ja, jede Menge, aber nichts von einem Weihnachtsgeschenk für dich.«

Er war dankbar für ihren Humor, der die Situation entspannte. »Soviel ich weiß, habt ihr getrennte Bankkonten?«

»Ja, aber wir haben ein gemeinsames Konto, von dem Farmkosten beglichen werden.« Er setzte sich Cooper gegenüber, die jetzt das Geld in den Händen drehte. »Irgendwas stimmt da nicht.«

»Schon möglich.« Sie dachte dasselbe.

»Sollen wir Rick anrufen?«

»Nicht ohne eine Leiche«, Cooper bereute die Wörter in dem Moment, als sie ihrem Mund entsprangen. »War nicht so gemeint.«

»Ich weiß. Es hat aber leider Leichen gegeben.«

»Harry ist kein Mönch. Falls doch, ist es mir neu.«

»Da wir Christopher nun mal gefunden haben, muss sie ihre Nase da reinstecken; sie kann es einfach nicht lassen. Sosehr ich sie liebe, ich könnte ihr jetzt glatt eine Kopfnuss verpassen. Was, wenn sie auf den Mörder gestoßen ist?«

Cooper blickte viel zu lange auf das Geld, dann sah sie Fair an. »Ich weiß. Ich hab mich wohl nicht benommen, wie es sich für eine Freundin gehört, nämlich dich zu beruhigen und zu trösten.«

Er lächelte matt. »Ich will keinen Trost. Ich will meine Frau.«

Gebell ließ beide hochfahren. Just als Pewter zur Tierklappe lief, kam Tucker auch schon hereingestürmt.

»*Schnell! Schnell!*« Die Corgihündin drehte sich einige Male im Kreis, schob sich durch die Klappe, sprang wieder in die Küche, vollführte das Ganze von vorn.

Fair fuhr in seinen Mantel, Cooper folgte ihm, Pewter bildete das Schlusslicht.

»*Was ist passiert?*«, fragte die graue Katze den Hund, der erschöpft und trotzdem gewillt war, den ganzen Aufstieg noch einmal auf sich zu nehmen.

»*Bruder George hat sie auf den Kopf geschlagen und das Geld genommen. Sie hat ihn nicht gesehen, und wir haben ihn erst in letzter Minute gesehen. Starker Wind, man konnte kaum was hören. Der Wind hat die Gerüche verweht, und manchmal konnte man nichts sehen.*« Der Hund verschnaufte. »*Hab bloß gehört, dass an der Feuerschneise ein Motor abgestellt wurde. Das war alles.*«

»*Und Harry? Alles in Ordnung mit ihr?*«

»*Ich weiß nicht. Sie war bewusstlos, als ich weg bin. Murphy ist bei ihr.*«

Pewter, die jetzt neben der Corgihündin herlief, sagte nichts. So gleichmütig sie scheinen mochte, im Grunde liebte sie ihre kleine Familie, und wenn das hieß, bei einem aufziehenden Mordssturm nach draußen zu gehen, dann ging sie eben raus.

Als Tucker merkte, dass die Menschen nicht Schritt halten konnten, verlangsamte sie. Sie hatte für einen Augenblick vergessen, dass sie auf zwei Beinen liefen und dazu noch durch die Winterkleidung behindert waren.

Sie bellte laut.

Fair antwortete: »Dranbleiben, Tucker.«

Pewter wartete, kniff die Augen zu. Der heftig wirbelnde Schnee stach ihr in die Augen.

*»Ich bin froh, dass du bei mir bist«*, keuchte Tucker.

*»Das ist mein neues Fitnessprogramm.«* Pewter sah Fairs große Gestalt im Schnee aufragen, Coopers kleinere daneben.

Tucker erkannte, wie besorgt Pewter war. Sie hatte noch nie zugegeben, dass sie dick war – aber gerade hatte sie es getan. Schulter an Schulter mit Pewter sah der Hund dem Sturm entgegen.

Die Menschen hielten jetzt Schritt, weil Tucker gemäßigt trabte. Zum Glück lag noch kein Tiefschnee. Der Untergrund konnte tückisch sein, wo der Schnee hart geworden war wie Vanilleglasur, und an manchen Stellen war blankes Eis.

Sie drängten weiter, vier Mündern entströmten Atemwolken, vier Köpfe waren gegen den Wind gesenkt, der sich anhörte wie ein mit Vollgas fahrender Mercedes.

Als sie den Aufstieg begannen, wurde es schwieriger, doch der erschöpfte Hund wankte nicht, ebenso wenig die graue Katze. Die Menschen hinter ihnen, die sich Schnee von Augen und Wimpern wischten und nun schwerer atmeten, wussten, dass sie weitergehen und zusammenbleiben mussten.

Wegen der Wetterbedingungen erreichten sie das Walnusswäldchen erst nach vierzig statt nach dreißig Minuten.

Tucker rief: *»Murphy!«*

*»Hier!«*

Trotz des Windes hörten die zwei Menschen das durchdringende Miauen.

Pewter rannte zu ihrer Freundin, Tucker lief nebenher, Fair und Cooper folgten ihnen dicht auf den Fersen, angespornt durch Mrs. Murphys Stimme.

Sie fanden die Katze um Harrys Kopf drapiert, mit dem Schwanz schnippend, um zu verhindern, dass der Schnee Harry die Augen verklebte und die Nasenlöcher verstopfte.

Fair und Cooper knieten sich hin, und Cooper hob vorsichtig Harrys Mütze an. »Sieht echt beschissen aus«, fluchte sie.

Fair fühlte Harrys Puls; seine Finger waren kalt, weil er seinen Handschuh ausgezogen hatte. »Kräftig.«

Der Schnee hatte sowohl das Blut als auch Bruder Georges Spuren schon zugedeckt.

»Vielleicht können wir einen provisorischen Schlitten bauen, wie ihn die Indianer früher benutzt haben: zwei gekreuzte Stangen. Ich lege meinen Mantel drüber, um Harry zu halten«, erbot sich Cooper.

»Wir haben kein Werkzeug. Ich kann sie nach unten tragen, aber das wird eine Weile dauern.«

»Ich kann den Feuerwehrgriff. Ich löse dich ab.«

»Bist ein guter Mensch, Coop. Erinnere mich dran, dir das öfter zu sagen.«

Tucker und Pewter drängten sich um Mrs. Murphy, die halb erfroren war.

»*Kannst du's schaffen?*«, fragte Tucker.

»*Ja.*« Mrs. Murphy streckte sich, dann zitterte sie.

Fair strich der Katze über den schneebedeckten Kopf. »Gott segne dich, Mrs. Murphy.« Er sah Cooper an. »Du könntest sie eine Weile tragen.«

»Mach ich.«

Fair stand auf, schüttelte seine Beine, ging dann wieder in die Knie und hob Harry auf. Da er an Patienten von sechshundert Kilo gewöhnt war, schien seine eins siebzig große und siebzig Kilo schwere Frau ausgesprochen leicht zu sein. Er wusste aber, dass sie ihm mit der Zeit schwerer und schwerer vorkommen würde.

Er trug sie mit dem Feuerwehrgriff, und so begannen sie den Abstieg; zeitweise konnten sie kaum etwas sehen. Die Furchen auf dem alten Fuhrweg füllten sich langsam auf, wurden schneeweiß, und keine Steine ragten mehr heraus. Ein paar Schößlinge hier und da halfen ihnen bei der Orientierung. Tucker und Pewter, denen es leichterfiel, die Spur zu halten, waren ebenfalls hilfreich. Tucker bellte, wenn es galt, irgendetwas auszuweichen, oder wenn die Menschen Anstalten machten, vom Weg abzukommen.

Nach zwanzig Minuten Rutschen und Schlittern legte Fair Harry behutsam ab. Die Hände auf den Knien, beugte er sich nach vorn und atmete tief durch.

»Ich lös dich ab.« Cooper war größer als Harry und daran gewöhnt, gelegentlich eine menschliche Last zu heben – zur Polizistenpflicht gehört auch das Meistern von zahlreichen seltsamen Momenten mit ausgesprochen seltsamen Personen. Ächzend lud die Polizistin sich Harry über die Schulter und stand auf. »Ich werde nicht so lange durchhalten wie du.«

»Eine Verschnaufpause tut gut.« Er hob Mrs. Murphy hoch, zog den Reißverschluss seines Mantels auf, steckte die Katze hinein, zog den Reißverschluss wieder zu, ließ aber ihren Kopf herausschauen, damit sie Luft bekam.

Zu ihrer eigenen Überraschung hielt Cooper eine Viertelstunde durch, fast den ganzen restlichen Weg bergab.

Dann war Fair wieder an der Reihe. Mrs. Murphy fiel auf, dass Pewter, die sonst immer schon nach kurzer Zeit getragen werden wollte, keinen Mucks von sich gab.

Tucker und Pewter, die jetzt den Wind von hinten hatten, eilten vorneweg. Gelegentlich wirbelte ihnen der Wind Schnee in Augen und Münder, doch sie drehten die Köpfe zur Seite und liefen weiter, immer weiter.

Als sie an den Bach kamen, legte Fair abermals eine Verschnaufpause ein; Schweiß lief ihm über die Stirn und bildete winzige Eiszapfen.

Cooper hob Harry wieder auf und kämpfte sich durch den Bach, da es keine Möglichkeit gab, darüber zu springen. Wo die Sohlen ihrer Stiefel abgetragen waren, drang Wasser ein. Der Schock durch das eisige Wasser belebte sie ein bisschen, obwohl ihre Beine langsam schwach wurden. Ihr Rücken hielt stand, doch ihre Oberschenkelmuskeln schmerzten. Sie wusste, sie könnte nicht mehr lange durchhalten, und hoffte, es mit eigener Kraft bis zur Farm zu schaffen.

Zehn Minuten schienen so lang wie ein ganzes Leben. Cooper wankte, taumelte und ließ sich langsam auf die Knie sinken, um Harry nicht fallen zu lassen.

»Geht's einigermaßen?« Fair kniete sich neben sie.

Sie nickte, holte keuchend Atem. »Man hört Geschichten«, sie schnappte wieder nach Luft, »von Soldaten, die im Krieg verwundete Kameraden meilenweit tragen.« Sie holte wieder hastig Atem. »Helden.«

Mit leiser Stimme sagte er: »Liebe nimmt viele Formen an. Manchmal denke ich, sie hat sich als Pflicht verkleidet. Meinst du wirklich, du kannst es schaffen?«

»Bestimmt. Bring sie heim. Ich komm nach.«

»Ich lass dich nicht allein. Wir kriegen einen richtigen Schneesturm. Du könntest hundert Meter vom Stall weg sein, ohne dich zurechtzufinden. Wir müssen zusammenbleiben, sonst schaffen wir's nicht.«

»Okay. Mal sehen, ob mein Handy jetzt funktioniert.« Gewöhnlich bekam sie am Berghang kein Signal.

Fair übergab Mrs. Murphy an Cooper, die sie in ihren Mantel steckte, und Fair lud sich Harry wieder auf.

Endlich bekam Cooper ein Signal und rief einen Rettungsdienst an. Es knisterte in der Leitung, aber sie konnten sich verständigen. Sie bat die Sanitäter, zu den Haristeens nach Hause zu kommen. Danach benachrichtigte sie Rick.

Zwanzig Minuten später, nachdem Fair und Cooper weitere Pausen eingelegt hatten, stolperten sie endlich durch die Hintertür.

Der Rettungsdienst traf wenige Minuten nach ihnen ein. Fair hatte noch nicht einmal seinen Mantel ausgezogen, als die Sanitäter die Trage ins Wohnzimmer schoben, wo er und Cooper Harry aufs Sofa gelegt hatten.

»Ich fahre mit ihr«, sagte Fair.

»Ich folge mit dem Wagen«, erklärte Cooper.

»Nein, nicht. Du hast genug getan.«

»Bald werden die Straßen tückisch sein, und dann sind nur noch Rettungsfahrzeuge unterwegs. Für alle Fälle hab ich ja meinen Dienstausweis. Mit ein bisschen Glück kannst du sie mit nach Hause nehmen.«

Zu erschöpft, um etwas einzuwenden, stimmte er dankbar zu. »Dann sehen wir uns dort.«

Bei dieser Witterung und den Unfällen auf der Straße brauchten sie fünfzig Minuten bis zur Notaufnahme. Unter normalen Umständen dauerte die Fahrt dreißig Minuten.

Rick und Cooper trafen sich dort.

Drinnen im Haus leckte Mrs. Murphy sich die Pfoten. *»Danke, Pewter.«*

*»Glaub nicht, dass ich das noch mal mache.«* Pewter war so erleichtert, dass sie schon wieder aufsässig wurde.

Tucker und Murphy sahen sich an, dann rieb sich die Tigerkatze zum Dank am breiten Brustkasten der Hündin.

*»Lasst uns beten, dass Mom nichts fehlt«*, sagte Tucker.

*»Um sie unterzukriegen, braucht es mehr als einen Schlag auf den Kopf«*, entgegnete Mrs. Murphy, und die anderen zwei hofften, dass sie recht hatte.


## 22


Da heute der 23. Dezember war, war das Krankenhaus nur spärlich mit Personal besetzt. Zum Glück hatte Doktor Everett Finch, ein Freund von Fair, in der Notaufnahme Dienst.

Er röntgte Harrys Schädel und machte zur Sicherheit eine Kernspintomographie.

Fair war total erschöpft auf eine Bank im Korridor gesackt, Cooper saß neben ihm. Nach der gewaltigen Anstrengung, Harry vom Walnusswäldchen nach unten zu bringen, war sie eingeschlafen.

Die Türen gingen auf, Everett trat zu ihnen. »Es ist nichts Schlimmes. Kein Schädelbruch. Immerhin eine Gehirnerschütterung, aber sie wird wieder gesund.«

Fairs blaue Augen wurden feucht. »Gott sei Dank.«

Cooper, die inzwischen aufgewacht war, bekam ebenfalls feuchte Augen.

»Sie kommt zu sich. Vielleicht ist ihr übel, und sie wird sich übergeben. Es besteht auch die Möglichkeit, dass ihre Sicht verschwommen ist. Und ich kann so gut wie garantieren, dass sie sich an nichts erinnern wird, vielleicht nicht einmal an den Schmerz des Schlags.« Er machte eine Pause. »Irgendeine Idee, wer das war?«

»Nein«, antwortete Fair. »Wir wissen nicht, warum sie bei aufkommendem Sturm den halben Berg hochgegangen ist. Sie kennt sich mit dem Wetter besser aus als der Wetteransager, deshalb muss es, was immer da oben los war, wichtig gewesen sein, das ist ganz klar. Ich hoffe, dass sie uns etwas dazu sagen kann.«

»Ich schlage vor, wir behalten sie über Nacht hier, und du holst sie morgen Vormittag ab.«

Cooper, die jetzt hellwach war, fragte: »Sie sind unterbesetzt, nicht wahr?«

»Feiertage.« Everett lächelte.

»Fair, wir können sie nicht hierlassen. Wer immer sie angegriffen hat, ist auf freiem Fuß. Und hat genau wie sie einen Schneesturm in Kauf genommen. Auch wir kochen auf Sparflamme.« Womit sie sagen wollte, dass das meiste Personal vom Sheriffrevier über Weihnachten zu Hause war. »Zu Hause kann sie besser bewacht werden.« Cooper stand auf und sah Everett an. »Doktor, wir haben es mit einer Gefahrensituation zu tun.«

Beunruhigt von dieser Mitteilung, fragte er leise: »Meinen Sie wirklich, jemand könnte hierher ins Krankenhaus kommen?«

»Ja. Und zwar bewaffnet. Ich bin mir ziemlich sicher, dass hier ein Zusammenhang mit der Ermordung der zwei Mönche besteht.«

Sie sagte lieber nicht, dass sich jemand, der unbewaffnet käme, angesichts der reduzierten Anzahl von Personal und Hilfskräften leicht an einem Wachpolizisten vorbeischleichen könnte.

»Grundgütiger Himmel.« Er stieß einen Pfiff aus.

»Sie würden uns helfen, indem Sie jeden, der Harry gesehen hat, und das betrifft auch den Fahrer des Krankenwagens, anweisen, es niemandem zu sagen. Die Leute halten bestimmt den Mund, wenn Sie sie informieren, dass sie selbst in Gefahr geraten könnten, wenn der Täter erfährt, dass sie heute mit ihr Kontakt hatten.« Cooper holte Atem. »Wir haben es mit einem skrupellosen Verbrecher zu tun, einem, der keinen Verdacht erregt.« Cooper dachte bei sich, dass Everett keine Ahnung hatte, wie skrupellos derjenige war.

»Ich sorge dafür.« Everett presste die Lippen zusammen, dann wandte er sich an seinen Freund: »Sorg du dafür, dass sie Ruhe hat.«

Der Krankenwagen legte den Rückweg zur Farm im Kriechtempo zurück. Die Schneepflüge waren am Werk, aber es waren nicht genug davon vorhanden, um des Wetters Herr zu werden. Das mit vier sich deutlich unterscheidenden Jahreszeiten gesegnete Virginia war im Vergleich zu Maine von milden Wintern begünstigt. Doch da Crozet unweit des Fußes der Blue Ridge Mountains lag, war es dort im Winter häufig kälter. Oft bekamen die Berge und die nahen Gebirgsausläufer noch mehr Schnee ab als Charlottesville.

Fair saß neben Harry, Cooper folgte in ihrem Dienstwagen.

Ihre Füße fühlten sich an wie Eisklumpen, weil ihre Hose und Socken nass waren. Das Revier gestattete den Beamten, ihre Dienstwagen mit nach Hause zu nehmen. Cooper benutzte auch den eigenen Wagen zur Arbeit, doch als Fair beunruhigt anrief, hatte sie klugerweise den Dienstwagen genommen. Während der Fahrt telefonierte sie mit Rick.

»Wir haben keinen Mann übrig, um ihn als Wache abzustellen.«

»Ich weiß, Chef. Ich wechsle mich mit Fair ab. Ab dem sechsundzwanzigsten Dezember können wir vielleicht jemanden auftreiben, oder ich finde einen privaten Personenschutzdienst. Fair wird keine Kosten scheuen.«

»Harry wird nicht damit einverstanden sein.«

»Ja, das fürchte ich auch. Ich weiß nicht, wer sich da draußen rumtreibt, und ich bin sonst nicht gerade ängstlich. Ich meine, wir haben es immerzu mit Dieben, Betrügern, Überfällen und Körperverletzung zu tun, dazu mit dem einen oder anderen Mord, hinter dem meist Alkohol oder Untreue steckt, aber das hier – das ist was anderes. Und ich habe Angst.«

»Ich weiß, was Sie meinen. Ich glaube nicht, dass der Mörder hinter ihr her ist, aber unsereins ist vor Überraschungen nie sicher.«

»Ja, ich weiß. Ich denke, es ist jemand, der in der Gemeinde anerkannt ist, jemand, den wir fast jeden Tag sehen.«

Rick seufzte. »Ja. Ein Glück, dass man Harry nicht die Kehle aufgeschlitzt hat.«

»Ich glaube, der Sturm hat sie gerettet. Zusammen mit Mrs. Murphy und Tucker.« Cooper hatte ihm bereits von den Tieren erzählt.

»Könnte stimmen. Halten Sie mich auf dem Laufenden.«

Sie schaltete aus und konzentrierte sich auf die schwach leuchtenden Rücklichter vor ihr. Anfangs war sie enttäuscht gewesen, weil Lorenzo über die Feiertage in seine Heimat Nicaragua gefahren war, doch jetzt war sie froh darüber, weil sie nicht viel Zeit für ihn haben würde. Sie hatte ihn gern – mehr als gern –, genoss jeden Augenblick, den sie zusammen verbringen konnten. Er würde Silvester bei ihr sein. Ein beglückender Gedanke.

Im Krankenwagen kam Harry wieder voll zu sich. Sie wollte sich aufsetzen, doch Fair drückte sie sanft zurück.

»Wo bin ich?« Dann hielt sie eine Hand an ihren Kopf, zuckte zusammen, fühlte die Stiche an der rasierten Stelle ihrer Kopfhaut.

»Auf dem Weg nach Hause.«

»Ich glaub, mir wird schlecht.«

»Da.« Er hielt ihr eine Plastiktüte hin; Everett hatte ihm ja gesagt, dass sie sich vielleicht würde übergeben müssen.

Es kam nicht viel, bereitete ihr aber höllische Schmerzen. Sie ließ sich auf die Trage zurücksinken. »Mir war noch nie im Leben so schlecht.«

»Bleib ruhig, Schatz. Morgen geht's dir schon viel besser.«

»Was ist passiert?«

»Du hast einen Schlag auf den Kopf bekommen. Kannst du mir sagen, warum du da oben warst?«

Sie flüsterte mit geschlossenen Augen, als würde das die Schmerzen lindern: »Mindestens hunderttausend Dollar in einem grünen Werkzeugkasten.«

Er nahm ihre Hand. »Das reicht vorerst. Meinst du, dass du schlafen kannst?«

»Vielleicht. Ich bin dösig.«

»Kannst du klar sehen?«

»Ich sehe dich. Aus dem Rückfenster vom Krankenwagen sieht es weiß aus.«

»Ein Schneesturm. Schlaf, mein Herz.«

Sie sackte wieder weg. Er befühlte ihre Stirn. Sie schwitzte ein bisschen, aber er konnte kein Fieber feststellen. Eine Gehirnerschütterung verursacht kein Fieber, doch der Tierarzt in ihm wollte alles genau untersuchen.

Auf der Farm angekommen, schoben der Fahrer des Krankenwagens und sein Begleiter Harry ins Schlafzimmer und legten sie vorsichtig aufs Bett. Sie wachte auf und schlief gleich wieder ein. Alle drei Tiere setzten sich still auf den Fußboden.

Fair gab den zwei Männern hundert Dollar Trinkgeld, ermahnte sie, nichts zu sagen, und wünschte ihnen frohe Weihnachten.

Er und Cooper zogen Harry das Krankenhaushemd aus, legten sie unter die Zudecke und gingen dann ins Wohnzimmer.

»Cooper, fahr nach Hause. Ich glaube nicht, dass jemand in einem Schneesturm die Farm überfällt, und falls doch, meldet Tucker es mir mit Sicherheit.«

Cooper ließ sich in einen Ohrensessel sinken und dachte darüber nach. »Ich komm dich morgen früh ablösen. Ich trau mich nicht mal, sie allein zu lassen, wenn du bei der Stallarbeit bist.«

Erleichterung machte sich auf seinem Gesicht breit. »Danke, du bist ein wahrer Kumpel.«

Wieder traten beiden Tränen in die Augen, weil sie erkannten, wie knapp Harry mit dem Leben davongekommen war, weil sie körperlich erschöpft waren und weil sie sich fragten, was als Nächstes geschehen würde.

Cooper erhob sich mühsam aus ihrem Sessel.

»Sie hat mir gesagt, da oben waren ungefähr hunderttausend Dollar in einer Werkzeugkiste.«

Cooper ließ sich wieder in den Sessel fallen. »Verdammt!«

»Warum lässt einer die ausgerechnet am Walnusswäldchen …« Er unterbrach sich. »Ich glaube, ich weiß es. Einige Mönche kennen das Wäldchen. Es hat mal Susans Onkel gehört. Sie könnten es gesehen haben, wenn sie den Nutzholzbestand mit ihm inspizierten. Und ich nehme an, es gab ungute Gefühle, als er es nicht der Bruderschaft vermacht hat, der früheren Bruderschaft.«

»Geld kann wahrlich das Schlechteste im Menschen zum Vorschein bringen. Das Walnusswäldchen ist nicht sehr weit vom Kloster entfernt.« Cooper rieb sich mit der rechten Hand

die Stirn. »Zehntausend Dollar auf eurem Küchentisch. Wie die hierhergekommen sind, lässt sich nur vermuten, aber wenn Harry sagt, auf dem Berg war eine Unmenge, dann stimmt es.«

*»Ich hab das Geld hierhergebracht.«* Tucker sah die beiden mit ihren dunkelbraunen Augen an.

Fair streichelte ihr den seidigen Kopf. »Ich hoffe nur, derjenige, der ihr den Schlag verpasst hat, hat keine Ahnung, dass wir was von dem Geld haben.«

Cooper zuckte die Achseln. »Man kann nie wissen.«

»Na ja, eins wissen wir, was wir gestern noch nicht wussten: Der Finger zeigt nach oben auf den Berg.«

»Stimmt. Du, ich fahr jetzt nach Hause. Wollen wir hoffen, dass es keinen Stromausfall gibt, sonst werden überall in Mittelvirginia Rohre platzen.«

»Hast du ein Notstromaggregat?«

»Hab ich. Angeschlossen, für alle Fälle.«

»Gut.«

Sie hievte sich wieder aus dem Sessel. Fair umarmte Cooper an der Küchentür und küsste sie auf die Wange.

»Das kann ich dir nie vergelten, Coop.«

»Für so was hat man Freunde.« Sie umarmte ihn auch. Als sie ihren Mantel anzog, sahen sie, dass Blut am Rücken war. Auch an Fairs Mantel waren Blutspritzer. Sie waren beide vorher zu abgelenkt gewesen, um es zu bemerken. »Ich zahl dir die Reinigung.«

»Fair, nein.«

Sie rief an, als sie zu Hause angekommen war.

Fair schürte das Feuer. Dann wärmte er Spezialfutter für die Tiere auf, weil auch sie dem Sturm getrotzt hatten. Er verdankte ihnen ebenso viel, wie er Cooper verdankte.

Danach zog er sich aus und ging unter die Dusche, die ihm fast die ganze Kälte aus den Knochen trieb, und schürte anschließend noch einmal das Feuer. Er wäre gern zu Harry ins Bett gekrochen, fürchtete aber, ihr wehzutun, falls er sich in der Nacht umdrehte oder sie anstieß. Er holte sich vier Decken und ein Kissen, legte zwei Decken am Fuß des Bettes auf den Boden und zog zwei über sich. Die drei Tiere kuschelten sich an ihn. Er schlief in dem Moment ein, als sein Kopf das Kissen berührte.

Wunderbarerweise gab es keinen Stromausfall.

## 23

Mattes Licht fiel am Morgen des 24. Dezember durch die Fenster. Harry fühlte nach Fair, griff ins Leere und setzte sich hastig auf. Die Wunde an ihrem Schädel schmerzte. In ihrem Kopf pochte es.

Sie schlich auf Zehenspitzen zu Fair, der fest schlafend auf dem Boden lag. Tucker, Mrs. Murphy und Pewter waren an ihn geschmiegt.

Sie legte einen Finger an den Mund. Tucker verstand das Zeichen. Harry ging ins Bad und betrachtete ihre Kopfhaut im Spiegel. Das Blut war abgewaschen worden, aber danach war noch ein bisschen herausgesickert. Weil die Verletzung am Hinterkopf war, konnte Harry sie nicht sehen. Sie machte einen Waschlappen nass und drückte ihn auf die Wunde. Es brannte höllisch. Tränen wallten auf, aber sie hielt den warmen Waschlappen noch ein bisschen dort, spülte ihn dann aus. Sie putzte sich die Zähne, heilfroh, dass ihr nicht mehr schwindlig oder übel wurde, als sie sich vorbeugte. Sie musste über ihren »Putz« lachen und würde wohl Baseballkappen tragen müssen, bis die Haare an der rasierten Stelle nachgewachsen waren.

Nach ihrer Morgenwäsche zog sie einen Frotteebademantel über und ging ins Wohnzimmer, um das Feuer neu zu schüren. Die dicke Ascheschicht, in der sie stocherte, enthielt noch orangegelbe Glutstückchen, so dass das Feuer im Nu wieder loderte.

Mrs. Murphy tappte herein. »*Wie geht's dir?*«

Harry hob die Katze hoch und küsste sie aufs Fell. »Ich weiß nicht, wie wir den Berg runtergekommen sind, Murphy, aber ich bin so froh, dass wir zu Hause sind.«

Tucker und Pewter kamen herein.

»*Sie haben dich runtergetragen. Kaum zu glauben, was Fair und Cooper für Schwerstarbeit geleistet haben*«, teilte Pewter ihr mit. »*Ich hab noch nie im Leben so gefroren.*«

»*Das sagst du jedes Mal, wenn das Thermometer unter Null sinkt*«, zog Mrs. Murphy sie auf.

»*Diesmal war's schlimmer.*« Pewter hoffte, in der Küche bald etwas Leckeres vorzufinden.

»*War es wirklich. Ich bin heute ein bisschen steif. Und noch ein bisschen müde*«, gestand Tucker ein.

»*Kein Wunder.*« Mrs. Murphy legte die Pfoten um Harrys Hals.

»Kommt mit.« Harry, der die Knie wehtaten – sie wusste aber nicht warum –, ging in die Küche, um für alle ein warmes Frühstück zu bereiten.

Ihre Knie schmerzten deshalb, weil sie mit gebeugten Knien gestürzt war. Harry, der selten etwas fehlte, war überrascht, wenn ihr etwas wehtat.

Als sie aus dem Fenster über dem Spülbecken sah, wurde sie von einem Zauberland in reinem Weiß begrüßt, das getüpfelt war mit kahlen und immergrünen Bäumen, deren Zweige sich unter dem Schnee bogen. Es schneite noch, ein leichtes, aber stetes Flockengestöber. Die mittel- bis dunkelgrauen Wolken zogen tief dahin.

Harry wusste, dass sie auf den Berg gegangen war; sie versuchte sich zu erinnern, weshalb.

Sie war sich darüber klar, dass sie eine Gehirnerschütterung erlitten hatte, und war froh, dass sie neben der pochenden Wunde am Kopf keine schlimmere Auswirkung spürte. Ihre Sicht war nicht mehr verschwommen. Sie hatte eine vage Erinnerung, dass sie sich im Krankenwagen in eine Plastiktüte übergeben hatte, aber jetzt fühlte sich ihr Magen normal an. Sie sprach ein stummes Dankgebet.

Sie briet übriggebliebenes Hackfleisch für die Tiere, butterte eine zweite Gusseisenpfanne und stellte sie auf eine kalte Kochplatte. Sie wollte Rühreier machen. Als sie die Mixtur aus warmem Hackfleisch und Trockenfutter hinstellte, waren die Tiere vor Wonne ganz aus dem Häuschen. Es machte Harry glücklich, die drei glücklich zu sehen.

Fair trank gerne guten Kaffee. Sie nahm eine Tüte mit gemahlenem Kaffee aus dem Gefrierfach. Andere Tüten enthielten ganze Bohnen. Sie kochte gern Kaffee, obwohl sie ihn nicht gern trank. Als das Kaffeewasser aufgesetzt war, schaltete sie den elektrischen Wasserkocher ein und gab einen Beutel guten Lipton's Tee in eine Tasse. Sie fing an, die Zutaten für das Rührei in einer Keramikschüssel zu vermischen. Danach wollte sie Fair wecken.

Harry betrachtete ihre Küche, als sähe sie sie zum ersten Mal. Ohne jeden überflüssigen Zierrat spiegelte ihr Heim viel von ihr selbst wider. Sie sah die Haken mit den aufgehängten Mänteln neben der Tür, darunter die lange Bank zum Aufklappen, in der die Stiefel aufbewahrt wurden. Ein robuster Bauerntisch stand mitten im Raum, der Fußboden bestand aus ungleich breiten Fichtenkernholzbrettern, die im Laufe von fast zweihundert Jahren durch rege Nutzung durch Füße und Pfoten stellenweise stark abgetreten waren.

Sie wurde überwältigt von einem Gefühl der Liebe zu ihrem Leben, zu dieser Küche, zur Farm und vor allem zu ihrem Mann, ihren menschlichen und tierischen Freunden. Sie wusste nicht, warum man sie niedergeschlagen hatte. Sie war einfach glücklich, am Leben zu sein, und war fest entschlossen, der Sache auf den Grund zu gehen. Außerdem hielt sie es für angebracht, ihre 38er bei sich zu tragen. Gott sei gedankt für den zweiten Zusatzartikel zur Verfassung, der das Recht auf den Besitz und das Tragen von Waffen garantiert.

Als der Wasserkessel pfiff, schüttelte Harry den Kopf über

sich selbst. Da bemühte sie sich, leise zu sein, und hatte glatt die Kesselflöte vergessen.

Fair wachte von dem durchdringenden Pfeifton auf. Er fühlte sich erholt. Das Schlafen auf dem Fußboden war oft eine Wohltat für seinen Rücken. Er roch Kaffee und eilte in die Küche.

Harry lachte, als ihr nackter Ehemann in die Küche gehastet kam, die bloßen Füße auf dem kalten Boden. »Schatz, zieh deinen Bademantel an, bevor du blaugefroren bist.«

Er nahm sie in die Arme. »Geht's dir gut?«

»So weit schon, hab bloß Kopfschmerzen.«

Er küsste sie. »Gott sei Dank ist es nichts weiter. Ich hatte gefürchtet, du hättest einen Schädelbruch, aber Röntgenaufnahme und Kernspin haben bewiesen, was ich immer gewusst habe: Du hast einen Dickschädel.«

Sie küsste ihn auch. »Welche Überraschung. Jetzt geh dich anziehen, bevor du dir den Tod holst. Nicht, dass ich dich nicht gerne im Adamskostüm sähe. Du bist ein imposantes Exemplar.«

»Wenn du das sagst.« Fair war nicht die Spur von eitel, was bei einem so gutgebauten, ansehnlichen Mann ungewöhnlich war.

Er ging sich schließlich Pantoffeln anziehen. Auf die Zehen waren Fuchsmasken gestickt. Der Frotteebademantel fühlte sich angenehm an auf der Haut. Als er wieder in die Küche kam – Zähne geputzt, Hände gewaschen, Haare gekämmt –, stand das Frühstück auf dem Tisch.

Sie bewunderten die verschneite Landschaft und unterhielten sich. Fair mied das auf der Hand liegende Thema, bis er bei der zweiten Tasse Kaffee und sie bei der zweiten Tasse Tee war.

»Schatz, wieso bist du auf dem Berg gelandet?«

Der Grund dämmerte ihr langsam wieder. »Ich bin von meinen Besorgungen nach Hause gekommen, und Tucker und Mrs. Murphy waren nicht da. Als sie endlich kamen, ließ Tucker ein Bündel mit zehntausend Dollar auf den Boden fallen.

Da hab ich mir Mantel und Mütze geschnappt und bin Tucker gefolgt, die davon besessen war, mich irgendwohin zu führen. Wir gingen weiter und weiter, und beim Walnusswäldchen haben Tucker und Mrs. Murphy mich zu einem niedrigen Felsvorsprung geführt. Fair, da waren mindestens hunderttausend Dollar in einem grünen Werkzeugkasten! Ich konnte es nicht glauben. An mehr erinnere ich mich nicht.«

*»Bruder George hat sie mit einem Pistolengriff auf den Kopf gehauen«*, teilte Tucker mit.

*»Vergebliche Liebesmüh«*, bemerkte Pewter.

Jetzt erzählte Fair seinen Teil der Geschichte. Harry stand auf, umarmte und küsste die Katzen und den Hund. Sie blieb eine Weile auf dem Fußboden; Fair gesellte sich schließlich dazu, um mit den Tieren zu spielen und sie zu loben.

»Kalt hier unten«, stellte Fair fest.

»Weißt du was, ich möchte endlich einen Kamin in der Küche haben. Da ist noch ein alter abgedeckter Abzug von Großmutters Holzofen. Der könnte noch funktionieren.«

»Das ist nicht gesagt, aber wir probieren es. Ich hab überlegt, wenn wir die Küche bis in die umzäunte Veranda hinein vergrößern, könnten wir einen großen abgesenkten Kamin an die Stirnwand bauen. Aus Feldstein.«

»Das ist eine wunderbare Idee.«

»Und dahinter könnten wir eine neue umzäunte Veranda bauen. Es ist so nett, bei gutem Wetter draußen zu sitzen. Ohne die Mücken ist es ein Vergnügen.«

»Wird teuer.«

Er zuckte die Achseln. »Man kann sein Geld nicht mit ins Grab nehmen.«

Doch da sie der Ewigkeit nur knapp entronnen war, nickte sie. »Ich rufe jetzt Coop an und bedanke mich bei ihr.« Sie stand auf. »Dabei werde ich ihr und diesen Schätzchen nie genug danken können.« Sie lächelte zu Mrs. Murphy, Pewter und Tucker hinunter. »Ist Pewter wirklich den ganzen Weg mit euch raufgegangen?«

»*Jawohl!*« Pewter stellte sich auf die Hinterbeine.

»Jeden einzelnen Schritt. Arme Tucker, sie hat sich gestern dreimal den Berg rauf- und runtergekämpft«, bemerkte Fair.

»*Beim ersten Mal war ja noch kein schlechtes Wetter. Danach, na ja, ich …*« Tucker sagte nichts mehr.

»Und du, Mrs. Murphy, bist die ganze Zeit bei mir geblieben. Ohne dich wäre meine Nase erfroren.«

Murphy rieb sich an Harrys Bein.

Als Harry zu dem alten Wandtelefon ging, gab Fair ihr den Rat: »Ich weiß, dass du mit Susan sprechen willst, aber tu's nicht. Noch nicht.«

»Warum? Ich erzähl Susan alles. Na ja, fast alles.«

»Wer auch immer dir den Schlag verpasst hat, denkt jetzt vermutlich, du bist tot. Bei diesem Sturm nimmt er möglicherweise an, dass man dich nicht gefunden hat. Es ist Heiligabend, somit haben wir dank des Wetters und der Feiertage zwei Tage, an denen es nicht verwunderlich ist, dass die Presse nicht über dein Verschwinden berichtet. Wenn nach Weihnachten nichts in der Zeitung steht, weiß er, dass du lebst. Und dann«, er atmete tief durch, »dürfen wir kein Risiko eingehen.«

»Tu ich nicht. Ich trag meine 38er bei mir.«

Er schüttelte den Kopf. »Das reicht nicht. Es wird vierundzwanzig Stunden am Tag jemand bei dir sein.«

Sie war so klug, nicht zu widersprechen, zumal sie ein Angstschauer überlief. »Hoffentlich nicht bei uns im Bett.«

Er versetzte sogleich: »Das haben wir noch nie ausprobiert. Gibt's irgendwelche Favoriten?«

Sie schlug ihn auf den Arm und griff nach dem Telefon. Sie erreichte Cooper auf ihrem Festnetzanschluss, weshalb die Verbindung gut war.

»Harry!« Jubel lag in Coopers Stimme. »Du klingst ja wie du selbst.«

»Bin ich auch, außer der Beule am Kopf. Danke. Danke tausendmal. Bin ich froh, dass ich ein schönes Weihnachtsgeschenk für dich habe.«

Cooper lachte. »Du hättest einen Stein bemalen können, würde ich mich auch drüber freuen.«

»Was du nicht sagst. Aber ehrlich, Coop, ich weiß nicht, wie ihr zwei mich von dem Walnusswäldchen runtergebracht habt, bei dem Wind und dem Schneetreiben. Es schneit immer noch.«

»Dabei hab ich gemerkt, wie stark ich bin. Fair ist noch stärker. Ich bin ja so froh, dass es dir gutgeht. Wow, so ein Sturm. Das ist noch nicht vorbei. Es schneit jetzt heftig. Mein Haus wackelt.«

Harry, die es auch hörte und spürte, erwiderte: »Die Bö muss neunzig Stundenkilometer draufgehabt haben.«

»Kannst du mir erzählen, was passiert ist?«

Während Fair das Geschirr abwusch, wiederholte Harry für Cooper, was sie ihm erzählt hatte. »Danach erinnere ich mich an nichts mehr.«

»Wenn dir irgendwas einfällt, ruf mich an. Ich komm auch sowieso rüber, um Fair mit den Pferden zu helfen.«

»Gut, mach ich.« Harry spürte wieder einen Windstoß, und die Kälte kroch hier und da durch die Ritzen. »Hast du genug Feuerholz?«

»Klar. Ich hab den Wetterbericht geguckt. Sieht nicht danach aus, dass es vor dem späten Nachmittag nachlässt.«

»Schlecht für die Ladenbesitzer. Bei dem Wetter bleiben doch alle zu Hause.«

Nicht ganz.

## 24

Am 24. Dezember feiern viele Familien den traditionellen Heiligabendgottesdienst, nehmen anschließend zu Hause ein spätes Abendessen ein und packen dann Geschenke aus. Andere besuchen den Heiligabendgottesdienst und warten mit dem Auspacken bis zum Weihnachtsmorgen.

Dem Wetter zum Trotz hielt Reverend Jones in St. Lukas den Gottesdienst ab, der hauptsächlich von denen besucht wurde, die den Weg durch den Schnee zu Fuß zurücklegen konnten oder einen Geländewagen fuhren. Obwohl die Beteiligung gering war, bereitete der besondere Anlass Herb Freude. Der Altar war mit zwei großen, flammend roten Weihnachtssternen geschmückt. Rote und weiße Weihnachtssterne zierten auch das Vestibül. Der Kerzenschein unterstrich die sanfte Schönheit des Abendgottesdienstes.

Doktor Bryson und Racquel Deeds waren gekommen, ebenso Bill und Jean Keelo. Susan und Ned Tucker, die nicht weit von St. Lukas wohnten, waren ebenfalls anwesend. Susan hatte ihre Stiefel angehabt und ihre Schuhe in der Hand getragen, weswegen Ned sie aufzog, als sie zur Kirche stapften. Dort wechselte sie im Vestibül die Schuhe und lachte über die Stiefelreihen; andere Frauen hatten dieselbe Idee gehabt. Es freute sie, dass ihr Sohn, der unterdessen das College abgeschlossen hatte, und ihre Tochter, die es noch besuchte, sie begleiteten.

Alicia und BoomBoom, die weiter draußen wohnten, nahmen diesen Abend zum Anlass, den Land Cruiser auszuprobieren. Er funktionierte wie geschmiert.

Herb und seine Katzen betraten die Kirche um 18.30 Uhr durch den Hintereingang. Der Gottesdienst begann um sieben. Lucy Fur, Eloquenz und Cazenovia setzten sich an die Seite, von wo sie die Versammelten beobachten konnten. Cazenovia war versucht, unter den Altar zu huschen, entschied sich aber dagegen, weil sie dann unter der bestickten Altardecke hervorlugen würde. Sie wollte alles sehen, wusste jedoch, dass ihr Poppy entweder lachen oder wütend sein würde. Sie empfand sich als gute lutherische Katze, aber Reverend Jones sah die Dinge nicht immer so wie sie.

Sie bemerkte: »*Racquel ist abweisend zu Bryson.*«

Lucy Fur sah zu dem Ehepaar hinüber. »*Sie zeigt ihm die kalte Schulter.*«

Eloquenz, die aufrecht saß, den Schwanz um die Pfoten ge-

legt, zeigte wenig Interesse an der Ehe der Deeds. »*Gut, dass wir nicht katholisch sind. Die Katholiken feiern an Weihnachten eine Mitternachtsmesse. Bis dahin dürfte der Straßenzustand noch schlechter sein.*« Sie konnte nicht aus dem großen Buntglasfenster sehen.

Als Susan nach Hause kam, rief sie Harry an.

»War schön, der Gottesdienst.«

»Ist er immer.«

»Ist es zu fassen, dass das Schneetreiben nicht aufhört?« Susan trank von dem leckeren heißen Apfelwein, den Ned ihr kredenzt hatte.

»Wir hatten so viele Jahre keine weiße Weihnacht, dass ich jetzt froh bin über den Schnee.« Harry fügte hinzu: »Der hält die Ungezieferpopulation im kommenden Sommer klein.«

Harry hätte ihrer besten Freundin zu gerne erzählt, was vorgefallen war, doch sie hielt den Mund.

»Stell dir vor, der gesamte Chor hat es zur Kirche geschafft. Das war eine große Überraschung.«

»Und die Gemeinde?« Harry war neugierig.

»Ungefähr die Hälfte. War intimer so. Bruder Luther war da, was mich erstaunt hat. Die feiern doch ihren eigenen Gottesdienst.«

»Er ist als Lutheraner aufgewachsen – und dann noch sein Name, verstehst du?«

Susan lachte. »Hoffen wir, dass das Luther-Original mehr Persönlichkeit aufwies als Bruder Luther.«

»Ein mürrischer Mensch«, bestätigte Harry. »Die übrigen Brüder sind anscheinend ganz fröhlich – oder waren es.«

»Ich würde im Augenblick nicht in der Haut von einem von ihnen stecken wollen.« Sie wechselte das Thema. »Kommt mir vor, als hätten wir uns eine Ewigkeit nicht gesehen.«

»Stimmt. Aber in dieser Jahreszeit geht es schon verrückt genug zu, und wenn man das Wetter bedenkt, ist es erstaunlich, dass man überhaupt was zustande bringt. Susan, tu mir einen Gefallen. Erzähl keinem, dass du mit mir gesprochen hast. Ich erklär's dir später.«

Bruder George, dem es von vornherein nicht gepasst hatte, dass Bruder Luther den Berg hinunterfuhr, schimpfte: »Sieh bloß zu, dass du bis zu unserer Mitternachtsmesse wieder hier oben bist.«

»Bin schon unterwegs. Es wird dich freuen zu hören, dass Bill Keelo, vom Weihnachtsgeist beseelt, unseren Orden mit einer großzügigen Spende bedacht hat. Ich wusste, dass ich ihn sehen würde, als ich zum St.-Lukas-Gottesdienst ging.«

Bruder Georges Tonfall wurde herzlich. »Gut. Sosehr wir Bills Rechtsberatung schätzen, mit barer Münze ist uns immer gedient. Flüssige Posten, Bruder, flüssige Posten. Du als Schatzmeister weißt besser als jeder andere, wie wichtig die sind.«

»Allerdings. Hör zu, ich bin in etwa einer Stunde oben. Es geht langsam voran, aber es geht voran.«

»Ach übrigens, wie viel ist es denn?«

»Zehntausend Dollar. Bill hat mir einen Umschlag gegeben. Ich habe ihn erst aufgemacht, als ich wieder im Jeep saß. Bill hat gesagt, er weiß, dass wir in der Christbaumschule Umsatzeinbußen hatten, weil wir zwei volle Tage schließen mussten, und er hofft, uns hiermit unter die Arme zu greifen.«

»Wie aufmerksam.« Bruder Georges Stimme knisterte im Handy ein wenig. »Die Verbindung wird schlecht. Bis gleich.«

Gleich war anderthalb Stunden später. Bruder Morris empfing Bruder Luther an der Pforte und dankte ihm für die weise Voraussicht, Bill Keelo beim Heiligabendgottesdienst zu treffen.

»Hab vorher angerufen.« Bruder Luther deutete ein Lächeln an.

»Ja, ja, manchmal bedarf es eines sanften Anstoßes.« Bruder Morris zwinkerte ihm zu, dann begab er sich in seine Zelle, um sich vor der Messe auszuruhen.

Auf dem Weg in seine eigene Zelle kam Bruder Luther an Bruder Sheldon vorbei, der die Hände in seine langen Ärmel gesteckt hatte. Es war kalt im Flur.

»Du musst kalte Hände haben«, sagte Bruder Luther.

»Mir ist überall kalt. Hättest du mir doch nur gesagt, dass du den Berg runterfährst. Ich wäre gern mitgekommen zum St.-Lukas-Gottesdienst. Es ist so eine schöne Kirche.«

»Gut, dann nächstes Mal.«

»Nächstes Mal ist erst in einem Jahr.«

»Sheldon, vielleicht hast du bis dahin aufgehört, beim geringsten Anlass loszuheulen.«

Bruder Sheldon wurde knallrot im Gesicht. »Wir haben zwei brave junge Männer verloren.«

»Ja, das ist wahr, aber über eins kannst du froh sein.«

»Und das wäre?« Bruder Sheldon sah Bruder Luther wütend an.

»Wenigstens hat es dich nicht erwischt.«

Um Mitternacht rief Racquel im Sheriffbüro an. Nach dem Gottesdienst in St. Lukas hatte Bryson sie zu Hause abgesetzt und gesagt, er wollte sehen, ob der Mini-Markt offen hatte, sie bräuchten Milch. Sie brauchten keine. Kaum hatte sie das Haus betreten, als sie im Kühlschrank nachsah.

Wütend rief sie auf seinem Handy an, aber er ging nicht dran. Sie hatte den starken Verdacht gehabt, dass er eine Affäre hatte. Jetzt wusste sie es. Konnte er so dumm sein, Frau und Kinder am Heiligen Abend allein zu lassen? Sie hatte gedacht, er wäre in einer Stunde zurück. Um Mitternacht war er immer noch nicht da.

Sie meldete ihn als vermisst und betete inständig, man möge ihn finden, falls sein Geländewagen von der Straße abgekommen war, oder dass vielleicht ein Streifenpolizist an dem Haus von der Frau, mit der Bryson schlief, vorbeikäme und in der Zufahrt sein Auto entdeckte, das schon wieder mit einer Schneedecke überzogen wäre.

Dennoch, sie konnte nicht glauben, dass er dumm genug sein würde, so etwas am Heiligen Abend zu machen.

Was trieb er für ein Spiel?

## 25

Officer Doak erhielt den Anruf des Einsatzleiters, als er gerade auf dem Rückweg von einem Verkehrsunfall auf der I-64 war. Ein Blödmann in bester Laune und einem netten Nissan Murano hatte die tückischen Straßenverhältnisse ignoriert, die Leitplanke durchbrochen und war die Böschung hinuntergeschlittert. Der alkoholisierte Bankkassierer, sechsundzwanzig Jahre alt, hatte nicht mal einen Kratzer abbekommen. Der Murano war schrottreif.

Officer Doak arbeitete ungern am Heiligen Abend und jetzt am Weihnachtsmorgen, wusste aber, dass Rick ihn um vier Uhr ablösen würde. Der Sheriff besaß als Chef etliche gute Eigenschaften; eine seiner besten war, dass er den Dienst an solchen Tagen übernahm, die andere gern mit ihrer Familie verbringen wollten.

Rick und Helen hatten keine Kinder. Beider Eltern lebten noch, daher besuchten sie an den Feiertagen beide Paare. Rick arbeitete jedoch oft an Feiertagen, weil er fand, dass Leute, die Kinder hatten, nach Hause gehörten. Wenn der Chef an Weihnachten mitten in der Nacht arbeitete, konnten die anderen auf dem Revier sich nicht über ihren Dienstplan beklagen.

So kam es, dass Doak in seinem Dienstwagen langsam Streife fuhr. Sämtliche Angestellten des Reviers mussten ein extra Fahrtraining absolvieren, was sich an Abenden wie dem heutigen auszahlte.

Racquel, hellwach und noch weihnachtlich gekleidet, empfing ihn an der Tür. Die Jungen, beide Teenager, schliefen ahnungslos.

In der Küche, die weit entfernt lag von der Treppe nach oben, informierte Racquel Doak über den zeitlichen Ablauf des Abends.

»Marineblauer 2008er Chevy Tahoe mit Jamestowner Kennzeichen.« Er merkte sich die Zulassungsnummer, die sie ihm nannte.

Officer Doak staunte über die Gelassenheit, mit der sie ihm die notwendigen Informationen lieferte. »So geht das schon sechs Monate. Späte Anrufe, Notfälle im Krankenhaus.« Sie klopfte mit einem lackierten Fingernagel auf die Tischplatte. »Nicht, dass es bei einem Kardiologen keine Notfälle gäbe, aber sagen wir mal, es war immer einer zu viel. Wir sind seit achtzehn Jahren verheiratet. Ich weiß so gut wie er, wie der Hase läuft.«

»Ja, Ma'am.«

»Kann ich Ihnen einen Weihnachtspunsch anbieten?«

»O nein, danke, Ma'am. Ich bin im Dienst.«

»Kaffee?«

»Nein danke. Haben Sie eine Ahnung, wo Ihr Mann sein könnte?«

»Nein. Zuerst dachte ich, es ist eine Krankenschwester, aber ich habe die Schwestern gesehen. Ich glaub's nicht«, sagte sie mit schneidender Stimme. »Aber wenn Ärzte fremdgehen, tun sie es meistens innerhalb des Krankenhauses. Das ist eine abgeschlossene Welt, ein Treibhaus.«

»Ja, Ma'am.« Er stand auf. »Ich werde nach einem marineblauen Tahoe Ausschau halten.«

»Der einzige Grund, der mich davon abhält, mir eine Schrotflinte zu schnappen und mich selbst auf die Suche nach ihm zu machen, ist der, dass Heiligabend ist – äh, Weihnachten. Ich kann einfach nicht glauben, dass er an Weihnachten so einen Wahnsinn anstellt.«

»Ja, Ma'am.« Officer Doak verabschiedete sich höflich.

Ihm blieben zweieinhalb Stunden. Er hatte eigentlich auf die Wache zurückkehren wollen. Mit Ausnahme des Betrunkenen auf der I-64 waren keine Autos unterwegs. Gewöhnlich war die Bundespolizei für die I-64 zuständig, und deren Leute waren eine halbe Stunde nach Doak eingetroffen. Er war in der Nähe gewesen, deshalb hatte es ihm nichts ausgemacht, bei den Deeds vorbeizuschauen, als er den Anruf bekam. Immerhin hielt das Langeweile und Einsamkeit fern.

Officer Doak, ledig und noch keine dreißig, versuchte sich vorzustellen, was er tun würde, wenn er eine Affäre hätte. Wenn die Frau ebenfalls unverheiratet wäre, könnte er zu ihr nach Hause gehen, aber die meisten Leute würden mit ihren Angehörigen zusammen sein. Viele Auswärtige hielten sich bei Einheimischen auf. Niemand sollte am Heiligen Abend und an Weihnachten allein sein.

Falls es ein kurzes Stelldichein wäre, könnte er sein Auto am Footballstadion oder auf einem versteckten Parkplatz abstellen. Jetzt umkreiste er langsam das Universitätsgelände auf der Westseite der Business Route 29. Er sah nichts als Schnee.

Er bog an der juristischen Fakultät ein, einem von einer Reihe von Bauten, die ab den 1970er Jahren errichtet worden waren und leider so gar nicht zum Kern der Universität von Virginia passten. Nicht, dass sie potthässlich waren. Gestaltung und Proportion der wirtschaftswissenschaftlichen und der juristischen Fakultät wären an manch einer Universität des Mittelwestens vielleicht sogar begrüßt worden, aber nicht hier, wo Gebäude im Jefferson-Stil errichtet werden sollten. Hätte Jefferson die Neubauten sehen können, er hätte einen Herzstillstand erlitten.

Officer Doaks Herz schlug gesund und munter, und er besaß genügend ästhetisches Empfinden, um einen Missgriff – noch dazu einen äußerst kostspieligen – auf Anhieb zu erkennen.

Als er das Universitätsgelände verließ, kam er hinter dem Einkaufszentrum an der Barracks Road heraus, das nach wie vor den Mittelpunkt des Geschäftslebens von Charlottesville bildete. Mit klackenden Scheibenwischern bog er auf das Gelände des Zentrums ein. Ein einsames schneebedecktes Auto stand auf dem Parkplatz vor der Buchhandlung Barnes & Noble, die während der Geschäftszeit ein beliebter Treffpunkt war.

Doak hielt an, stieg aus und wischte die Nummernschilder ab, um sicherzugehen. Es war tatsächlich Doktor Bryson Deeds' Tahoe. Er wischte ein Fenster frei. Drinnen war niemand.

Schnee fiel auf seine Nase. Er zog seine Mütze tiefer ins Gesicht und enger um die Ohren, aber sie wärmte nur wenig. Er stieg wieder in den Streifenwagen, seine Füße waren schon kalt. Er fuhr die Gebäudereihe entlang. Trotz der überstehenden Dächer wehte der Wind Schnee in die Eingänge. Doak kam an dem kleinen Platz mit dem Brunnen vorbei und bemerkte auf einer Bank eine einsame Gestalt mit einer Nikolausmütze. Er ließ den Motor laufen, stieg aus und erkannte Bryson, dessen Kehle sauber durchtrennt war.

Doak rief sofort Rick an.

In dem Moment, als der Sheriff Doaks Stimme hörte, war er hellwach. »Was gibt's?«

»Doktor Bryson Deeds ist tot. Dieselbe Vorgehensweise wie bei den Mönchen.«

»Bin gleich da.«

Rick traf nach einer Viertelstunde ein. Er wohnte oben auf dem Hang hinter der Barracks Road, aber er war vorsichtig gefahren. »Gott sei Dank ist hier kein Mensch.«

»Ja«, bestätigte Doak.

Rick wünschte, er hätte sich wärmer angezogen. »Bevor der Gerichtsmediziner die Leiche obduziert hat, können wir nicht davon ausgehen, dass es derselbe Mörder ist.«

»Nachahmungstäter?«

»Möglich. Die Abweichung bei diesem Mord ist die, dass Bryson kein Mönch ist.«

Officer Doak berichtete ihm von Racquels Anruf und seinem Besuch bei ihr.

Rick hatte die Ambulanz angerufen, und es war ihm gelungen, einen Menschen von der Gerichtsmedizin aufzustöbern. Alle Übrigen waren nicht in der Stadt. Er sah auf die Uhr.

»Soll ich es seiner Frau beibringen?«

»Nein. Sie haben in einer Stunde dienstfrei. Ich mach das.«

Der junge Mann blies die Backen auf und ließ dann die Luft heraus. »Danke, Chef. Ich mach so etwas ungern.«

»Ich auch, aber manchmal kann man dabei die eine oder andere nützliche Information aufschnappen.«

Officer Doak sah zu Brysons Leiche hin und sagte: »Arroganter Mistkerl.«

»Konnte er sein, aber er war auch einer der besten Kardiologen an der Atlantikküste. Ich nehme an, sein Fanclub bestand aus Leuten, denen er das Leben gerettet hat, und ein paar anderen. Ist der Tahoe unverschlossen?«

»Ich hab's nicht überprüft.«

Rick schob seinen Mantelärmel zurück, um noch einmal auf die Uhr zu sehen. »Der Gerichtsmediziner wird eine Brechstange brauchen, um ihn von der Bank zu klauben.«

Keiner von beiden konnte dagegen an – sie mussten ein wenig lachen.

»Soll ich den Tahoe durchsuchen?«

»Moment noch.«

Der junge Mann verschränkte die Arme, stampfte mit den Füßen. »Coop und ich haben über die Morde gesprochen. Der Täter hält sich für unangreifbar, das könnte gefährlich sein.«

Rick nickte. »Wenn man jemanden, der so arrogant ist, festnagelt, wird er wieder zu morden versuchen.«

»Oder sich einen teuren Anwalt nehmen.«

»Schon möglich«, sagte Rick, dann fuhr er fort: »Aber ich bin lange genug Polizist, um zu wissen, dass der, mit dem wir es hier zu tun haben, ein gewaltiges Ego hat. Für dieses Ego wäre es eine Beleidigung, von einem so ›dummen Polizisten‹ wie Ihnen oder Coop oder mir überlistet zu werden, und das würde den Mistkerl ausrasten lassen.«

# 26

Es wurde eine lange Nacht auf dem Afton Mountain.
Nach dem schlichten Heiligabendgottesdienst mit Gregorianischen Gesängen wünschten die Brüder einander gesegnete Weihnachten, danach zogen die meisten sich in ihre Zellen zurück. Einige wenige gedachten dem Festtagsgeist zu huldigen. Dazu wurden Flaschen aus sicheren Verstecken geholt, man trank auf den Orden, auf das erhabene Glück und natürlich auf die Verstorbenen.

Bruder Morris lud Bruder George zu einem Trunk ein. Die zwei saßen auf einem bequemen Sofa. Bruder Morris konnte leiblichem Genuss und Wohlbehagen nicht entsagen. Bei seinem Leibesumfang war ein stabiles Sitzmöbel unentbehrlich, ebenso das Heizkissen, auf dem seine schmerzenden Füße ruhten. Bei der Masse, die sie zu tragen hatten, war es ein Wunder, dass sie nicht verkrüppelt waren.

»Frohe Weihnachten, George.« Er prostete ihm gutgelaunt zu.

George hob sein Glas mit erstklassigem Scotch. »Gleichfalls, Bruder.«

»Kann dieser Ort schöner sein als in den letzten zwei Tagen bei Schneefall? Der Rote Kardinal hat sich auf die ausgestreckte Hand der Muttergottes gesetzt. Ein wunderbarer Farbtupfer vor dem jungfräulichen Weiß.« Bruder Morris genoss den Johnnie Walker Blue Label. »Wenn man von solcher Schönheit umgeben ist, fällt es zuweilen leichter, den Verlockungen des modernen Lebens zu entsagen.«

»Das ist wahr. Trotzdem kehren meine Gedanken unwillkürlich zu den Weihnachtstagen meiner Kindheit zurück. In Maine hat es dann meistens geschneit. Wir hatten einen Heidenspaß.«

»Deine Schwestern werden die Tradition doch sicher fortführen.«

»Das ganze Drum und Dran, außer sich bis oben hin voll-laufen zu lassen.« Bruder George lachte.

»Gut, dass wir zwei hier zusammensitzen. Ich habe mir gestern Abend die Bücher vorgenommen.«

Bruder George schnaubte. »Bruder Luther wird bestimmt gekränkt sein. Er saldiert die Bücher auf den Cent genau.«

»Nein, nicht die Bücher. *Unsere* Bücher.«

»Oh.« Bruder Georges kantige Züge nahmen einen Ausdruck höchster Gespanntheit an.

»Uns fehlen zehntausend Dollar. Was ist passiert?«

Bruder George kippte seinen Drink in einem Zug hinunter, was untypisch für ihn war, schenkte sich dann noch einen ein, obwohl er sehr wohl wusste, dass man für eine Flasche Walker Blue annähernd zweihundert Dollar hinblättern musste. »Tja, also, ich wollte es dir nach Weihnachten sagen. Um dir den Feiertag nicht zu verderben.«

»Sag's mir jetzt.« Bruder Morris strahlte Wohlwollen und Verständnis aus.

»Nun ja, es ist ein bisschen peinlich.«

»George, spielst du etwa wieder?« Auch diese Frage wurde in wohlwollendem Ton gestellt.

»Nein, nein. Das ist vorbei.«

»Dann sag's mir. Zehntausend Dollar sind ein erfreuliches Sümmchen, erfreulich in den Augen des Herrn.« Morris grinste breit.

»Das Geld war genau da, wo es sein sollte. Ich bin hingekommen, als gerade der Sturm losging, und … äh«, Bruder George blickte haltsuchend tief in sein Glas, »und da war Harry Haristeen, über den Werkzeugkasten gebeugt. Er war offen, und ich habe ihr meine Pistole über den Schädel gehauen, mir die Kiste geschnappt und bin losgerannt. Dann war da auch noch ihr verdammter Köter, und ich habe Angst vor Hunden.«

Stotternd brachte Bruder Morris verdutzt hervor: »Das ist doch bloß ein Corgi, du Esel.«

»Alle Hunde beißen.«

Nachdem Bruder Morris seine Fassung wiedergewonnen hatte, sagte er, jetzt ohne Wohlwollen auszustrahlen: »Ja, natürlich, wie mutig von dir, dem Tod in Fußknöchelhöhe ins Auge zu sehen.«

»Das ist nicht lustig. Ich habe Angst vor Hunden.«

»Hast du Harry gefilzt, ob sie das Geld bei sich hatte?«

»Verdammt, nein. Ich bin gerannt, so schnell ich konnte.«

»Wie fest hast du sie geschlagen?« Auch Bruder Morris brauchte jetzt einen zweiten Scotch.

»Fest genug, um sie auszuschalten.«

»Und der Schneesturm hat eingesetzt?«

»Ja.« Bruder Georges Stimme verriet seine Nervosität.

»Und du hast sie da liegen gelassen!«

»Was sollte ich denn machen? Sie hat mich nicht gesehen. Der Wind hat geheult. Ich bin von hinten gekommen. Der Hund hat gebellt, und die Katze war auch dabei.«

»Die hätte dir bestimmt die Augen ausgekratzt. Lass mich das noch mal klarstellen. Du hast eine der angesehensten Bürgerinnen von Crozet über die Werkzeugkiste gebeugt gesehen. Du hast ihr mit deiner Pistole auf den Kopf geschlagen?«

»Mit dem Pistolengriff«, präzisierte Bruder George.

»So. Sie war also bewusstlos, und du bist weggegangen. Hast du später einen Rettungsdienst gerufen?«

»Nein. Wie hätte ich das tun können?«

Das Gesicht von Bruder Morris färbte sich rot. »Von einem Telefon aus, nicht von deinem, und du hättest deine Stimme verstellen können.« Er senkte seine jetzt zu einem kämpferischen Flüstern. »Sie ist womöglich erfroren. Grundgütiger Himmel. Ein Mord! Zwei von unseren kreativsten Brüdern sind auf abscheuliche Art ermordet worden, und jetzt das. Bist du von Sinnen?«

»Nein, ich habe bloß Panik gekriegt. Ich kann ja morgen mal zu ihrer Farm hinuntergehen und mich umsehen.«

»Idiot!« Bruder Morris hob die Stimme, die sogar im Flüsterton ohne Mikrofon weit trug.

Bruder George ließ sich tiefer ins Sofa sinken. »Es tut mir leid. Es tut mir aufrichtig leid. Was soll ich machen?«

»Wie wäre es mit den vierzehn Kreuzwegstationen?« Bruder Morris nannte sarkastisch ein hartes Bußritual.

»Ich weiß nicht mal, wie die heißen.«

»Du bist mir ja ein feiner Katholik.«

»Ich bin nicht katholisch. Ich bin Methodist, wie du sehr wohl weißt.«

»Die methodistische Kirche wird für vieles geradestehen müssen, wenn du aus ihr hervorgegangen bist.«

Hilflos jammerte Bruder George: »Was verlangst du von mir, was soll ich tun?«

»Nichts, nichts.« Das zweite »Nichts« sprach er sanft aus. »Ich nehme das selbst in die Hand.«

»Vielleicht kann ich einen Spendenbetrag eintreiben, um auszugleichen, was ich verloren habe?«

Bruder Morris sah ihn an, als sei er ein Fünfjähriger mit einer Eistüte, von der es jeden Moment aufs Sofa tropft.

»Vergiss es.«

»Ich könnte Bryson um Geld angehen.«

»Nein. Er hat ohnehin einen Beitrag gespendet, und das ist Bruder Luthers Angelegenheit.«

»Vielleicht möchte Racquel eine Schenkung machen. Wir könnten ihren Namen auf etwas setzen.« Bruder George war verzweifelt. »Als ich in Brysons Büro war, hat er erwähnt, dass Racquel sich interessiert für das, was wir tun. Er hat außerdem erwähnt, dass sie glaubt, er hat eine Affäre. Er war ein bisschen bekümmert. Seine Ehe ist ihm wichtig.«

»Ist doch klar, bei dem gesellschaftlichen Status, den sie ihm verschafft – alteingesessene Familie und so. Hör zu. Das Geld ist weg. Zehntausend Dollar sind es nicht wert, dass du noch mehr Schlamassel anrichtest. Ich bezweifle ernsthaft, dass Racquel uns Geld geben würde, zumal sie an ihrem Mann zweifelt und wir sein Hauptanliegen sind, nicht sie.«

»Ich glaube allerdings, dass er sie liebt.«

Bruder Morris zuckte die Achseln. »Vielleicht. Ich habe es nie verstanden, Liebe und Abhängigkeit voneinander zu trennen. Die Frau kriecht ihm ja förmlich in den Hintern. Fehlt bloß noch, dass sie ihm den abwischt.« Ein Anflug von Gehässigkeit entfuhr Bruder Morris' Mund.

»Ich habe dich enttäuscht. Bitte lass es mich wiedergutmachen.«

»Du würdest bloß alles noch mehr vermasseln. Tu nichts. Sag nichts. Aber beten kannst du.«

»Ja. Ich habe gelernt, das Gebet zu lieben.«

»Dann knie nieder und bete, dass Harry Haristeen nicht tot ist. Ist sie es, dann ist der Teufel los.«

»Es weiß doch keiner, dass ich sie geschlagen habe.«

»Noch nicht, vielleicht nie, aber Mord ist ein schlimmes Verbrechen. Du musst wissen«, er wackelte mit den Zehen auf dem Heizkissen, »in so vielen von den Opern, die ich gesungen habe, ging es um die Folgen von schrecklichen Taten. Ich glaube daran.«

»Hm, ja.« Bruder George würde sich nie im Leben für einen Mörder halten.

»Und wir stehen wegen des Todes von Bruder Christopher und Bruder Speed unter Überwachung. Wir können uns keinen falschen Schritt leisten. Wenn der Sheriff oder seine Stellvertreterin noch mal herkommen, mach dich rar. Ich vertraue nicht darauf, dass du dich nicht verrätst.«

»Ich sage nichts. Ich weiß, du denkst, ich bin ein Idiot, aber so blöd bin ich nicht.«

»Es liegt nicht an dem, was du sagst. Es liegt an dem, wie du dich verhältst. Gib denen keine Möglichkeit, in dir zu lesen.«

»Ich werde mich bemühen.« Dann fragte er: »Möchte bloß wissen, wer die zwei umgebracht hat. Sie waren liebe Menschen. So lieb.«

»Sollte ich den, der das getan hat, je in die Finger kriegen, laufe ich Gefahr, selbst ins Gefängnis zu kommen.« Er sah Bruder George an. »Vielleicht gab es keine andere Möglichkeit, das Geld wiederzubekommen. Sie würde es nicht dortgelassen haben, aber eine Frau im Schnee zurückzulassen, in der Kälte, während sich ein Sturm zusammenbraut – Himmel noch mal, du hättest wenigstens jemanden anrufen können. Mich zum Beispiel.«

»Ich habe Panik gekriegt. Wie gesagt, ich dachte nur daran, unsere Interessen zu schützen.«

Ermattet sagte Bruder Morris: »Geh jetzt. Keine Bange. Ich werde dir keine leidvolle Buße auferlegen. George, du hast einen Fehler gemacht, dabei wollen wir es belassen.«

Als Bruder George sich verdrückt hatte, leerte Bruder Morris die Flasche Johnnie Walker Blue.

## 27

Du bist irre!«, kreischte Susan, als sie durch die Küchentür stürmte.

Harry, die sich im Wohnzimmer das über den ganzen Fußboden verstreute Geschenkpapier besah, hörte die Stimme ihrer besten Freundin. »Danke gleichfalls!«

In der Küche mussten sie die Umarmungen, Küsse und das übliche Geschrei von Südstaatenfrauen über sich ergehen lassen, die sich gern mögen und sich zwischen vierundzwanzig Stunden und vierundzwanzig Jahren nicht gesehen haben.

»Wo ist dein Schatz?«

»Im Stall. Es ist eins von seinen Weihnachtsgeschenken für mich, dass er die ganze Stallarbeit macht. Auch gestern schon. Magst du mit mir Simon und die Eule füttern gehen? Sie kriegen Weihnachtsleckereien.« Harry hatte eine Baseballkappe aufgesetzt, um ihre Verletzungen zu bedecken.

»Gerne.« Susan ging ins Wohnzimmer. »Wie ich sehe, hatte deine Truppe ein tolles Weihnachtsfest.«

»Papier zerreißen – das ist in Ordnung. Wenn sie auf den Baum klettern, dann haben wir ein Problem.« Harry überblickte den Schauplatz und beschloss, sich damit abzufinden, was soll's. »Dein Geschenk ist toll.«

»Deins auch. Wie bist du bloß auf die Idee gekommen, mir einen Grill zu kaufen?«

»Wie bist du bloß auf die Idee gekommen, mir eine Saugbürste für die Pferde zu kaufen?«

Hierauf brachen sie in Lachen aus, weil ihnen klar wurde, dass jede im vergangenen Jahr des Öfteren geäußert hatte, wie sehr ein Grill beziehungsweise eine Saugbürste ihnen die jeweilige Arbeit erleichtern würde.

»Was hat dein Göttergatte dir geschenkt?«

Susan klatschte in die Hände. »Ein Abonnement für das Virginia Theater in Richmond und einen Wellnesstag, aber das Schönste von allem, guck mal!« Sie streckte den rechten Arm aus, an dem ein Armband aus kompliziert gedrehtem achtzehnkarätigem Gold baumelte. »Ist das zu glauben? Und das bei den heutigen Preisen.«

»Es ist wunderschön.« Harry hielt Susans Arm fest und tat, als wollte sie den Verschluss des Armbands lösen.

Susan schlug ihr auf die Hand. »Und du, was hast du ihm geschenkt?«

»Eine überdimensionale Thermosflasche, damit er sich Kaffee machen kann, wenn er nachts rausgerufen wird. Er sagt, ich brauche meinen Schlaf, und sosehr er es liebt, wenn ich aufstehe und ihm die Thermosflasche gebe, er will mich schlafen lassen. Da steht sie.« Sie zeigte unter den Baum. »Mit der könnte man ein ganzes Polizeiaufgebot versorgen.«

»Um die zu tragen, wird er beide Hände brauchen. Was noch?«

»Eine Halskette, passend zu dem Ring, den er mir vorigen Sommer in Shelbyville gekauft hat, als wir auf der Pferdeschau waren.« Harry ging in die Knie und hob eine luxuriöse Geschenkschachtel vom Fußboden auf. »Schau dir das mal an.«

»Sensationell. Er hat wirklich einen guten Geschmack.«

»Aber jetzt kommt das schönste Geschenk von allen. Ich kann's nicht fassen, dass er mir den gekauft hat.« Sie atmete tief ein, wie um ihre Aufregung zu zügeln. »Einen Honda ATV. Stell dir vor, das Ding hat vierhundert PS. Und er ist Gott sei Dank nicht in Tarnfarbe, sondern in einem schönen Blauton. Wenn ich will, kann ich damit hundertzehn Sachen fahren und komm durch alles durch.«

»Wenn du mit dem Ungeheuer hundertzehn Sachen fährst, versohl ich dir den Hintern. Wo ist es?«

»Im Schuppen. Komm mit.« Harry ging wieder in die Küche und nahm einen Mantel vom Haken.

Susan, die ihren Mantel auf einen Küchenstuhl geworfen hatte, zog ihn wieder an. Als Harry die Baseballkappe wegen des Wetters tiefer ins Gesicht zog, fiel Susans Blick auf den Rand der hässlichen Wunde sowie ein Stück kahle Kopfhaut.

»Hey, was ist denn mit dir passiert?«

»Ach, ein kleiner Unfall.«

»Scheiße, Harry.« Susan riss ihr die Orioles-Kappe vom Kopf. »Stiche. Wer das genäht hat, war so umsichtig, nur um die Wunde herum zu rasieren. Aber du brauchst hier eine kundige Hand, Mädel. Du rufst am besten Glen auf der West Main an.« Glen war ein exklusiver Friseursalon.

»Ich hab mir den Kopf an einem Balken gestoßen.«

»So niedrig sind eure Balken nicht.« Susan verschränkte die Arme. »Außerdem kenn ich dich besser, als du dich selbst kennst. Los, beichte.«

»Kann ich nicht.« Harry klang missmutig.

Weil Susan wusste, dass Harry ihr fast alles erzählte, gelangte sie mühelos zum richtigen Schluss. »Du steckst in der Klemme, und Rick hat gesagt, du sollst dich bedeckt halten.« Sie legte einen Finger an die Lippen.

»Hm …«

»Harry, du hast Christopher Hewitt gefunden. Es stand in der Zeitung, und du hast mir alles erzählt. Glaube ich zumindest.«

»Hab ich auch. Dass Doktor Gibson den Obolus gefunden hat, hab ich dir auch erzählt. Aber jetzt haben Rick und Cooper gesagt, dass ich hierüber den Mund halten soll.« Sie nahm Susan die Kappe aus der Hand, setzte sie sich wieder auf, dann ging sie auf die umzäunte Veranda. Susan, dicht hinter ihr, sagte: »Hör zu, ich will das nicht in Fairs Gegenwart sagen, aber wenn du deine Nase in die Morde an den zwei Mönchen gesteckt hast, muss der Mörder dahintergekommen sein.«

»Hab ich nicht, ich *schwör's*.«

»Wer hat dich denn dann so fest auf den Kopf geschlagen, dass er aufgeplatzt ist?«

»Weiß ich nicht. Er – oder sie, aber ich glaube, er – ist hinter mich getreten, als der Schneesturm losging.«

»Auf der Farm? Der Mensch ist hierhergekommen?« Susan war entsetzt.

»Nein.« Harry hakte Susan unter und öffnete die Fliegentür. »Mehr darf ich dir nicht sagen, so gern ich es möchte. Kein Sterbenswörtchen.«

»Es ist das Wörtchen ›sterben‹, das mir Sorgen macht. Hast du mir deswegen gesagt, ich soll keinem erzählen, dass ich mit dir gesprochen habe?«

»Ja.« Sie gingen langsam auf dem vereisten Weg. »Hab die Leckerbissen vergessen. Warte mal kurz.«

Vorsichtig ging sie wieder ins Haus, griff sich einen kleinen Tupperbehälter mit Hackfleischpastete, holte Ahornsirup-Eiszapfen aus dem Tiefkühlschrank und eine Tüte Marshmallows aus der Speisekammer.

Wieder bei Susan, gab sie ihr den Tupperbehälter. »Wenn wir uns jetzt an den Händen halten, sind wir im Gleichgewicht. Wir haben gegenseitig was zu tragen.«

»Genau.« Susan lächelte.

»Susan, ich hab keine große Angst, aber ich hab Angst. Es ist zwecklos, dir was vorzumachen.«

»Was für ein Mensch ist das, der sich in einen Schneesturm begibt? Ein verzweifelter, würde ich sagen.«

»Ich weiß es nicht. Aber wenn es Christophers oder Bruder Speeds Mörder ist, warum hat er mich dann nicht umgebracht?«

»Das weiß ich nicht, aber ich bin unendlich froh.«

Sie traten in den Stall. Die Pferde wieherten zur Begrüßung. Fair fegte die Stallgasse aus.

»Frohe Weihnachten.« Er lehnte den breiten Besen an eine Box und gab Susan einen Kuss.

»Du hast deiner Frau ja tolle Geschenke gemacht.«

Er grinste. »Hast du den Honda schon gesehen?«

»Nein.«

»Vierhundert PS, die meisten davon werden in Drehmomente übersetzt, anders als bei einem Motorrad. Der macht uns das Leben auf der Farm leichter, und er verbraucht weniger Benzin als unsere Traktoren.«

Harry blickte zur Leiter, die auf den Heuboden führte, just als Simon heruntersah. »Simon, frohe Weihnachten.«

*»Hm, lecker.«* Er roch den Ahornsirup, denn sie hatte den Plastikbeutel aufgemacht.

»Warte kurz, ich muss erst das Geschenk für die Eule hinlegen.« Sie gab Susan den Beutel, und Susan reichte ihr den Tupperbehälter. Sie stieg die Leiter hoch, die flach an der Wand lag und gut gesichert war.

Auf dem Heuboden angekommen, öffnete sie den Behälter und stellte ihn auf einen hohen Heuballen. Als sie sich umdrehte, um Susan den Plastikbeutel abzunehmen, hörte sie ein leises Schwirren, als der Raubvogel die Schwingen ausbreitete, um sich herabgleiten zu lassen. Harry sah nicht zu der Eule hin, sondern ließ sie in Ruhe ihre Leckereien aufpicken.

*»Wir haben auch tolle Geschenke gekriegt.«* Tucker bekam liebend gern Geschenke.

»Gleich, Simon, ein Momentchen noch.« Harry nahm die Eiszapfen aus dem Plastikbeutel. Die Marshmallows warf sie auf den Boden.

»Meinst du, so hat es im alten Rom mit Gelato angefangen?« Susan betrachtete die Eiszapfen.

»Die alten Römer hatten alles, was wir hatten, bloß ohne Maschinen. Sie hatten Eis, Gelato, bessere Straßen als wir, eine interessante Architektur, schattige Gärten, fließendes Wasser. Wenn man Geld hatte, war das Leben süß.«

»Wie heute.« Fair griff nach dem Besen, um seine Arbeit zu beenden.

Susan witzelte: »Je mehr die Dinge sich ändern, umso mehr bleiben sie, wie sie sind.«

Simon wartete in respektvoller Entfernung, doch in dem Moment, als Harry die Leiter wieder hinunterstieg, schnappte er sich einen Ahornsirup-Eiszapfen und verputzte ihn gierig. Als Nächstes verleibte er sich ein Marshmallow ein.

*»Ich hab Katzenminze gekriegt. Und ein Fleece-Bett.«* Pewter fand, dass ihr ein wenig Aufmerksamkeit gebührte.

*»Ich auch.«* Mrs. Murphy gefiel es, ein eigenes Bett zu haben.

*»Ich hab ein neues Halsband und eine Leine gekriegt und ein gro-ßes Fleece-Bett.«* Tucker zählte selig ihre Geschenke auf. *»Kau-knochen.«*

Als die sechs – drei Menschen und drei Tiere – aus dem Stall traten, kam Cooper in die lange Zufahrt gefahren. Sie parkte, stieß die Wagentür auf, umarmte Harry und dann Fair.

»Frohe Weihnachten.« Fair umarmte sie auch.

»So ein tolles Geschenk! Ein Spritzreiniger. Ich bin ganz aufgeregt. Damit kann ich den Streifenwagen waschen und die Hausfassade. Ich kann's nicht glauben.«

»Die Trimmer von Oster sind super. Du hast dich mit Susan abgesprochen, was?« Lächelnd erwähnte Harry eine von Pfer-dehaltern bevorzugte Trimmer-Marke.

»Stimmt.«

»Komm mit rein. Wir feiern. Susan ist dem heimischen Herd für ein Weilchen entflohen«, teilte Fair Cooper mit.

»Ich bin auf dem Weg zum Leichenschauhaus.«

»Wieso?« Alle drei starrten sie an.

»Weil ich dieses Jahr zu Weihnachten keine Verpflichtun-gen habe. Da meine Eltern im Frühjahr nach Mexiko gezogen sind, hat sich der Weihnachtswirbel erledigt. Rick hat Helen, drum hab ich ihm gesagt, er soll nach Hause gehen, als er angerufen hat.« Sie merkte, dass sie zu viel verraten hatte – die drei wussten ja nichts von Bryson –, deshalb fügte sie hastig hinzu: »Vermutlich ist einer von den Säufern im Einkaufszentrum erfroren. Aber ich geh besser mal nachsehen.«

»Du würdest nicht hingehen, wenn es nicht wichtig wäre. Ist wieder ein Mord passiert?«, fragte Fair.

Cooper hielt den Mund, und das sagte alles.

Susan wollte wissen: »Wieder ein Bruder in Liebe?«

»Also gut: Die Familie ist benachrichtigt, und morgen steht es in der Zeitung. Bryson Deeds.«

»Was!«, rief Fair.

»Kehle aufgeschlitzt.« Cooper stieg wieder in den Streifenwagen. »Alles Übrige weiß ich nach der Obduktion. Gesegnet sei Doc Gibson, denn er ist extra gekommen.«

Der Leichnam war von drei Uhr morgens an aufgetaut. Doktor Gibson und Mandy Sweetwater streckten die Gliedmaßen des Toten und untersuchten ihn, bevor sie ihn aufschnitten.

Doktor Gibson, sonst ein geduldiger Mensch, war ein wenig verärgert, weil die Gewebeproben von den toten Mönchen, die er nach Richmond ins Labor geschickt hatte, noch nicht untersucht worden waren. Sicher, es waren Feiertage, doch manchmal, wenn man großes Glück hat, entspricht eine DNA-Probe einer, die schon vorliegt.

Cooper notierte, was der ältere Arzt diktierte. Auch Mandy, Pathologiepraktikantin, gab die eine oder andere Bemerkung von sich.

Doktor Gibson stemmte Brysons Kiefer auf und förderte einen Obolus zutage.

Cooper legte ihren Notizblock beiseite. Sie hatte das peinigende Gefühl, versagt zu haben. Was hatte der Obolus bloß zu bedeuten?

# 28

Der 26. Dezember gehörte zu Harrys Lieblingstagen. Sie und Fair, beide Frühaufsteher, sahen zu, wie die grauen Streifen am Osthimmel zu einem kräftigen Mittelblau aufhellten und sich ein erster rosa Hauch am Horizont abzeichnete.

»Hast du die Jagd-Hotline angerufen?«, fragte Fair, der erst richtig wach wurde, wenn ihm ein großer Becher Kaffee vorgesetzt wurde.

»Schatz, ich hab gestern Abend angerufen, ehe wir schlafen gegangen sind. Am zweiten Weihnachtsfeiertag ist keine Jagd, weil viele Nebenstraßen nicht geräumt sind. Außerdem ist der Untergrund stellenweise so tief, dass wir durchpaddeln müssten.«

Beide waren Fuchsjäger, was im Hinblick auf Fairs Praxis vernünftig war. Sie hatten es satt, Leuten, die nicht ans Landleben gewöhnt waren, zu erklären, dass der Fuchs nicht getötet wurde. Dank des blitzschnellen Reaktionsvermögens des Tieres könnten sie es auch gar nicht, selbst wenn sie es wollten.

Bei allen Paaren halten gemeinsame Interessen die Flamme am Lodern, doch sollte jeder Partner das eine oder andere ganz für sich haben. Für Harry war es der Weinanbau, obwohl Fair ihr half, wenn sie ihn darum bat. Für ihn war es Golf; er hatte vor fünf Jahren damit angefangen. Fair konnte sich nicht recht entscheiden, ob die Entspannung den Frust überwog. Harry schwieg dazu.

»Oh.« Er probierte den Kaffee, der noch ein bisschen zu heiß war.

»Waffeln.« Sie heizte das Waffeleisen an.

»Du verwöhnst mich.«

»Darum geht es doch.« Sie ließ ein Lächeln aufblitzen. »Du musst die Stallarbeit nicht machen. Mir geht's gut. Und ich trag meine 38er bei mir.«

»Wir machen die Arbeit zusammen. Ich hab erst morgen wieder Dienst. Mannomann, ist das herrlich, Weihnachten frei zu haben. Ich hatte so viele Jahre Dienst an Weihnachten.«

»Seit du dich an den Wochenenden mit Greg Schmidt abwechselst«, sie sprach von einem angesehenen Pferdearzt, der obendrein ein fabelhafter Reiter war, »hat das Leben wieder mehr Schwung. Ich sag's dir ja immer wieder, aber wie wäre es hiermit als Neujahrsvorsatz: Such dir einen Partner. Vielleicht zwei.«

Der Kaffee hatte jetzt die ideale Temperatur.

Fair trank den Kaffeebecher in einem Zug halbleer, bevor er antwortete: »Ich weiß, ich weiß. Gib mir einen Tag Zeit zum Nachdenken, ob ich mir das fürs neue Jahr vornehme.«

»Okay.« Sie goss Teig auf das Waffeleisen; allein schon das Zischen machte die drei äußerst aufmerksamen Tiere auf dem Fußboden ganz kribbelig.

»Na schön, ihr Bettler.« Fair kippte den Rest von seinem Kaffee hinunter und stand auf, um Mrs. Murphy, Pewter und Tucker zu füttern.

Harry schenkte seinen Becher wieder voll.

»*Ich find meinen Napf schöner als deinen.*« Pewters neuer Keramiknapf trug in dicken Buchstaben die Aufschrift »Diva«.

»*Gut. Dann lässt du wenigstens deine dicke Schnauze aus meinem*«, erwiderte Mrs. Murphy und ließ sich ihr geliebtes Fancy Feast schmecken, ein teures Katzenfutter mit Rind.

Tucker fraß pausenlos. Das war wichtiger als reden. Auf ihrem Napf, der größer war als die Katzennäpfe, stand »Fido«, was so viel heißt wie treu. Auf Mrs. Murphys stand »Katzenfreuden«.

Fair nahm noch einen tiefen Schluck aus seinem Becher, dann schaltete er den kleinen Flachbildschirmfernseher an der Küchenwand ein. Harry hatte eigentlich in der Küche keinen Fernsehapparat haben wollen, akzeptierte ihn aber, seit sie ge-

merkt hatte, dass es bequemer war, ihren geliebten Wetterbericht hier zu schauen, statt extra ins Schlafzimmer zu laufen.

Fair schaltete die frühmorgendlichen Lokalnachrichten ein. Ehe er sich hinsetzen konnte, erblickte er das ernste Gesicht von Sheriff Shaw, der in seinem Büro sprach, und das verschneite Barracks-Road-Einkaufszentrum, das leer war bis auf den Tahoe. Dann zeigte man Brysons Sprechzimmer, als der neueste erschütternde Mord bekanntgegeben wurde.

Fair stand mit dem Kaffeebecher in der Hand regungslos da.

Harry ließ das Waffeleisen sein und stellte sich neben ihn. Beide waren erschrocken und extrem beunruhigt.

Endlich sprach Fair. »Der Tahoe auf dem Parkplatz macht es … ich weiß nicht recht. Irgendwie schlimmer.«

»Es ist wie eine Tötungsmanie.« Harry legte ihm ihren Arm um die Taille. »Die anderen zwei waren Mönche. Niemand von uns wähnte sich in Gefahr. Ich dachte, der Schlüssel lag darin, dass die Opfer Mönche waren.«

»Ich nehme an, diesen Schlüssel können wir aus dem Fenster werfen.« Er ließ sich schwer auf seinen Stuhl fallen.

Die drei Gefährtinnen auf dem Fußboden sagten nichts, hatten aber genauso aufmerksam zugehört wie die Menschen.

Harry schaltete das Eisen aus und ließ die Waffeln auf eine große Platte gleiten. Sirup, Honig sowie Butter, Besteck und zwei Teller waren auf dem Tisch. Sie schenkte sich eine zweite Tasse Tee ein und setzte sich Fair gegenüber.

»Nicht unbedingt.«

Fair tränkte seine Waffeln mit Honig. »Was, nicht unbedingt?«

»Die Mönche könnten trotzdem der Schlüssel sein. Bryson hat ja einige von ihnen behandelt.«

Fair schnitt seine Waffeln in ordentliche Quadrate, spießte dann eins auf seine Gabel. »Genau. Ein Wunder, dass er keine Anzeige in die Zeitung gesetzt hat, um seine unentgeltlichen Taten an die große Glocke zu hängen. Er hat dafür gesorgt, dass alle von seinen wohltätigen Werken erfuhren, darunter auch die kostenlose Behandlung der Mönche. Ich konnte den Mann nicht leiden, aber den Tod habe ich ihm nicht gewünscht, schon gar nicht so einen.«

Tucker hob den Kopf und bellte: »*Eindringling!*«

Fair stand auf und ging auf die Veranda, um die Tür zu öffnen. »Bruder Morris, treten Sie ein.«

Wie fast jeder Südstaatenbewohner verhielt Fair sich so, als sei dieser unerwartete Besuch die natürlichste Sache der Welt und obendrein ein großes Vergnügen.

Bruder Morris, der keinen Mantel übergezogen hatte, weil es nur ein paar Schritte von seinem Auto bis zur Tür waren, trat ein.

Harry hatte ihm schon Kaffee eingeschenkt. »Setzen Sie sich, Bruder. Schön, Sie zu sehen.«

Durch seinen Besuch würden andere erfahren, dass sie am Leben war. Susan würde ihr Geheimnis bewahren, bis die Arbeitswoche anfing, aber Harry konnte Bruder Morris nicht bitten, es ebenso zu halten.

»Entschuldigen Sie, dass ich unangemeldet hereinschneie. Oh, ich danke Ihnen.« Sie stellte ihm Kaffeesahne und Würfelzucker hin. »Sie wissen schon das Neueste, nehme ich an, weil der Fernseher läuft.«

»Wir haben vorhin ferngesehen. Sie meinen den Mord an Dr. Deeds?«, erwiderte Fair, dann stand er auf und schaltete das Gerät aus.

Einen Fernseher anzulassen, wenn ein Gast im Raum ist, gilt in Virginia als grobe Unhöflichkeit, es sei denn, der Besuch ist da, um mit dem Gastgeber zusammen fernzusehen.

Harry stellte Waffeln vor Bruder Morris hin. Er wusste, dass er ablehnen sollte, aber weil sie so köstlich dufteten, wurde er augenblicklich schwach.

»Meine Herren, ich mache noch mehr, also bloß keine Zurückhaltung.« Sie schaltete das Waffeleisen wieder ein und goss Teig darauf. »Bruder, was geht hier bloß vor?«

»Ich weiß es nicht. Sheriff Shaw hat mich gestern um sechs angerufen. Ich muss Racquel und den Jungen heute einen Besuch abstatten. Die Deeds haben unserem Orden so viel Gutes getan. Ich dachte, ich schaue vorher bei Ihnen vorbei, weil es auf dem Weg liegt, aber auch, weil Sie Bryson in einem anderen Kontext kennen – kannten, sollte ich wohl sagen – als ich. Im Zusammenhang mit St. Lukas, meine ich.« Er blickte zu Harry an der Anrichte hinüber. »Ich dachte, Sie haben vielleicht die eine oder andere Erkenntnis. Am liebsten möchte ich das Kloster mit Barrieren abschirmen.«

»Es sei denn, es ist jemand innerhalb des Klosters«, platzte Harry heraus, worauf Fair sich alle Mühe gab, nicht die Hände vors Gesicht zu schlagen.

»Auf gar keinen Fall. Das wüsste ich. Können Sie sich irgendjemanden denken? Oder irgendeinen Grund?« Bruder Morris war nicht gekränkt.

»Ich nicht. Fair und ich haben eben darüber gesprochen.«

Fair legte behutsam seine Gabel auf seinen Teller. »Wer es auch ist, er kann nicht weit weg wohnen. Wie würde jemand bei diesem Wetter nach Crozet oder zum Afton Mountain kommen? Bruder, dieser Mensch mag nicht Ihrem Orden angehören, aber es muss jemand sein, der mit dem Kloster sehr vertraut ist.«

Bei dem Wort »vertraut« hob Bruder Morris die dunklen Augenbrauen. »Ich habe mich mit Bruder George und Bruder Luther zusammengesetzt, unserem Schatzmeister. Wir haben sogar Listen von Lieferanten angefertigt. Keiner ist auffällig, keiner hatte auch nur mit einem von uns einen Wortwechsel. Es ist verstörend und beängstigend.«

»Vielleicht haben wir es mit einem Geistesgestörten zu tun.« Harry ließ die nächsten Waffeln auf eine Platte gleiten.

»Vielleicht.« Bruder Morris klang trübsinnig, und das, obwohl er eben zwei Waffeln verdrückt hatte.

Harry hatte noch nie im Leben Essen so schnell verschwinden sehen, dabei konnte auch Fair eine Menge verdrücken.

»Ich wollte, wir hätten irgendeine Ahnung«, sagte Fair.

»Nun denn, ich hegte die Hoffnung, Sie wüssten etwas über Brysons Charakter, das mir nicht bekannt ist.«

»Ich kann über Bryson nur sagen, dass seine maßlos hohe Meinung von sich selbst manchen Leuten ein Ärgernis war«, sagte Harry. »Aber er hatte auch etliche gute Freunde, Bill Keelo zum Beispiel. Die einen wussten ihn zu nehmen, die anderen nicht.»

»Das ließe sich von uns allen sagen.«

Nachdem er seine Waffeln verzehrt hatte, dankte Bruder Morris beiden überschwenglich und bedankte sich noch einmal bei Harry für die Stimmpfeife.

An der Tür schien er Harrys tiefe Wunde zum ersten Mal zu bemerken, nachdem die Baseballkappe, die sie locker aufgesetzt hatte, um die Wunde nicht zu reizen, ein wenig verrutscht war.

»Harry, was haben Sie mit Ihrem Kopf gemacht?«

»Niedriger Balken«, antwortete sie mit mattem Lächeln.

»Ich dachte schon, es war etwas mit einem Auto«, erwiderte er und lächelte auf dem Weg nach draußen ein wenig in sich hinein.

# 29

Am Nachmittag des zweiten Weihnachtstages fuhren Harry, Fair, Susan und Ned zu Racquel, wo sie von Jean und Bill Keelo empfangen wurden. Jean hatte alles organisiert, vom Entgegennehmen der Telefongespräche bis zu Einträgen in ein Notizheft, wer etwas zu essen mitbrachte. Miranda Hogendobber stellte die Speisen auf den Esszimmertisch und sorgte für ständigen Nachschub von Kaffee. Das Haus wimmelte von Menschen.

Bill Keelo und Alex Corbett sahen zu, dass die Leute genug

zu essen und zu trinken hatten. Sie betätigten sich gewissermaßen als inoffizielle Hausdiener.

Susan brachte eine große Kasserolle mit, Harry hatte eine Platte mit Schnittchen gemacht. Die zwei Teenagersöhne der Deeds hatten ihre Freunde da. Alle Leute mussten sich gedacht haben, dass halbwüchsige Jungen eine Menge essen, denn es war genug vorhanden, um eine komplette Highschool-Abschlussklasse verpflegen zu können.

Nachdem sie die Speisen abgeliefert hatten, war es die Pflicht der Haristeens und der Tuckers, der Witwe ihr Beileid auszusprechen. Racquel saß im Wohnzimmer am Kamin. Tränen flossen reichlich, aber das war natürlich. So aufgelöst sie auch war, ihre Eitelkeit war vermutlich ihre Rettung. Was trägt eine frisch verwitwete Dame? In Racquels Fall waren es ein Wildlederkostüm, eine schwere goldene Halskette sowie kleine halbkugelförmige Ohrringe, passend zu ihrem Halbkugelring.

Flankiert von ihren Söhnen, die nicht recht wussten, was sie tun sollten, nahm Racquel ausgestreckte Hände und Wangenküsse entgegen. Sie erhob sich, um Harry und Fair und danach Susan und Ned zu begrüßen.

»Bitte bleiben Sie doch sitzen.« Fair drückte sie sanft auf ihren Stuhl.

»Was hat er im Barracks Road gemacht? Was?«

Niemand konnte diese Frage beantworten.

Susan beugte sich hinunter. »Racquel, es tut mir unendlich leid.«

Ned küsste sie auf die Wange, während Harry und Fair den Jungen die Hand reichten und sie umarmten.

Der Kontrast zwischen dem Haus – alles in weihnachtlichem Rot und Gold – und dem emotionalen Schmerz hob noch hervor, wie elend allen zumute war.

Der nächste Schwung Klassenkameraden traf ein. Harry dachte sich, dass auch sie völlig durcheinander sein mussten. Es braucht seine Zeit, um mit solchen Ereignissen umgehen zu lernen, aber es war gut, dass die Jungen ihre Freunde um sich hatten. In späteren Jahren würden sie sich daran erinnern, wer gekommen war, um ihnen Trost zu spenden.

Harry und Susan gingen in die Küche, wo Miranda das Zepter übernommen hatte.

»Schrecklich! Schrecklich!« Miranda schloss Harry, dann Susan in ihre Arme.

»Beängstigend.« Susan machte sich daran, eine große Platte Schinkenscheiben mit Petersilie zu garnieren.

Diese Frauen hatten trauernden Hinterbliebenen schon oftmals Beistand geleistet. Sie arbeiteten Hand in Hand.

Harry hob den überquellenden Müllsack aus dem Abfalleimer, zog das Zugband stramm und trug ihn auf die Veranda, um ihn später in einer Mülltonne zu entsorgen.

Wieder in der Küche, sagte sie: »Erinnern Sie mich daran, den Abfall mitzunehmen, wenn ich gehe.«

»Danke, Harry. Ich hatte mir schon Gedanken deswegen gemacht.« Miranda stapelte geschickt Kekse auf eine Platte. »Das dürften heute mehrere Tonnengänge werden.«

»Hier ist genug zu essen, um eine Armee zu verpflegen.« Harry blickte auf die unglaubliche Fülle an Speisen.

»Das ist Problem Nummer zwei.« Miranda stapelte immer noch mehr Kekse. »Ich weiß nicht, wohin mit dem vielen Essen. Sie wird es brauchen.«

Wie aufs Stichwort läutete es, und der nächste Menschenstrom wurde durch die Haustür gespült. BoomBoom half, die großzügigen Speisenspenden in die Küche zu tragen. Alicia, ebenfalls beladen, folgte ihr.

»Stellen Sie die Sachen auf die Anrichte.« Miranda deutete hin.

Harry ging ihre zwei Fuchsjagdgefährtinnen begrüßen.

»Hier ist genug zu essen, um eine Armee zu verpflegen«, wiederholte BoomBoom unwissentlich Harrys missmutige Feststellung, nachdem sie die zwei auf die Wangen geküsst hatte.

»Morgen und über den Rest der Woche verteilt kommen Leute von außerhalb der Stadt. Dann geht das alles weg«, erklärte Miranda.

Alicia schlug vor: »Können wir nicht alle was mit nach Hause nehmen und morgen wieder herbringen?«

»Könnte gehen. Ich werde das mit Jean abklären.« Miranda sah hoch, als die Küchentür aufging und noch mehr Speisen eintrafen.

Genau in diesem Augenblick schob Jean sich durch die Tür. »Wie geht's denn so, Miranda?«

»Geht schon«, sagte Miranda, dann berichtete sie von dem Vorschlag, die Speisen aufzuteilen.

»Ja, das dürfte das Problem lösen.« Jean wandte sich zum Gehen, als es wieder an der Tür läutete und sie Bills Stimme die nächsten Menschen begrüßen hörte.

»Harry.« Miranda zeigte auf einen überquellenden Müllsack.

»Das ging aber schnell.« Harry trug ihn auf die Veranda. Als sie zurückkam, meinte sie: »Wir brauchen mehr Abfallbehälter.«

Miranda sagte: »Ich schau später bei Wal-Mart rein. Im Moment können wir nichts tun.«

»Hm.« Harry hatte schon den Mund aufgemacht, um noch etwas zu sagen, als eine laute Stimme im Wohnzimmer ihre ganze Aufmerksamkeit fesselte.

»Ist mir egal!«, schrie Racquel.

Harry und Susan liefen ins Zimmer, um zu sehen, ob sie helfen konnten.

Tom, mit fünfzehn Jahren Racquels ältester Sohn, zupfte sie am Ärmel. »Mom, Mom, nicht doch.«

Sie schüttelte ihn ab, dann fuhr sie Bruder Luther wieder an: »Ihretwegen ist er tot! Alle sind Ihretwegen tot.«

Erschrocken trat Bruder Luther einen Schritt zurück. »Ich dachte, Bruder Morris ...«

»Ich war zu erschöpft, um zwei und zwei zusammenzuzählen.« Ihr Gesicht färbte sich so rot wie Weihnachtsgeschenk-papier. »Jetzt kann ich sie zusammenzählen.«

»Vielleicht sollte ich lieber gehen.« Bruder Luther drehte sich um und schickte sich an, das Zimmer zu verlassen. »Alle sind Ihretwegen tot. Wegen des verdammten Klosters! Ich weiß es.«

Reverend Jones, der vor ungefähr fünfzehn Minuten einge-troffen war, beugte sich vor und nahm Racquels Hände. »Las-sen Sie uns ein bisschen hinausgehen.« Herb verstand es stets, Situationen wie diese zu meistern.

Racquel ließ sich hochziehen.

Tom begleitete seine Mutter. Dr. Everett Finch, ein Kollege von Bryson, schloss sich an. Mit ein wenig Überredung gelang es den dreien, sie nach oben zu bringen. Everett verabreichte ihr ein Beruhigungsmittel.

Als die drei Männer zurückkamen, herrschte im Zimmer re-ges Treiben.

Tom gesellte sich zu seinen Freunden. Die Erschütterung hatte sie verstummen lassen, und sie waren so vernünftig, sich ruhig zu verhalten. Bei den Erwachsenen ging es ganz anders zu.

Alicia hörte Biddy Doswell höflich zu, die ihre Erkenntnisse offenbarte. »Phantome. Zuerst dachte ich, dass die Morde von Gnomen begangen wurden – Sie wissen schon, die unter der Erde leben und Maulwurfsfüße und Menschenhände haben.« Alicia gab vor, fasziniert zu sein, weshalb Biddy in einer Tour weiterquasselte. »Nein, es sind Phantome von zor-nigen Toten. Sie rächen sich an den Lebenden unter uns, die jenen Menschen ähneln, die ihnen wehgetan haben. Phan-tome vergessen nie. Manche sind sogar jetzt hier in diesem Zimmer.«

Schließlich konnte Alicia sich loseisen, und Biddy angelte sich ein neues Opfer. Alicia hastete in die Küche, die Tür pen-delte hinter ihr.

»So schlimm?« BoomBoom packte Speisen in Alufolie.

»Biddy.«

»Oh«, tönte es im Chor von Miranda, BoomBoom, Harry und Susan, die in die Küche zurückgekehrt waren.

»Wieder die Gnome?« Harry war wie alle anderen von Biddy abgefangen worden und hatte sich diese Theorie anhören müssen.

»Jetzt sind es Phantome.«

Alicia konnte trotz der betrüblichen Umstände nur mit Mühe ein Lachen unterdrücken.

»Großer Gott.« Susan hob die Hände, dann fragte sie: »Was geht da oben im Kloster vor? Vielleicht sind die Phantome dort.«

»Vielleicht ist einer von den Mönchen der Mörder«, lautete BoomBooms logischer Schluss.

»Kann sein. Bryson könnte es herausgefunden haben.« Harry band den nächsten Müllsack zusammen. »Wir brauchen noch mehr hiervon.«

»Ich hol welche auf dem Heimweg«, erbot sich Alicia.

»Tatsache ist«, die Müllsäcke waren Susan schnuppe, »da oben stimmt was nicht.«

»Die Mönche betreiben wahrscheinlich eine Schwarzbrennerei. Ein lukratives Gewerbe, wenn man sich darauf versteht«, sagte BoomBoom.

»Die zwei Mönche sind doch nicht wegen schwarzgebranntem Schnaps ermordet worden. Schwarzbrenner regeln Querelen auf andere Weise, ein Mord wäre da nicht nötig. Es geht um irgendwas, das wir uns nicht vorstellen können. Was kann diese Wut, diesen Wahnsinn ausgelöst haben?« Harry hasste es, im Dunkeln zu tappen.

»Der Sheriff ist bei ihnen oben gewesen. Meinst du nicht, er hätte gemerkt, wenn da was nicht in Ordnung wäre?«

»Offenbar nicht.« Dann sagte BoomBoom: »Schatz, schreib auf, wer was mitnimmt. Ich trommle die Leute zusammen und gebe allen eine oder mehrere Speisen mit. Sind Sie bereit, Miranda?«

»Bis der nächste Güterzug anrollt.«

»Solange ihr damit beschäftigt seid, lasse ich Tucker mal aus dem Wagen, damit sie ihr Geschäft machen kann.« Harry holte ihren Mantel aus der Diele. Die Katzen waren heute zu Hause geblieben, allerdings nicht freiwillig. Sie ging vorsichtig auf dem vereisten Gehweg und genoss dabei die kalte frische Luft.

Das Eis auf dem Weg war so dick, dass es trotz Streusalz nur stellenweise aufgetaut war.

Just in dem Moment, als Harry für Tucker die Autotür öffnete, kamen Bruder George und Bruder Ed vorgefahren.

Bruder George hatte kaum die Tür aufgemacht, als Tucker ihn angriff. »*Du hast meine Mutter geschlagen!*«

»Tucker! Tucker!«

»*Ich mach dich tot.*«

Bruder George schrie, als die Reißzähne sich durch seine Hose bohrten. Schließlich gelang es Harry, die Corgihündin wegzuzerren und wieder in den Transporter zu scheuchen.

»*Er ist der Mörder! Er hat dich geschlagen und im Schneesturm alleingelassen.*«

Harry lief zu Bruder George, der sein Hosenbein hochgezogen hatte. Blut lief an seinem Bein hinunter.

»Es tut mir so leid. Ich komme natürlich für die Arztrechnungen auf. Ich weiß nicht, was sie dazu gebracht hat. Das hat sie noch nie getan.«

Bruder George wusste genau, warum Tucker ihn angegriffen hatte. »Nicht nötig, nicht nötig. Angesichts all dessen, was geschehen ist, ist dies die geringste Sorge.«

Bruder Ed hatte sich in den Schnee gekniet und untersuchte die Bisswunden. »Nicht weiter schlimm. Lass uns reingehen und die Wunden mit Alkohol auswaschen.«

»Lieber nicht«, riet Harry ihnen unverblümt. »Racquel hat Bruder Luther beschuldigt, er sei für Brysons Tod verantwortlich, das ganze Kloster sei verantwortlich. Sie sollten sich jetzt lieber nicht bei ihr blicken lassen.«

»Wo ist Bruder Luther?« Bruder Ed konnte nicht glauben, was er soeben gehört hatte.

»Er muss vor ungefähr zwanzig Minuten gegangen sein«, antwortete Harry. »Hören Sie, es ist verrückt, aber sie ist verständlicherweise außer sich, und Sie … Sie wären in diesem Augenblick keine Hilfe.«

»Danke.« Bruder Ed bugsierte Bruder George zurück in den alten Volvo, eines von den ramponierten Vehikeln, die sich im Besitz des Ordens befanden.

Bevor Bruder George die Wagentür zumachte, bekräftigte er noch einmal: »Machen Sie sich wegen dem hier keine Sorgen, Harry, wirklich.«

Schwer zu sagen, wessen Erleichterung größer war, als die zwei Mönche abfuhren, die von Bruder George oder die von Harry.

Nach einer weiteren Stunde des Organisierens, Putzens, Beladens von Kofferräumen mit Müllsäcken, damit die Leute sie entsorgen konnten, fuhren Harry und Fair zur Farm zurück.

Sie berichtete ihm von Tucker und Bruder George.

»Das sieht Tucker gar nicht ähnlich. Aus irgendeinem Grund hat sie eine extreme Abneigung gegen Bruder George entwickelt.«

»*Warum hört denn keiner auf mich?*«, winselte der Hund frustriert.

Auf der Farm angekommen, schilderte der Hund den zwei Katzen die Ereignisse. Alle drei Tiere waren sich einig, wachsam zu bleiben.

Endlich im Bett, stieß Fair einen Seufzer der Erleichterung aus. »Emotionsgeladene Vorfälle strengen mich an.«

»Mich auch. Ich weiß nicht, was in Racquel gefahren ist. Na ja, sie trinkt sehr viel. Ich nehme an, sie war ununterbrochen alkoholisiert, seit ihr die Nachricht überbracht wurde. Ich weiß nicht, ob sie es noch kontrollieren kann.«

»Das weiß ich auch nicht, aber auch wenn Racquel nicht eben

zurückhaltend ist, ist sie nicht der Typ, der jemanden vor allen Leuten anbrüllt.«

Harry ließ sich gegen zwei hochgestellte Kopfkissen sinken. »Was kann sonst noch schiefgehen?«

Sie hätte sich eigentlich denken können, dass es müßig war, diese Frage zu stellen.


# 30


Am Samstag, dem 27. Dezember, kündigten sich neue Schneefälle an. Cooper hatte sich für dieses Wochenende freiwillig zur Arbeit gemeldet, damit sie am kommenden Wochenende frei haben konnte, wenn Lorenzo in der Stadt sein würde.

Harry berichtete ihr von dem Vorfall bei Racquel. Da heute sonst nicht viel los war, beschloss Cooper, zum Kloster zu fahren und weitere Fragen zu stellen. Weil sie nicht erwartet wurde, hoffte sie, den einen oder anderen Bruder zu überrumpeln.

Sie klopfte an die große Holzpforte.

Keine Antwort.

Sie klopfte fester. Schließlich ging die Pforte auf.

Bruder Luther bat sie herein. »Werden Sie von Bruder Morris erwartet?«

»Nein.«

»Ich sehe nach, ob er abkömmlich ist.« Bruder Luther schlurfte davon.

Nach einer Wartezeit von zehn Minuten kam Bruder Morris herbeigeeilt.

»Officer Cooper, bitte kommen Sie mit in mein Arbeitszimmer.«

Sie folgte ihm. »Wo sind denn die anderen alle?«

»Bei der Arbeit oder beim Gebet. Da wären wir.« Er zeigte

ihr mit ausgestrecktem Arm, wohin sie sich setzen sollte. »Darf ich Ihnen etwas anbieten?«

»Nein. Ich habe ein paar Fragen. Ich werde Ihre Zeit nicht lange beanspruchen.«

»Ich helfe gern, wenn ich kann. Die Ereignisse sind mehr als schrecklich.« Er nahm ihr gegenüber in einem überdimensionalen Sessel Platz.

»Wissen Sie von Racquels gestrigem Ausbruch?«

»Bruder Luther hat es mir erzählt. Die Ärmste. Ich hatte sie am Morgen aufgesucht, und mir gegenüber hat sie sich nicht feindselig gezeigt.«

»Dr. Deeds hat viele Brüder behandelt, nicht wahr?«

»Er war äußerst großzügig.«

»Hatten Sie mal Gelegenheit, bei solchen Anlässen zugegen zu sein?«

Bruder Morris war von dieser Frage überrascht. »Nein.«

»Haben Sie ihn mal im Hospiz gesehen?«

»Ja. Er hat hin und wieder nach unseren Patienten geschaut.«

»Hat sich mal ein Patient über ihn geärgert?«

»Nein. Ganz im Gegenteil.«

»Haben Sie je munkeln gehört, dass Dr. Deeds einen Fehler gemacht hat? Sagen wir, einen Fehler, der einen Patienten oder eine Patientin das Leben gekostet hat?«

Wieder war Bruder Morris überrascht. »Nein. Ich sage es noch einmal, Deputy Cooper, es war genau umgekehrt. Er war untadelig in seinem Beruf.«

»Haben Sie je gehört oder vermutet, dass er eine Affäre hatte oder früher Affären gehabt hatte?«

Bruder Morris schwieg eine Weile, dann räusperte er sich. »Die Leute reden.«

»Erzählen Sie.«

Er rutschte unbehaglich in seinem Sessel hin und her, bevor er endlich sprach. »Es gab Gerede über ein Verhältnis mit einer hübschen Krankenschwester. Aber diese Art Klatsch hört man ja immer. Ich habe ihn jedenfalls nie einer Unziemlichkeit verdächtigt. Ich habe ihn nicht einmal flirten sehen, und das tut doch fast jeder.«

»Keine Unstimmigkeiten mit Ihren Brüdern?«

»Nein. Zugegeben, der Umgang mit Doktor Deeds war nicht immer angenehm und einfach. Er war es gewohnt, Befehle zu erteilen.« Bruder Morris lächelte. »Ich habe fast immer erwartet, dass er ›sofort!‹ brüllte. Als Arzt war er fürsorglich. Bryson war aufrichtig auf das Wohl seiner Patienten bedacht. Ich mag nicht glauben, dass er ermordet wurde, aber ich mag ja auch nicht glauben, dass Bruder Christopher und Bruder Speed tot sind.«

»Wissen Sie, was ein Obolus ist?«

»Natürlich. Im alten Griechenland wurde er den Verstorbenen unter die Zunge gelegt, damit sie den Fährmann Charon bezahlen konnten, der sie über den Styx brachte. Wieso?«

»Bruder Speed, Bruder Christopher und Doktor Deeds hatten jeder einen Obolus unter der Zunge.«

Bruder Morris erbleichte ein wenig. »Das ist höchst merkwürdig.«

»Racquel meint, all diese Morde weisen hierher.«

Er sah ihr in die Augen. »Das tun sie. Aber warum?«

»Das hoffe ich herauszufinden. Bruder Morris, ich glaube, es gibt keinen Menschen ohne ein Geheimnis. Falls Sie etwas verschwiegen haben, erzählen Sie es mir jetzt bitte. Wenn es sich um etwas Gesetzwidriges handelt, will ich für Sie tun, was ich kann. Angesichts der Umstände bin ich auf jede Hilfe angewiesen, die Sie mir geben können.«

Er stieß einen tiefen Seufzer aus. »Ich hätte es Ihnen längst gesagt, wenn es da etwas gäbe. Was nicht heißt, dass ein Bruder nicht etwas verbirgt, aber mir ist nichts bekannt. Als Einziges fällt mir ein, dass Racquel Bryson gegenüber sehr misstrauisch war. Das ist kein Geheimnis, aber vielleicht hat sie Dämonen gesehen, wo keine waren.«

»Vielleicht, aber bestimmt ist jetzt ein Dämon da draußen.«

# 31

Im Verlauf seines Berufslebens hatte Bryson Deeds Patienten aus dem ganzen Land behandelt. Da diese nun hergeflogen kamen, um ihr Beileid zu bekunden, war das Haus nie leer, und das war gut so, weil es Racquel Ablenkung verschaffte. Mirandas Idee wegen des Essens erwies sich als ausgezeichnet.

Nach dem Sonntagsgottesdienst in der St.-Lukas-Kirche brachten Harry und Fair die Speisen, die sie über Nacht bei sich aufbewahrt hatten, zu den Deeds.

Racquel wirkte beherrschter. Die Haristeens gingen bald wieder, nachdem sie sich vergewissert hatten, dass Miranda nichts brauchte.

Beide stießen einen Seufzer der Erleichterung aus, als sie zu Hause durch die Tür traten.

»Nach dem Begräbnis wird es schlimmer.« Fair band seine Seidenkrawatte auf. »Die Leute kehren nach Hause zurück, die engen Freunde kommen zu Besuch, aber mit der Zeit kehren sie zu ihrem Alltagstrott zurück. Dann erst fängt man an, es richtig zu begreifen.«

»Das ist wahr.« Harry zog ihr Unterhemd aus. »Ich mach die Stallarbeit. Ich weiß, dass du Rechnungen verschicken musst.«

»Das hat Zeit.«

Sie zog ihre langen warmen Socken und ein langärmeliges Thermo-Unterhemd an. »Racquel ist seit Monaten unglücklich gewesen, vielleicht noch länger. Damals hab ich es nicht erkannt. Jetzt sehe ich es.«

»In Gesellschaft hat man ihr nichts angemerkt.«

»Den meisten von uns gelingt es, sich in Gesellschaft zusammenzureißen. Im Nachhinein erkenne ich aber, dass sie zunehmend unglücklicher wurde, da hat sie dann vermutlich zu oft zur Flasche gegriffen. Sie hat viel über Bryson geklagt. Ich nehme an, jetzt hat sie deswegen ein schlechtes Gewissen, da sie es nun nicht wiedergutmachen kann.« Sie zuckte die Achseln. »Nach der vergangenen Woche bin ich wirklich dankbar, dass es mir so gutgeht.«

»Ich auch.« Er gab ihr einen Kuss. »Guck mal, es schneit wieder.«

Sie sah aus dem Fenster. »Tatsächlich.«

»Komm, wir machen die Stallarbeit, danach brate ich ein Steak auf dem Grill.«

Der Grill stand auf dem Rasen hinterm Haus.

»Fair, es ist kälter als 'ne Hexentitte.«

Er lachte. »Schon, aber der Grill funktioniert immer. Du machst einen Salat, und danach können wir uns den Film anschauen, den ich ausgeliehen habe.«

»Du hast mir gar nicht erzählt, dass du einen Film ausgeliehen hast.«

»Hin und wieder ist es schön, dich zu überraschen.«

»Was ist es für einer?«

»Es geht um die Zusammenarbeit von Gilbert und Sullivan. Weil du ihre Werke so magst, vor allem *Mikado*, dachte ich, es könnte sich lohnen, ihn anzuschauen. Alicia kennt ihn, und sie sagt, es ist einer der besten Filme über Kreativität, die sie je gesehen hat.«

»Klingt spannend. Wie heißt er?«

»*Topsy-Turvy* – drunter und drüber.«

Dieser Ausdruck traf auch auf das Drama zu, das sich hier in Crozet anbahnte.

## 32

Am Montag, dem 29. Dezember, unterhielt man sich weiterhin über das Wetter und über den Mord an Doktor Bryson Deeds. Das Wetter blieb Hauptthema, zumal Apfelhaine, Heuwiesen, Nutzholz, Mais und Sojabohnen den Menschen gutes Geld eintrugen.

Rick und Cooper fuhren mit einer Vorladung in Händen den Berg hinauf. Auf Coopers Drängen hatte Rick einen jungen Beamten zu Harrys Bewachung abgestellt, so dass Fair wieder seiner Arbeit nachgehen konnte.

»Coop, Sie haben es mal wieder hingekriegt, mich in die richtige Richtung zu schubsen.«

»Solange ich Sie nicht vor ein Auto schubse.«

»Als Sie mich nach Ihrem Besuch bei Bruder Morris anriefen, habe ich zunächst nicht viel davon gehalten. Dann ist mir diese wohltätige Einrichtung für sterbende Kinder eingefallen, erinnern Sie sich?«

»Ja, das war neunzehnhundertvierundneunzig. Die Dame aus Connecticut, die das Reitprogramm für sterbende Kinder entwickelt hat. Unglaublich raffiniert.«

»Sie treibt Geld für lammfromme Pferde auf, ein Bauunternehmer baut einen Reitplatz, einen zweiten Stall, die Leute sehen Fotos von kleinen Kindern, die sich an Pferden festklammern, und das Geld strömt nur so. Man muss nichts weiter tun als ein Bild von einem Kind zeigen, und die Leute fallen sofort drauf rein.« Er seufzte. »Da dachte ich mir, was machen die Brüder in Liebe eigentlich? Sitzen, beten, die Sterbenden in den Armen halten. Sicher, ein sterbender Erwachsener hat nicht so eine herzzerreißende Wirkung wie ein sechsjähriges Kind, dessen Lebenslicht am Verlöschen ist, dennoch spenden Angehörige aus Dankbarkeit für die Dienste der Brüder gerne mal einen größeren Betrag, und ich wette um einen Tank Benzin …«

Sie unterbrach ihn: »So viel?«

Er verzog das Gesicht. »So viel. Um einen Tank Benzin, dass sehr viele dankbare Angehörige die Klosterkasse gefüllt haben. Sogar die Bezeichnung ›Brüder in Liebe‹ könnte eine Finte sein.«

»Hatte die Frau, Kendra Soundso, am Ende nicht fast drei

Millionen Dollar eingesackt?« Cooper konnte sich nicht vorstellen, dass jemand eine so hohe Summe ganz für sich hatte.

»Aalglatt. Aber sie war nicht so schlau, wie sie dachte. Man hat sie siebenundneunzig in Belize geschnappt. Bis dahin hatte sie sich allerdings ein schönes Leben gemacht.«

»Wenn ich eine Gaunerin sein wollte, würde ich auch auf der Wohltätigkeitswelle reiten. Das ist die leichteste Art zu stehlen. Zum einen gelten für nicht gewinnorientierte Wohlfahrtsorganisationen andere Abrechnungsmodalitäten. Zum anderen haben die Menschen den Wunsch zu helfen, deshalb appelliert man an ihre höheren Instinkte und erleichtert ihren Geldbeutel. Das übertrifft bewaffneten Raubüberfall.«

»Es sei denn, man überfällt eine Bank oder einen Geldtransporter. Zugegeben, das hat was Glamouröses, solange dabei niemand getötet wird. Es erfordert Grips, Planung, Mumm und eiskalte Nerven. Wenn ich an die unzähligen Delinquenten denke, mit denen ich während meiner Laufbahn gesprochen habe, rufen die meisten bei mir Abscheu oder Wut hervor. Aber den anderen Jungs zolle ich heimlich Anerkennung.«

»Ja, das kann ich verstehen.« Sie setzte sich aufrechter. »So, da wären wir. Möchten Sie, dass ich meinen Mantel überziehe und die Waffe verborgen halte, oder soll ich unverdeckt reingehen?«, fragte sie grinsend.

»Gehen Sie mit unverdeckter Waffe rein. Nur zur Sicherheit.« Er stellte den Motor ab, und beide sprangen aus dem Wagen.

Polizisten surfen auf Adrenalinwellen. Die Bereitschaft, sich Gewalt und Gefahr für Leib und Leben auszusetzen, ist Teil ihrer Persönlichkeit, aber auch Teil des Hochgefühls.

Rick klopfte an die Pforte. Klopfte noch einmal.

Schließlich wurde geöffnet, und Bruder Luther stand vor ihnen. Er hatte getrocknetes Blut an einer Kopfseite, und er bekam ein blaues Auge.

»Bruder Luther, was ist passiert?« Rick trat schnell ein, Cooper desgleichen.

»Bruder Morris und drei andere Brüder sind verschwunden. Bruder Sheldon, Bruder Howard und Bruder Ed haben alle zusammengetrommelt, die noch da sind.«

»Warum haben Sie mich nicht angerufen?«

»Weil ich niedergeschlagen wurde und die anderen in ihren Zellen eingeschlossen waren. Schließlich habe ich die Schlüssel gefunden.«

»Wo sind die Brüder?«

»In der Küche.« Bruder Luther führte sie unaufgefordert zu ihnen.

Erschütterte Mienen wandten sich dem Sheriff und seiner Stellvertreterin zu.

Bruder Sheldon jammerte: »Wir sind ruiniert!«

»Würdest du gütigst den Mund halten.« Bruder Ed war mit den Nerven am Ende, da hatte ihm übertriebene Theatralik gerade noch gefehlt.

»Lass ihn, Bruder Ed«, sagte Bruder Howard, der in sich zusammengesackt war. »Sheriff, wir wollten Sie ja anrufen, aber vorher wollten wir herausfinden, was geschehen war.«

Die anderen Brüder nickten dazu.

Cooper schlug ihr Notizbuch auf.

Rick begann: »Wann haben Sie gemerkt, dass Sie eingesperrt waren?«

»Heute Morgen. Ich bin zum Frühgebet aufgestanden und bekam die Tür nicht auf«, berichtete Bruder Howard, der aufgrund seiner starken Persönlichkeit das Kommando übernommen hatte.

»Sie haben es mitten in der Nacht getan«, stieß Bruder Ed wütend hervor.

»Bruder Luther, wie sind Sie zu dem Veilchen gekommen?«

»Wie bitte?« Bruder Luther hatte Kopfschmerzen.

»Pardon: Veilchen, blaues Auge«, erklärte Rick.

»Ich konnte nicht schlafen. Darum bin ich gegen Mitternacht aufgestanden und in mein Arbeitszimmer gegangen. Ich habe die Bücher noch einmal überprüft. Sie waren in Ordnung, aber ich wollte sichergehen. Ich hatte in letzter Zeit ein mulmiges Gefühl wegen des Geldes, und ich habe gelernt, meinem Instinkt zu trauen. Es klopfte an der Tür. Ich machte auf. Bruder Morris stand vor mir, und dann weiß ich nichts mehr.«

»Hat er die Bücher mitgenommen?« Rick wirkte entspannt, aber er war sich sicher, auf der richtigen Spur zu sein, und ganz begierig, seine Beute in die Enge zu treiben.

»Nein. Er hat sie dagelassen.«

»Bruder Luther, glauben Sie, er hat Spenden unterschlagen?« Rick verschränkte die Hände.

»Es ist noch schlimmer.« Bruder Luthers Stimme zitterte.

Wie aufs Stichwort jammerte Bruder Sheldon, und Tränen strömten über seine Wangen: »Ich habe es nicht gewusst. Ich schwöre, ich habe nichts gewusst.«

»Sei still!« Bruder Ed packte Bruder Sheldons Arm und hielt ihn eisern fest. »Keiner von uns hat es gewusst. Himmel, was denken Sie wohl, weshalb wir hier zurückgelassen wurden?«

»Wie es aussieht, hat er Ihnen Mittel dagelassen, damit Sie Ihre Arbeit fortsetzen und hier leben können«, warf Cooper ein.

»Wir können so gerade über die Runden kommen«, erwiderte Bruder Luther missmutig.

»Ich dachte, Ihr Orden hat große Spendenbeträge erhalten«, sagte Rick.

»Ja, und da habe ich Verdacht geschöpft«, sagte Bruder Luther. »Die Schecks gingen direkt an Bruder Morris oder Bruder George. Ich habe sie nie zu sehen bekommen. Bruder Morris sagte immer, er werde sie sofort in Wertpapieren anlegen. Was war ich nur für ein Dummkopf.«

»Du hast es nicht wissen können«, tröstete ihn Bruder Ed.

»Ich führe die Bücher. Ich hätte verlangen sollen, die Wertpapierunterlagen einzusehen. Das habe ich versäumt.«

»Wenn du es getan hättest, wärst du jetzt vielleicht tot.« Bruder Sheldons Stimme war tränenerstickt.

Bruder Ed warf ihm einen ernsten Blick zu. »Damit könntest du recht haben, Bruder Sheldon.«

Ruhig und besonnen fragte Rick: »Wissen Sie, wo das Geld ist?«

»Bei Bruder Morris und Konsorten, nehme ich an.« Bruder Luther ließ den Kopf in die Hände sinken. »Ich glaube, es handelt sich um sehr viel Geld.«

Rick sah Cooper mit einem Anflug von Triumph an, der gleich darauf in Fassungslosigkeit umschlug. »Die Leute haben also aus Dankbarkeit für Ihre Dienste große Beträge an Bruder Morris gespendet.«

»Nein, so dumm ist Bruder Morris nicht. Er muss bei einer Bank oder Maklerfirma ein Konto gehabt haben mit einer ähnlichen Bezeichnung wie unseres hier.« Bruder Luther war auf seine Art äußerst findig.

»Wie meinen Sie das?« Rick löste die verschränkten Hände.

»Weil ich das Konto nie gesehen habe, kann ich Ihnen keine exakte Bezeichnung nennen, aber eine einfache wäre gewesen, die Schecks auf BIL auszustellen statt auf Brüder in Liebe.« Bruder Luther versuchte die Sache zu ergründen, indem er seine Gedanken auf verdeckte Kontoführung konzentrierte.

»Ein ziemlich einfacher Trick.« Rick sah einem Bruder nach dem anderen in die Augen.

»Nein. Viel schlauer.« Bruder Luther nickte Bruder Howard zu, der das Wort ergriff.

»Zu meinen Aufgaben für den Orden gehörte der Kontakt zu den Leuten draußen. Man könnte sagen, ich bin unser Experte für Öffentlichkeitsarbeit. Ich machte Termine für Bruder Morris, ich suchte die Leute auf. Bruder George tat das auch, und im Laufe der vergangenen zwei Jahre bemerkte ich … ich will mal sagen, dass es für mich zunächst nicht auf der Hand lag, weil mein Denken nicht in diesen Bahnen läuft.«

Rick war drauf und dran hervorzustoßen, »in welchen Bahnen denn?«, aber er wartete geduldig.

»Ich schwöre, ich habe nichts gewusst«, winselte Bruder Sheldon wieder.

»Ich habe die Leute der Mittelschicht aufgesucht. Bruder Morris und Bruder George sprachen bei den Reicheren vor.«

»Ich verstehe die Bedeutung nicht ganz«, erklärte Rick aufrichtig.

»Dickere Schecks offensichtlich, aber ich glaube auch, dass Bruder Morris und Bruder George Leute mit Achillesferse ausfindig gemacht haben.« Er hielt inne. »Ich vermute, sie haben gedroht, sie bloßzustellen.«

Cooper lächelte matt. »Lukrativ.«

Rick setzte seine Befragung fort: »Welche Art Achillesferse?«

Bruder Luther antwortete: »Glücksspiel. Affären. Anrüchige Geschäfte. Und bei einigen Affären handelte es sich um solche von verheirateten Männern mit Männern.«

»Woher wissen Sie das?«, drängte Rick.

Bruder Sheldon, wieder mit verschleiertem Blick und dazu noch schuldbewusster Miene, bekannte: »Bruder Christopher hat es mir erzählt.«

»Bruder Sheldon, Sie haben Beweise zurückgehalten.« Ricks Ton klang streng.

»Wie hätte ich das offenbaren können?«

»Was hatte Bruder Christopher damit zu tun?«

»Er hatte Geldschulden«, sagte Bruder Sheldon.

»Bei wem?«

»Alex Corbett.« Bruder Sheldons Kinn zitterte wieder.

»Fang jetzt bloß nicht an zu flennen, Bruder Sheldon.« Bruder Howard deutete mit dem Finger auf ihn.

»Ach, sei still«, sagte Bruder Sheldon zu aller Überraschung, dann wandte er sich an Rick: »Alex betreibt ein kleines Wettbüro: Football, Pferde, große Sportereignisse. Bruder Christopher konnte der Idee nicht widerstehen, Geld zu gewinnen.«

»Und?« Rick hob die Schultern.

»Er hat nicht gewonnen.« Bruder Sheldon sprach aus, was er für offensichtlich hielt: »Er musste es irgendwie zurückzahlen.«

»Wie hat er das gemacht?« Ricks Tonfall blieb gelassen.

»Sex gegen Geld.« Bruder Sheldon schlug die Augen nieder. »Es war unrecht, aber es lag mir fern, einen Freund zu verraten.«

»Mit Frauen?« Rick musste Bruder Sheldons wenn auch etwas unangebrachte Loyalität bewundern.

»Mit einem Mann.«

»Lassen Sie mich das klarstellen: Christopher Hewitt hat einem Mann seinen Körper verkauft?«

»Er tat es nicht gern, aber es gab gutes Geld. Der Mann war bis über beide Ohren verliebt.« Bruder Sheldon wollte sichergehen, dass niemand Bruder Christopher für schwul hielt. »Bruder Christopher war schwach, wenn es um Geld ging.«

»Wer war sein Partner?«

»Das weiß ich nicht genau.«

»Eine Vermutung?« Rick ließ nicht locker.

»Bill Keelo oder Bryson Deeds.«

Ricks Augenbrauen zuckten in die Höhe. »Was bringt Sie darauf?«

»Sie waren die Männer, mit denen ich ihn gesehen habe, und dann haben sie unseren Orden ja immer mehr unterstützt.«

Bruder Howard warf ein: »Meinst du, Bruder Morris ist dahintergekommen?«

»Natürlich«, antwortete Bruder Sheldon.

»Erpressung.« Bruder Luther erschauerte. »Hab ich's doch gewusst!«

»Warum haben Sie es nicht gemeldet?« Rick bezwang seinen Ärger.

»Ich war mir nicht sicher.«

Cooper fragte: »War Bruder Speed auch verschuldet?«

Bruder Sheldon nickte. »Er hat auf Pferde gewettet.« Er seufzte tief. »Geld. Geld ist die Wurzel allen Übels.«

»Dann wollten sie nur ihre Schulden zurückzahlen?«, fragte Rick.

»Ja. Sie haben geschworen, mit dem Spielen aufzuhören.« Bruder Sheldon hatte ihnen geglaubt.

»Und Bruder Speed ... äh, hat auch einen Mann bedient.« Rick sagte das eher als Feststellung denn als Frage. Dabei sah er zu, wie Coopers Stift über den Notizblock jagte.

»Das Geld haben die Männer, Sheriff. Ich glaube nicht, dass Frauen bereit sind, viel für Sex zu bezahlen«, warf Bruder Howard dazwischen.

»Scheint so.« Rick war überrascht, denn das hatte er nicht kommen sehen. »Speeds Kunde?«

»Bryson oder Bill«, antwortete Bruder Sheldon.

»Und Bill und Bryson wussten voneinander.« Rick konzentrierte sich auf Sheldon.

»Sie haben sich zusammen mit den Brüdern getroffen. In der Christbaumschule oder im Hospiz. Sie hatten gute Gründe, um dort zu sein. Sie erregten keinerlei Verdacht.«

Bruder Luther gestattete sich eine bissige Bemerkung: »Bill Keelo hat sich zu decken versucht, indem er sich offen homophob zeigte. Arsch.«

Empört über die Ausdrucksweise, schalt Bruder Sheldon: »Reiß dich zusammen.«

»Zwei Männer sind tot, und du regst dich auf, weil ich ›Arsch‹ gesagt habe?«, schnaubte Bruder Luther.

»Die Frage ist also, wer erpresst wurde und wer gemordet hat.« Rick rieb sich das Kinn.

»So viel kann ich Ihnen sagen, Bruder Christopher hat niemanden erpresst.« Bruder Sheldon wurde wieder weinerlich. »Er war um Besserung bemüht. Hat sich ja auch gebessert. Aber leichtes Geld hat ihn korrumpiert. Das Fleisch ist schwach.«

»Offensichtlich«, bemerkte Cooper in sachlichem Ton.

»Erpressung.« Kopfschüttelnd sprach Bruder Luther das abstoßende Wort noch einmal aus.

»Ich weiß nicht, ob der Orden sich hiervon erholen kann«, sagte Bruder Howard bekümmert.

Bruder Luther erwiderte: »Die Menschen werden stets Beistand für die Sterbenden benötigen.«

Auf der Fahrt bergab tätigte Rick unverzüglich einen Anruf, um die Fahndung nach Bruder Morris und seinen Konsorten zu veranlassen. So gerissen der Opernsänger auch sein mochte, diese Körpermassen zu verstecken, könnte sich als schwierig erweisen.

»Meinen Sie, wir kriegen ihn?«

»Schon, aber ich weiß nicht, wann.« Rick stellte fest, dass das Wasser, das über die Felsen am Berghang lief, zu blauem Eis gefroren war. »Ich hoffe, wir kriegen ihn, damit er uns sagt, wen sie erpresst haben. Und wohlgemerkt, Coop, das klärt noch nicht die Morde auf.«

Dann telefonierte Rick, um Bill Keelo und Alex Corbett zum Verhör abholen zu lassen.

»Sie könnten bei Racquel sein«, vermutete Cooper.

»Dann schauen wir dort vorbei.«

## 33

Nach wie vor strömten die Leute zu den Deeds, und mit jedem neuen Besucherschwung wurden Speisen verzehrt. Racquel schien ausgeglichener zu sein, weniger zu Ausbrüchen zu neigen, zumindest vorerst. Die Menschen hatten Verständnis dafür, dass ein plötzlicher Tod die nahen Angehörigen schon mal die Nerven verlieren lässt. Alle sahen es ihr nach.

Rick beauftragte die von ihm herbeigerufenen Polizisten, an beiden Enden der Straße eine Barriere zu errichten. Er schickte auch einige Beamte zu Fuß auf die Rückseite des Hauses für den Fall, dass Bill oder Alex türmen wollte.

Er parkte den Streifenwagen neben einem anderen Auto unmittelbar vor dem Haus. Cooper bekam keine Verbindung zum Telefon der Deeds oder zu Harrys Handy, aber sie hatte recht mit ihrer Annahme, dass Bill und Alex dort waren.

»Sehen wir zu, dass wir es in Ruhe hinter uns bringen.«

Coop, die sowohl Harrys Transporter als auch die Autos von Freunden sah, hoffte aufrichtig, dass dies gelingen möge.

Sie klopften an die Tür, und Jean Keelo öffnete. Sie war zunächst nicht überrascht, sie zu sehen, da sie annahm, sie wollten einen Beileidsbesuch abstatten.

Das änderte sich, als Rick flüsterte: »Meinen Sie, Sie können Ihren Mann und Alex Corbett dazu bewegen, unauffällig an die Haustür zu kommen?«

Zu spät, denn als Biddy Doswell, die vor keinen Gefühlsaufwallungen zurückscheute, Rick in der Diele erblickte, quiekte sie: »Sheriff Shaw, wie lieb von Ihnen, dass Sie gekommen sind.«

Harry, die mit Mrs. Murphy, Pewter und Tucker in der Küche war, hörte Biddy kreischen.

»Zimtzicke«, seufzte Harry.

Cooper sah Bill im Speisezimmer und bahnte sich einen Weg durch die vielen Menschen. Sie flüsterte ihm zu: »Kommen Sie mit.«

»Warum?« Ein Anflug von Feindseligkeit lag in seiner Stimme.

»Es ist besser so. Ich bin mir sicher, dass Sie uns die Informationen geben können, die wir brauchen. Wenn Sie sich weigern, verhafte ich Sie. Wie würde das wohl aussehen?«

Bill erbleichte. »Ich habe ein Recht zu erfahren, worum es geht.«

»Um die Morde.«

»Ich habe nichts damit zu tun.« Jetzt war er richtig feindselig.

»Sie haben mit Christopher Hewitt geschlafen und vielleicht auch mit Bruder Speed.«

Sein Gesicht fiel zusammen. Er flüsterte: »Ich komme mit.«

»Wissen Sie, wo Alex ist?«

»Bei Racquel.«

Er folgte Cooper in die Diele, wo sie die Tür öffnete. Bill sah zu seiner Überraschung einen Polizeibeamten draußen stehen.

»Abführen.« Cooper trat wieder ins Haus.

Die Ohren gespitzt, richtete Racquel den Blick gen Himmel, als Rick und Cooper ins Zimmer traten. Wie alle übrigen nahm sie an, dass es sich um einen Anstandsbesuch handelte.

Harry war aus der Küche zu den anderen ins Wohnzimmer gekommen. Als sie Coopers Gesichtsausdruck bemerkte, wusste sie, dass dies kein Anstandsbesuch war.

Cooper trat zu Alex, der hinter Racquel stand. Als sie ihm etwas zuflüsterte, spiegelte sich Angst in seinem Gesicht.

*»Da ist was im Busch«*, sagte Mrs. Murphy. Ihre zwei Freundinnen spürten es auch.

Rick beugte sich vor. »Mrs. Deeds, können wir Ihre Zeit einen Moment beanspruchen?«

»Jetzt?« In ihrem Gesicht zeigte sich Misstrauen, während sie sich zugleich um einen Blick bemühte, der einer Witwe würdig war.

»Wir haben ein paar dringende Fragen. Es tut mir sehr leid, aber wir müssen Sie unbedingt allein sprechen.« Ricks Stimme blieb leise.

Racquel fuhr hoch und stieß ihn weg. Zu seiner äußersten Verlegenheit – denn mit dieser Möglichkeit hatte er nicht gerechnet – riss sie seinen Revolver aus dem Halfter und packte Harry, die sich neben sie gestellt hatte.

Sie hielt die Waffe mit der rechten Hand an Harrys Kopf, legte den linken Arm um Harrys Kehle und sagte, durchaus nicht unfreundlich: »Harry, ich hab dich wirklich gern, aber du bist jetzt mein Schutzschild. Sei nicht dumm. Ich möchte dich nicht erschießen, aber ich werde es tun.«

Harry, die nicht sprechen konnte, weil Racquel den linken Arm fest an ihre Kehle gepresst hielt, ging rückwärts mit Racquel mit.

»Mrs. Deeds, machen Sie die Lage nicht noch schlimmer, als sie ist. Lassen Sie sie los«, befahl Rick.

»Nein.« Racquel ging weiter rückwärts und sah dabei über die Schulter. Ihren Gästen rief sie zu: »Unternehmt nichts. Ich will nichts weiter als raus und weg. Haltet Abstand, dann geschieht keinem was.« Sie sah ihre zwei Söhne an. »Jungs, ich kann's euch später erklären. Bleibt, wo ihr seid. Ich will euch hier nicht mit reinziehen.«

Sie zuckten nicht mal zusammen.

»Wir könnten Racquel jagen«, schlug Pewter vor.

»Dazu braucht es einen günstigeren Ort mit weniger Leuten.« Mrs. Murphy zog die Umstände in Betracht.

»Ich kann hinter sie treten und sie zu Fall bringen«, erbot sich Tucker. »Dann könnt ihr zwei ihr das Gesicht zerfleischen, und ich mach Hackfleisch aus ihren Beinen.«

»Unsere größte Chance ist die Hintertür, wenn sie hinter sich danach greifen muss. Wenn sie sich umdreht, ist Harry vor ihr. Das kann Racquel nicht riskieren. Sie muss die Tür aufmachen und trotzdem das Gesicht zu den Leuten drehen«, sagte Mrs. Murphy.

Ohne weitere Absprache liefen die drei Tiere leise zur Hintertür.

Während Racquel vorsichtig weiter rückwärts ging, sagte sie in normalem Gesprächston zu Harry: »Ich weiß nicht, wie du dich mit Fair arrangieren konntest. Einerseits bewundere ich dich dafür. Andererseits finde ich es naiv von dir. Draufgänger bleibt Draufgänger. Aber lass mich dir sagen, damit wenigstens ein Mensch weiß, warum ich es getan habe: Bryson war verabscheuenswert. Absolut verabscheuenswert.«

Sie gelangten zur Hintertür, und bevor Racquel nach dem Türknauf fasste, lockerte sie den Griff um Harrys Kehle ein wenig. In der Hoffnung, sie abzulenken und aufzuhalten, krächzte Harry: »Du hast die drei umgebracht, nicht?«

»Ja. Aber bei Christopher hab ich einen Fehler gemacht. Zu spät jetzt.« Ihr Tonfall war beinahe munter. Ihr Absatz traf Tucker, die sich hingelegt hatte. Die Corgihündin stand auf und biss sie in die Wade.

Racquel taumelte rückwärts, und da sprang Mrs. Murphy ihr ins Gesicht, schlitzte ihr die Haut mit einem Hieb auf, während Pewter zwei scharfe Reißzähne in das Fleisch zwischen Racquels Daumen und Zeigefinger grub.

In der Hand, die nach unten gerissen worden war, hielt Racquel noch die Waffe. Sie drückte ohne zu zielen auf den Abzug und schoss ein Loch in den Fußboden.

Harry wand sich frei. Die Katzen attackierten jetzt beide Racquels Gesicht, und Tucker, die den kräftigsten Kiefer hatte, biss so fest in Racquels Schusshand, dass sie eine Sehne und etliche Muskeln durchtrennte. Racquel musste die Waffe fallen lassen. Die kräftige kleine Corgihündin packte sie triumphierend und brachte sie Harry. Harry richtete sie geschwind auf Racquel, die noch immer versuchte, die Katzen mit Schlägen abzuwehren.

»Mrs. Murphy, Pewter, lasst sie los«, befahl Harry.

»*Pah!*«, sträubte sich Pewter, die im Blutrausch war.

Mrs. Murphy riss ihre Krallen heraus. Pewter, wohl wissend, dass sie es auch tun musste, gehorchte, wobei sie mit Befriedigung feststellte, dass kleine Fleischfetzen daran hängen geblieben waren.

Rick nahm seine Waffe wieder an sich.

Harry schwieg wohlweislich.

Cooper hatte Racquel auf die Füße gezogen. Aus dem gepflegten Gesicht der Frau floss Blut auf sie und den Fußboden, und ihre rechte Hand zitterte vor Schmerzen.

»Leute, wenn Sheriff Shaw Racquel in den Streifenwagen verfrachtet hat, gehen Sie am besten alle nach Hause oder in Ihr Hotel.« Alicia, die aus der Küche gekommen war, übernahm das Kommando.

Coop rief Harry zu: »Geh nach Hause. Ich komm später nach.«

Harry kniete sich hin, um sich bei ihren tierischen Freundinnen zu bedanken, dann stand sie auf, um Coopers Anweisungen zu befolgen.

Jean unterstützte Alicias Bitte. »Leute, wir alle wissen nicht, was los ist. Bitte gehen Sie. Ich rufe an, wenn ich etwas erfahre.« Sie wandte sich an Alicia: »Ich bleibe bei den Jungen, bis ihre Großeltern hier sind. Sie haben gesagt, sie kommen gegen fünf.«

Kaum waren sie aus der Tür, als Pewter sich aufplusterte. *»Sie hatte keine Chance.«*

*»Sehr richtig, Rocky.«* Mrs. Murphy lächelte.

## 34

Nachdem seine Frau angerufen hatte, eilte Fair nach Hause, froh, dass sich kein plötzlicher Pferdenotfall ergeben hatte, und stürmte durch die Tür. »Schatz! Schatz, wo bist du?«

»Im Wohnzimmer.«

Er ging hinein und sah Harry auf der Couch ausgestreckt, zwei Katzen auf der Brust und eine Corgidame zu Füßen. »Bleib liegen. Erzähl.«

»Gleich. Kannst du mir was zu trinken bringen? Ich bin ein bisschen zittrig. Ich hab keinen Kratzer an mir bis auf den am Kopf, aber der gilt nicht.«

»Ich bring dir heißen Tee mit Zitrone und einem kleinen extra Spritzer.«

Harry trank selten Alkohol, aber heute hielt Fair einen Schuss guten Whiskey durchaus für angebracht. Während er Wasser aufsetzte, kam Cooper vorgefahren.

Sie trat ins Haus, schloss die Tür und lehnte sich dagegen. »Harry, du warst super!«

»Was zu trinken?« Fair war begierig zu erfahren, was passiert war.

»Bier. Ich möchte ein großes kaltes Bier.«

Er holte ihr ein St. Pauli Girl aus dem Kühlschrank, ihre Lieblingssorte.

Kurz darauf saßen alle im Wohnzimmer. Harry hatte sich aufgesetzt und die Füße auf den Couchtisch gelegt.

Cooper berichtete ihnen zunächst von dem Besuch im Kloster und von den ratlosen verlassenen Brüdern, die bis auf Bruder Luther, der niedergeschlagen wurde, in ihren Zellen eingeschlossen gewesen waren. »Die Polizei von North Carolina hat die Übeltäter geschnappt, als sie zur Küste wollten. Bruder Morris hatte gewollt, dass sie sich trennten, aber keiner vertraute ihm, dass er ihnen das Geld geben würde, sobald sie in Sicherheit wären. Ein Krach unter Dieben.« Sie lächelte matt und trank einen Schluck. »Bruder Luther und Bruder Howard hatten recht: Bruder Morris hatte ein extra Konto; er hat nachweislich Männer erpresst. Aber er ist kein Mörder.«

»Guter Gott«, rief Fair aus.

»Wie passt Racquel da rein?« Harry platzte schier vor Neugierde.

»Bryson hatte Affären im Krankenhaus gehabt. Im Laufe der Jahre kam sie hinter die, die er mit Frauen hatte. Doch mit fortschreitender Zeit konnte er seine wahre Natur nicht mehr unterdrücken. Racquel hat es gespürt. Während der letzten anderthalb Jahre ließen seine ständigen Besuche im Kloster aus ›medizinischen Gründen‹ bei ihr die Alarmglocken schrillen. Sie fing an herumzuschnüffeln. Er hielt sich wahrhaftig für schlauer als alle anderen und traf keine großen Vorsichtsmaßnahmen. Er dachte, niemand würde auch nur im Traum darauf verfallen, dass er sich in Speed verliebt hatte. Racquel fand Präservative, gelegentlich ein mysteriöses Briefchen in einer Handschrift, die auf einen Mann hindeutete. Bryson hat zwei verhängnisvolle Fehler begangen: Er hat seine Frau unterschätzt, und er hat sich in Speed verliebt. Sagt Racquel jedenfalls. Anfangs dachte Racquel, er hätte sich in Christopher verliebt.« Cooper holte Atem. »Sie war so gedemütigt, weil ihr Ehemann mit einem Mann schlief, dass sie durchgedreht ist. Sie hat ihn zur Rede gestellt. Er hat es abgestritten.«

»Hat sie die Männer irgendwie überwältigt?«, fragte Fair.

»Nein. Racquel ist sehr attraktiv. Sie hat sich ihnen angeboten. Ihr müsst bedenken, dass beide Männer Frauen mögen – vielmehr mochten. Sie musste sich nur hinter sie schleichen und ihnen die Kehle aufschlitzen, ehe sie wussten, wie ihnen geschah. Keiner von ihnen wähnte sich auch nur im Traum in Gefahr.«

»Hat die Ermordung der Mönche Bryson denn nicht verstört? Wenn er Speed geliebt hat, muss er doch verzweifelt gewesen sein«, sagte Fair.

»Er hat es zu verbergen versucht, aber er war wirklich am Boden zerstört. Sein unterdrückter Kummer hat Racquel nur noch wütender gemacht«, sagte Cooper.

»Und Bryson hat seine Frau nicht verdächtigt?« Harry fragte sich, wie Bryson so kurzsichtig sein konnte.

»Er ist nervös geworden, hat aber Racquel nicht für die Mörderin gehalten. Er dachte, er hätte sie an der Kandare. Neben seiner angeborenen Arroganz benahm er sich Frauen gegenüber ziemlich selbstgefällig. Er hielt Männer für überlegen, das sagt Racquel zumindest. Er hat sie nicht schlecht behandelt, doch sie fühlte sich schrecklich gedemütigt, und ihr Wunsch nach Rache siegte sogar über ihre Mutterliebe zu den Jungen. Sie hatte allerdings nicht damit gerechnet, erwischt zu werden. Sie war so blind vor Wut, dass ihr eine eventuelle Trennung von ihren Söhnen gar nicht in den Sinn kam.«

»Die armen Jungen. Ihre Mutter hat ihren Vater umgebracht. Sie lieben beide Eltern.« Harry empfand tiefes Mitgefühl für die Jungen. »Glaubst du, Racquel würde mich umgebracht haben?«, fragte sie Cooper.

»Ist anzunehmen. Ich glaube nicht, dass sie es wollte, aber

wenn es um dein Leben gegen ihre Freiheit gegangen wäre, hätte sie dich erschossen.«

»Ein Glück, dass ich flinke Freundinnen habe.« Harry breitete die Arme über die beiden Katzen, die sie jetzt auf dem Schoß hatte, und über Tucker auf dem Fußboden.

»*Mit uns legt sich niemand an*«, prahlte Pewter.

»Noch was: Bruder Morris gibt die Erpressungen nicht zu. Was mich nicht wundert. Er sagt nur, die Leute haben so gespendet, wie ihr Herz sie rührte.«

»Das ist nicht das, was sich gerührt hat«, sagte Fair lakonisch.

Die zwei Frauen lachten.

Dann fragte Harry: »Er sagt nicht, wo das Geld ist, oder?«

»Himmel, nein. Er wird sich einen hervorragenden Anwalt nehmen, seine Zeit absitzen, und wenn er rauskommt, holt er das Geld aus dem Versteck. Und noch etwas: Er hat zugegeben, dass Bryson großzügig war und dass Bill Keelo eine beträchtliche Weihnachtsspende gemacht hat.«

»Bill sitzt momentan im Gefängnis, weil er unkooperativ war.« Cooper gefiel die Vorstellung, dass ein Rechtsanwalt Däumchen drehte. »Alex schwört, er hat nichts mit alledem zu tun, aber auf ihn passt die Beschreibung des Mannes, der Racquel in die Münzhandlung begleitet hat.« Sie hielt inne. »Er liebt sie natürlich.«

»Bill Keelo.« Harry war erstaunt.

»In der Hoffnung, von sich abzulenken, hat er das homophobe Gewäsch von sich gegeben.« Cooper lächelte trübselig. »Menschen können ziemlich widerlich sein. Wenn sie sich nicht damit konfrontieren können, wer und was sie sind, ist es ein ganzer Haufen von ihr-wisst-schon.«

»Ja.« Harry genoss den scharfen Geschmack ihres Tees.

»Ich möchte wetten, dass Racquels Anwalt zu ihrer Verteidigung anführen wird, sie hätte Angst gehabt, Bryson würde Inzest mit ihren Söhnen treiben.« Cooper kannte sich in juristischen Dingen aus.

»Krass.« Harry rümpfte die Nase.

»Und das wird seine Wirkung nicht verfehlen.« Auch Fair hatte genug juristische Argumente gehört, um zu wissen, dass ein gewiefter Anwalt Shermans Marsch ans Meer auf unbefugtes Betreten reduzieren könnte.

»Dann ist Bryson gar nicht rausgegangen, um Milch zu holen?«

»Rausgegangen schon. Aber er meinte zu einem Stelldichein im Barracks Roads zu gehen. Racquel hatte ihm eine Kurznachricht mit unterdrücktem Namen geschickt und ihn zu einem Sextreffen gebeten. Der Mann war verrückt nach Sex. Sie hat gebrüllt vor Lachen, als sie beschrieb, wie sie zu dem Tahoe ging. Sie hatte hinter den Häusern geparkt und war zu Fuß zum Parkplatz gegangen. Sie sagte, und wenn sie für immer im Gefängnis sitzen muss, wird sie sich mit Freuden an den Moment erinnern, als ihm klar wurde, dass das Spiel aus war und er nicht halb so schlau war, wie er gedacht hatte. Mit auf ihn gerichteter Waffe hieß sie ihn zum Brunnen gehen. Dann hat sie ihm die Waffe an die Schläfe gehalten, ihm befohlen stillzuhalten und ihm die Kehle aufgeschlitzt. Auch damit hatte er nicht gerechnet. Sie bereut absolut nichts.«

»Und die Jungen werden nie aussagen, dass ihre Mutter am Heiligen Abend das Haus verlassen hat. Ich nehme an, sie haben gemerkt, dass sie aus dem Haus ging«, sagte Harry.

»Vermutlich. Was für eine Last sie mit sich herumtragen werden.«

»Was sollte der Obolus?«, fragte Fair.

»Uns auf eine falsche Fährte bringen. Sie will uns nicht sagen, wer sie begleitet hat, als sie die Münzen stahl. Sie hat wieder gelacht, als wir darauf zu sprechen kamen. Sie sagt, die fahren alle zur Hölle, und sie bezahlt den Fahrpreis. Sie ist die Schadenfreude in Person.«

Plötzlich schoss Pewter von Harrys Schoß, raste zum Weihnachtsbaum, kletterte bis zur Spitze und schlug an den goldenen Stern. *Ich bin der Gipfel vom Wipfel.*

»*Plemplem.*« Tucker seufzte.

»*Ich hab den Tag gerettet! Ich. Ich. Ich.*«

»*Das Leben mit ihr ist unmöglich.*« Tucker seufzte wieder.

»*Wenn du's nicht besser kannst, pass dich an.*« Mrs. Murphy sprang vom Sofa, kletterte auf den Baum und hängte sich Pewter gegenüber an den Stamm.

Der Weihnachtsbaum schwankte hin und her, die Kugeln schlugen klirrend aneinander.

Harry stand auf und griff nach dem Stamm, um den Baum zu stabilisieren. Zur Belohnung wurde sie von den spitzen Nadeln gepiekst.

Die Katzen johlten: »*Wir sind die Größten, wir sind die Höchsten, wir sind katzengeil.*«

Nur gut, dass Harry keine Ahnung hatte, was die zwei da brüllten.

# Ho Ho Ho

Ist Weihnachten nicht das Höchste? Ein geschmückter Baum zum Draufklettern, Geschenke zum Zerfetzen, Futter, das unter den Tisch fällt oder hilfreicherweise runtergeschoben wird. Weihnachten ist einer Katze liebster Feiertag.

Ich habe eine klitzekleine kritische Anmerkung, wie die Menschen Weihnachten sehen. Was glauben Sie, wer die Mäuse vom Jesuskind ferngehalten hat? Wer sich in seine Wiege gekuschelt hat, um es warmzuhalten? Die Windeln waren keinen roten Heller wert. Eine Katze. Sicher, ein Esel und ein Rindvieh und Hühner waren auch da, aber es war eine Katze, die die Arbeit gemacht hat. Einige Menschen erinnern sich daran, weil eine Tigerkatze mit einem M auf der Stirn ein Nachfahre von Marias Katze ist.

Auch wenn Sie keine Mariakatze haben, verwöhnen Sie Ihre Katze mit Thunfisch, Hühnchen, Rindfleisch, Schinken, Kapaun, Gänsefleisch, Katzenminze und warmen Kuscheldecken. Das ist christlich.

Sneaky Pie

## Liebe Leserinnen und Leser,

ausnahmsweise habe ich Sneakys Schreiben an Sie gelesen, und ich stimme ihr hundertprozentig zu. Lassen Sie mich eins hinzufügen: Spenden Sie für ein Tierheim in Ihrer Nähe. Spenden Sie so großzügig Sie können. Manche Katzen und Hunde sind dort, weil ihre Besitzer gestorben oder krank sind und sich nicht mehr um sie kümmern können. Die meisten sind aber wegen grober menschlicher Verantwortungslosigkeit dort. Ich persönlich würde am liebsten die Unterbringungsboxen mit den traurigen Geschöpfen abholen, damit alle sie sehen können. Menschen sind es, die Haustiere zu Krüppeln machen und im Stich lassen, nicht umgekehrt. Also denken Sie an Marias Katze und alle anderen, die zeitweise von Ihnen abhängig sind. Wie Blanche DuBois in *Endstation Sehnsucht* sagt: »Ich war immer abhängig vom guten Willen fremder Leute.«

Frohe Weihnachten<br>Ein gutes neues Jahr

# Danksagung

Umgeben Sie sich stets mit guten Leuten. Tag für Tag kommen John Morris senior und John Morris junior sowie Robert Steppe zum Arbeiten auf die Farm. Sie machen mir Freude. Dana Flaherty, Profipikörin, sieht ebenfalls auf der Farm nach dem Rechten; so entlastet sie mich von vielen kleineren Bürden und ermöglicht es mir, mich auf die größeren zu konzentrieren. Die Mitglieder des Jagdvereins (wir töten keine Füchse, also machen Sie sich nicht ins Hemd) sind die besten und mitreißendsten Menschen, die ich kenne.

Meine größte Anerkennung gebührt jedoch in vieler Hinsicht meinen Katzen, Haushunden, Pferden und Jagdhunden, denn oft bin ich diesen Freunden inniger verbunden als den meisten Menschen. Vielleicht verstehe ich ihre Sprache besser, wer weiß? Wenn es im Himmel keine Katzen, Hunde, Pferde, Jagdhunde und selbstverständlich Füchse gibt, will ich da nicht hin. Aber vielleicht käme ich ja sowieso nicht rein. Ist es nicht merkwürdig, dass die Menschen sogar für das Leben nach dem Tod so was wie eine Vorstadt und eine Innenstadt geschaffen haben?

Ich könnte ohne meine vierbeinigen Freunde nicht leben, und schreiben könnte ich ohne sie auch nicht.

Rita Mae Brown
**Die Katze im Sack**

Ein Fall für Mrs. Murphy

ISBN 978-3-548-26639-8
www.ullstein-buchverlage.de

Sommer ist es in Crozet, Virginia, und bei einem Spaziergang stolpert Mary Minor »Harry« Haristeen buchstäblich über eine Leiche: Barry Monteith, Pferdezüchter und Frauenheld, ist ermordet worden. Die Trauer ist groß bei den Damen in Crozet. Sollte etwa eine ehemalige Geliebte für seinen Tod verantwortlich sein? Harry macht sich so ihre Gedanken, während sich ihre Tigerkatze Mrs. Murphy schon längst auf der Fährte des kaltblütigen Killers befindet – oder der Killerin …

»Mrs. Murphy und ihre Freunde wieder einmal in Höchstform.« *Booklist*

UB396

Rita Mae Brown & Sneaky Pie Brown
## Die kluge Katze baut vor
Ein Fall für Mrs. Murphy

ISBN 978-3-548-26899-6
www.ullstein-buchverlage.de

Liebe liegt in der Luft in Crozet, Virginia. Mary Minor »Harry« Haristeen hat lange gezaudert, doch nun ist es so weit: Sie heiratet ihren Exehemann Fair noch einmal. Aber die Feierlichkeiten überschattet ein grausiger Fund. Professor Vincent Forland, weltberühmter Experte für Weinanbau, liegt tot zwischen den Rebstöcken – ohne Kopf. Zum Glück stehen Mrs. Murphy und ihre tierischen Freunde schon bereit, sich den aktuellen Fall zu krallen.

»Einen Fall für Mrs. Murphy zu lesen ist so ähnlich wie Chips essen: Man kann nicht aufhören damit.«
*Midwest Book Review*

UB448

Rita Mae Brown

**Auf heißer Fährte**

Kriminalroman

ISBN 978-3-548-26982-5
www.ullstein-buchverlage.de

Eines Morgens wird auf dem Gelände des Jefferson-Jagdvereins das Skelett einer seit Jahren verschwundenen Frau gefunden. Für Jane Arnold, die Vorsitzende des Vereins, ist es ab sofort mit der Ruhe vorbei, denn der Killer könnte aus den eigenen Reihen stammen. Wahrlich keine einfache Situation, aber Jane ist nicht bange, weiß sie doch schlaue Füchse, kluge Hunde und weise Eulen an ihrer Seite.

Ein fuchsteufelswilder neuer Fall für Sister Jane und ihre tierischen Freunde

»Der Leser wird durch das Buch hetzen wie ein Jäger durch den Wald.« *Publishers Weekly*

Rita Mae Brown & Sneaky Pie Brown
# Eine Maus kommt selten allein
Ein Fall für Mrs. Murphy

ISBN 978-3-548-28062-2
www.ullstein-buchverlage.de

In ihrem neuen Fall ermittelt die Detektivin auf Samtpfoten weitab der Heimat in Kentucky. Während einer Pferdeschau stirbt ein Stallbursche eines unnatürlichen Todes – Mrs. Murphy und ihre vierbeinigen Freunde stehen vor einer großen Herausforderung.

»Rita Mae Brown hat Sprachwitz, Sinn für Situationskomik und Fans in aller Welt lieben sie.« *Buch Aktuell*

»Es gibt keine bessere Katzen-Mitarbeiterin als Sneaky Pie Brown.« *New York Times*

## Geburtstagstorte für eine Leiche

Rita Mae Brown

**DIE GEBURTSTAGS-KATZE**

Ein Fall für Mrs. Murphy

ISBN 978-3-548-28494-1
www.ullstein-buchverlage.de

Die allseits geliebte Tally wird 100 Jahre alt. Halb Crozet macht sich auf den Weg, um mit der alten Dame zu feiern. So auch Mary »Harry« Haristeen und die Katze Mrs. Murphy. Kurz vor dem Fest bekommen die Organisatorinnen jedoch Streit. Und wenig später wird eine Leiche gefunden. Harry und Mrs. Murphy versuchen, Schlimmeres zu verhindern. Wird es ihnen gelingen?